Gerhard Drechsler

Habgier

ROMAN

Gerhard Drechsler, geb. 1956, lebt seit 2019 in Okzitanien. Nach 35 Jahren als selbstständiger Buchhändler in München, genießt er mit seiner épouse Christine jetzt nahe der spanischen Grenze die Annehmlichkeiten französischer Lebensart. Nach sechs Büchern als Co-Autor über die Weine Italiens und Spaniens und dem Kochbuch *Kochen auf La Broutte* ist dies sein zweiter Kriminalroman aus der Reihe *Château und der wilde Franz*.

Bibliografische Information der Deutschen Nationalbibliothek:
Die Deutsche Nationalbibliothek verzeichnet diese Publikation in
der Deutschen Nationalbibliografie; detaillierte bibliografische
Daten sind im Internet über dnb.dnb.de abrufbar.

Herstellung und Verlag: BoD – Books on Demand, Norderstedt

ISBN: 9 783758 327636

Hallo Gemeinde, jetzt bitte alle anschnallen, die Beine hochgelegt und ein gutes Glas Grenache unter den Zapfen gehalten! Denn es geht abermals in die Vollen, es geht wieder rund in Hughzitanien. Nach den saftigen Turbulenzen in „Überschwemmung" saust nun also endlich ein neuer Fall auf Bernard Château und den wilden Franz hernieder. Und genauso grauslig wie ihre Vorgängerin ist sie auch, die „Habgier", abermals wird vor nichts Kriminellem zurückgeschrocken im scheinbar so beschaulichen Midi. Da mag es auf Saint-Joseph noch so pittoresk, so kulinarisch hochklassig und anettensanftundlieb sein – dieser locus amoenus ist nur das friedliche Auge eines veritablen Ereignishurrikans:

Zentrum eines XXXL-Diopanoramas, eines irisierenden Leutepanoptikums mit Zigfachwumms: Das wirbelt uns alle dermaßen umadum, das zwirbelt und knockert von KFT zu DEET, von der A.F.A.L. und ETA (aber nee, nich die Vasken) über CUS bis nach Babaorum, dass es eine wahre Froide ist. Von MILFen (sorry Ludo, das aber hättest du sollen wissen müssen!), Nymphen (unschlagbaren) und Goldköpfchen ganz zu schweigen. Logo, dass der wilde Franz da einfach nicht anders kann als ... nun ja, man wird sehen. Was du, lieber Leser, neben Harfe und Guinness, Epic und Sage oder auch den Sentiers Gourmands (vulgo: Fress- und Saufeskapaden zu Fuß) noch nicht über Pilze, Golf Rival, einem (Ver)Naschwerk und dem Unterschied zwischen Angeln und Fischen gewusst haben solltest – hier wirst du geholfen. Aber hallo, und wie! Und das ist beileibe noch nicht alles, i wo, es kommt immer noch doller: Denn wie spricht er doch, der autofiktionale Autor, wahrlisch und getreulisch prophetisch: „Lese nie eindimensional".

Und damit wäre eigentlich schön alles gesagt. Schon. Hugh!

Wäre nicht ...

(Erstellt mit ChatGPT-24)

Inhalt

Vorrede

Manche haben den ersten Fall, den Bernhard Gschlössl und Franz Wild, alias *Château und der wilde Franz* als Hobbydetektive gelöst haben, gelesen.

Bernard (seit der Übersiedlung nach Südfrankreich) ohne "h", Franz und etliche weitere Personen, denen Sie auch im zweiten Band begegnen werden, sollen hier kurz vorgestellt werden. Wer sie noch nicht kennt, erhält einen ersten Eindruck. Wer schon mit ihnen vertraut ist, kann weiterblättern.

Bernhard Gschlössl

67 Jahre alt. Schlank. Überzeugter Intervallfaster. Journalist und Autor im Ruhestand. Hat viele Jahre für das Wochenend-Magazin einer größeren Zeitung gearbeitet und wurde durch berüchtigte, extrem schwere, manchmal mehrteilige Rätsel bekannt. CUS vom SZ-Magazin war ein guter Freund und sein großes Vorbild. Fast zehn Jahre lang Chefredakteur der Wein-Zeitschrift *Besser trinken!* Anschließend freischaffend tätig. Verfasser mehrerer Kochbücher und Weinführer. Nach dem Tod seiner Eltern und Schwiegereltern mit Ehefrau Anette nach Frankreich ausgewandert. Hat sich vom nicht unerheblichen Erbe ein altes Landhaus mit großem Garten gekauft. Hobbykoch, Weinkenner, Golfspieler.

Nennt sich selbst Bernard, sein Freund Franz nennt ihn Château (von Schloss - Gschlössl ...). Fährt vorzugsweise mit seinem uralten R4 GTL durch die Gegend. Hat sehr gute Kontakte zum Bürgermeister seines Wohnortes Marcorignan, ebenso zur Gendarmerie und zu einigen Winzern, denen Felder rings um sein Haus gehören. Kennt jedes zweite Restaurant im Umkreis von 25 km. Stammgast in den Hallen von Narbonne. Hat seit der Entdeckung von Krimis als Jugendlicher (Kommissar X-Hefte) eigenen Schätzungen zufolge mehr als 1.500 Kriminalromane gelesen. Kennt alle Asterix-Hefte nahezu auswendig.

Anette Ohlmayer-Gschlössl

65 Jahre alt, strickt und gärtnert leidenschaftlich gern. War letztes Jahr während des Besuchs von Franz mit ihren Freundinnen Verena und Susi für eine Woche auf Sylt, vorher in Kiel, anschließend in München und hat vom ersten Fall nicht viel mitbekommen.

Franz Wild

68 Jahre alt. Groß und ziemlich schlank, insgesamt jedoch etwas schwammig. Jurist, Steuerberater, Wirtschaftsprüfer mit eigener Kanzlei, die er – glänzend aufgestellt – von seinem Vater übernommen hat. Hat vor 10 Jahren seinen Sohn Peter in der Kanzlei installiert und lässt ihn die meiste Arbeit machen. Isst und trinkt sehr gerne, angehender Weinkenner, guter Golfspieler. Geschieden von Eleonore, die es gehasst hat, Sexy Elli genannt zu werden. Ist bei allen als der wilde Franz bekannt (Affären, schnelle Autos, Wettspiele um hohe Geldbeträge). Hat aktuell eine wenig ernsthafte Beziehung mit Jessica, 42, Tochter eines Mandanten. Lässt es öfters am Respekt Frauen gegenüber mangeln.

Besitzt ein protziges Haus im Hinterland des Wörthsees mit riesiger Parklandschaft, einem 3-Loch-Kurzplatz zum Golfen, 16-mal 2,5 Meter großem Swimmingpool und drei Garagen für einen bronzefarbenen Porsche Cayenne Turbo, einen knallroten Porsche 911 und einen Jaguar-Oldtimer, den er pausenlos poliert. Mit Bernard, den er vor vielen Jahren bei einem Golfturnier kennen gelernt hat, verbindet ihn u. a. die Liebe zu Kriminalromanen und zu Asterix. Da beide eine gute Allgemeinbildung und Spaß am Rätseln haben, lieben sie andauernde Herausforderungen wie: Nenne die Reihenfolge der Tintin-Bände, in welchem Asterix-Heft taucht Idefix das erste Mal auf und so weiter.

Ralf und Inge Moehlmann, beide 62

Direkte Nachbarn von Bernard. Inge hat zwei kleine Hunde, Struppi und Oskar, die Ralf andauernd irgendwo sucht. Wenn sie kommen sollen, ruft er gerne »Hopp-hopp-hopp« und klatscht dazu in die Hände, was ihm von Franz den Spitznamen *Der Klatscher* eingebracht hat.

Domaine Saint-Joseph

Die Domaine Saint-Joseph war ein Konglomerat mehrerer Häuser, die um 1950 herum von Arbeitern und einem Verwalter bewohnt worden waren und zusammen mit den umliegenden Rebfeldern ein Weingut bildeten. Der Grundbesitz war gewaltig, aus den geernteten Trauben konnten jedes Jahr durchschnittlich 50.000 Flaschen erzeugt werden.

Die damaligen Besitzer, zwei Ärzte aus Narbonne, begannen eines der Häuser umzubauen und zu modernisieren. Es war als gemeinsames Wohnhaus vorgesehen. Aus den anderen Gebäuden sollte eine Privatklinik entstehen. Doch aus dem Plan wurde nichts. Warum, wusste Bernard nicht, die ganze Geschichte des Anwesens, dessen erste Erwähnung im zentralen Archiv von Carcassonne zu finden war und auf 1572 datierte, kannte er nur bruchstückweise.

Irgendwann in den Siebzigern wurden die Grundstücke getrennt, die Gebäude nach und nach verkauft und von den neuen Besitzern restauriert. Die Gemeinde Marcorignan genehmigte die Bohrung für einen Brunnen, der bis heute die fünf Grundstücke mit Wasser versorgt und jedem Anwohner, notariell beglaubigt, zu einem Fünftel gehört. Nach einigen Besitzerwechseln wohnen aktuell zwei französische und zwei deutsche Familien sowie eine amerikanische auf der Domaine.

Bernard und Anette bewohnen das am nördlichsten gelegene Haus. Ihr Grundstück grenzt an das von Ralf und Inge.

Prolog

Sie wirft das T-Shirt auf Handtuch, Hose und Unterwäsche. Der Bach schimmert graublau. Er ist garantiert eiskalt. Sie steigt vorsichtig hinein. Am Rand einer tieferen Stelle spürt sie groben Kies. Felsen liegen am Ufer, manche mitten im Wasser. Sie streicht mit der Handfläche über einen glatten Stein und blickt nach oben. Der erste Schnee glänzt auf den Gipfeln.

Oberhalb der Knie fühlt sich das Wasser plötzlich deutlich kälter an. Noch ein Schritt. Sie fährt herum. Was ist das für ein Laut gewesen? Wie eine Flasche, die entkorkt wird?

Sie hält die Luft an, wagt kaum zu atmen. Späht zwischen zwei Felsblöcken hindurch in die Richtung, aus der das Geräusch ihrer Meinung nach gekommen ist. Nichts. Sie duckt sich tief ins Bachbett. Ihr Herz klopft. Sie zittert. Sie hört etwas aufheulen. Eine Motorsäge?

Vor verschlossener Tür

»So ein Scheiß aber auch!« entfuhr es Bernard.

Er stand vor der verschlossenen Eingangstür zum Barber-Shop von Mathieu, Friseur nannte sich seit einiger Zeit kein einziger Herrensalon mehr, und sah zum wiederholten Mal auf seine Uhr. Punkt drei. Er hatte doch für heute um drei einen Termin vereinbart. Täuschte er sich? In letzter Zeit hatte er des Öfteren seine Verabredungen durcheinander gebracht. Aber dafür gab es schließlich den Kalender auf seinem iPhone. Er öffnete ihn und da stand eindeutig: Donnerstag, 4. September, 15:00 Uhr.

So weit er wusste, machte Mathieu regelmäßig von 12:00 bis 14:00 Uhr Mittagspause. Dieser Zeitraum war den Franzosen heilig. Da wurde nicht gearbeitet, sondern zu Mittag gegessen! Auf *Grand Sud FM*, seinem Standard-Radiosender, lief von Mittag bis 14:00 Uhr Musik vom Band, da alle Moderatorinnen und Moderatoren in der Kantine saßen. Sogar die öffentlichen Parkplätze waren in diesen zwei Stunden kostenlos. Ein bisschen Verspätung wäre ja in Ordnung gewesen, aber eine ganze Stunde? Mathieu war ein zuverlässiger Mensch. In den gut drei Jahren, die Bernard ihn alle vier bis fünf Wochen besuchte, hatte immer alles reibungslos funktioniert. Was war da los?

Bernard wartete noch eine Viertelstunde vor dem Geschäft und überlegte. Anrufen konnte er natürlich, jedoch hatte er nur die Nummer von *Planet Hair*. So hieß der Laden, aber er konnte den kleinen Tresen und das altmodische Telefon von der Türe aus sehen. Und da war niemand. Mathieus Handynummer kannte er nicht und seine Mailadresse war ihm ebenfalls unbekannt. So eng befreundet waren sie schließlich nicht. Bernard brachte ihm zwar jedes Jahr zu Weihnachten eine Flasche Champagner oder eine ausgefallene Flasche Rum mit, doch schlussendlich waren sie Friseur und Kunde. Nicht mehr und nicht weniger.

Auf dem Rückweg zu seinem Auto, das er ein paar Hundert Meter entfernt geparkt hatte, fiel Bernard ein, dass ihm Mathieu mal den Tipp gegeben hatte, die Tapas-Bar neben der Kathedrale in Narbonne zu besuchen. Er war inzwischen mit Anette und auch mit Freunden, die zu Besuch kamen, dort gewesen und mochte das Lokal sehr. Ein paar Tische im winzigen Innenraum, weitere Plätze für ungefähr 20 Gäste draußen unter Arkaden.

Geleitet wurde der kleine Betrieb von einem Paar aus Spanien. Er werkelte in der Küche, sie kümmerte sich um den Service. Mathieu, der sehr gut vernetzt war, hatte den Tipp von einem Kunden und war, immer auf der Suche nach neuen Feinschmecker-Lokalen, schon x-mal da gewesen. Dabei war er mit Katia, der Chefin, ins Gespräch gekommen und hatte erfahren, dass sie vor langer Zeit in einem Friseursalon in Andalusien gearbeitet hatte. Dadurch hatten sie sich natürlich viel zu erzählen und im Laufe der Zeit auch angefreundet.

Er beschloss, Katia aufzusuchen. Sie wüsste garantiert Mathieus Handynummer. Da es in der Nähe der Kathedrale fast unmöglich war, einen Parkplatz zu finden, ließ er das Auto, wo es war und machte sich zu Fuß auf den Weg. Über den Place du Forum, die Rue Droite entlang, waren es nur knappe 15 Minuten.
Als Bernard bei *Brice Sarda*, seinem Lieblings-Brillengeschäft um die Ecke bog, um die letzten 50 Meter bis zur Tapas-Bar zurückzulegen, war er noch gut aufgelegt. Je näher er jedoch kam, umso düsterer wurde seine Miene. Keine Tische draußen, keine Tafel mit der üblichen Speisekarte. Alles dunkel. Ein Zettel, von innen schief an die Türe geklebt, wies kurz und schnörkellos darauf hin, das Lokal sei ENDGÜLTIG GESCHLOSSEN.

»So ein Mist! Das darf ja wohl nicht wahr sein!« stöhnte er auf. Sie waren doch erst kürzlich hier gewesen. Aber nach längerem Überlegen wurde ihm klar, dass der letzte Besuch wohl schon mehrere Monate zurück lag. Irgendwann im April oder so. Jetzt war guter Rat teuer. Genervt setzte er sich auf eine Steinmauer und grübelte.

Ohne große Hoffnung steuerte er schließlich auf den neben der ehemaligen Tapas-Bar gelegenen Schönheitssalon namens *Institut Perle* zu, ein in warmen Rottönen dekoriertes Geschäft, das Nagelpflege, Massage, Make-Up-Beratung, Epilation und weitere Dienstleistungen anbot, die ihn ganz und gar nicht interessierten. Eine große, attraktive Enddreißigerin erschien, klimperte mit den Wimpern und fragte nach seinen Wünschen.

»Ja, äh, ich hätte eine Frage«, brachte Bernard heraus, kratzte sich am Kinn und hasste sich für sein Gestammel. Sein Französisch war eigentlich sehr gut, aber er wollte möglichst wenige Fehler machen und deshalb dauerte es manchmal ewig, bis er einen halbwegs sinnvollen Satz heraus brachte.

»Ich wollte in die Tapas-Bar« … weiter kam er nicht.

»Die hat schon lange zugemacht«, kam es augenblicklich zurück. »Die haben die Scheiß-Pandemie nicht überlebt, wie auch, mit so einem winzigen Lokal, da könnte ich Ihnen eine ganze Reihe von Betrieben nennen, nur gut dass ich ...«

Hier fiel ihr Bernard ziemlich barsch ins Wort.

»Entschuldigen Sie, ich wollte nicht das Restaurant besuchen, ich suche die Chefin. Und zwar ...«

Jetzt war es die Inhaberin des Schönheitssalons, die ihm dazwischen fuhr.

»Katia? Die ist mit ihrem Mann zurück nach Spanien gegangen. Warum, was wollen Sie von ihr?«

Bernard versuchte zu erklären, um was es ging und endlich glätteten sich die Züge seiner Gesprächspartnerin. Sie schien zu verstehen.

»Sie wollen also mit Katia sprechen, weil sie Mathieu gut kannte? Den Friseur?«

Bernard nickte, bejahte, bestätigte, erklärte. Versicherte, nichts Unrechtes im Schilde zu führen und erhielt von Katia nach einer gefühlten Ewigkeit tatsächlich die Mobilnummer. Bedankte sich begeistert und suchte so schnell wie möglich das Weite. Außer Sichtweite des Geschäfts setzte er sich auf eine Mauer, nahm den Zettel zur Hand und studierte die Zahlenfolge. Eine spanische Vorwahl, das war klar. Er tippte die Nummer über den Ziffernblock seines iPhones ein und lauschte. Eine raue Frauenstimme meldete sich.

Plopp

Die Angel-Saison näherte sich ihrem Ende. Noch zwei Wochen, dachte sich Jules und öffnete die Hecktüren seines Kleinwagens. Er schnappte sich die Plastikwanne mit Wathose, Stiefeln, Weste und Kescher und stellte sie auf den Boden. Nahm dickere Socken, ein langärmliges Hemd und eine Kappe aus einer Tasche und kramte in einem Beutel nach dem unverzichtbaren Moskitospray. Er begann, seine Fliegenrute zusammen zu stecken. Als er die Rolle montiert hatte, setzte er eine Polarisationsbrille auf und hängte sich eine Tasche mit weiteren Utensilien um.

Für Fliegenfischer galt, dass Gewässer erster Kategorie vom zweiten Samstag im März bis zum dritten Sonntag im September befischt werden durften. Gewässer erster Kategorie waren Gewässer mit hochwertigem Fischbestand wie Regenbogenforelle, Äsche, Saibling. Die Regeln in Frankreich waren gleichermaßen einfach wie kompliziert. Grundsätzlich benötigte man einen Ausweis, die so genannte *carte de pêche*, die – preislich gestaffelt – entweder für ein einzelnes Département oder gleich für ganz Frankreich galt. Zudem mussten Vorschriften zur Mindestgröße des Fisches, maximale Menge an Fischen, die man entnehmen durfte, Schonzeiten etc. eingehalten werden.

Jules arbeitete in Narbonne in einem Delikatessengeschäft. *La Ferme Narbonnaise* hatte von allem nur das Beste im Sortiment. Kaviar von Stören aus piemontesischen Zuchtbecken, Nougat aus Montélimar, Calissons aus Aix, Whisky aus Japan, rohen Schinken aus dem Friaul, Tee aus Hochlagen Nepals, Käse winziger französischer Erzeuger.

Heute war sein freier Tag. Endlich. Er hatte sich einen *no-kill-parcours* ausgesucht, das waren exakt begrenzte Strecken, die bei Fliegenfischern sehr beliebt waren. Traf man doch immer Kollegen, mit denen man fachsimpeln konnte. Für den bei Quillan, am

Oberlauf der Aude gelegenen, ca. 800 m langen Parcours galt – wie der Name schon sagte –, dass kein Fisch getötet werden durfte. Fischen war nur mit Haken ohne Widerhaken gestattet und wurde von Aufsehern streng kontrolliert.

Fänge mussten in einer App verzeichnet werden, eventuelle Beeinträchtigungen der Gewässer waren umgehend zu melden. Jeder Fang sollte, so schonend und schnell wie möglich, wieder ins Wasser zurück gesetzt werden.

Jules war früh aufgestanden, denn bis Quillan musste er knapp eineinhalb Stunden fahren. Es hätte natürlich auch näher gelegene Möglichkeiten gegeben, aber hier, am Fuß der Pyrenäen, fühlte er sich wohler. Wilderes Wasser, kühlere Luft, weniger Menschen. Er schloss sein Auto ab und machte sich auf den Weg zum Fluss. Früh morgens, kurz vor 8 Uhr, war noch nichts los. Keine Kollegen, somit keine Konkurrenz. Vorsichtig näherte er sich dem Wasser und blieb des Öfteren stehen, um die umherschwirrenden Insekten genauer unter die Lupe zu nehmen. Dies würde seine Wahl beeinflussen, welchen Köder er verwenden wollte. Er entschied sich für eine mittelgroße, braune Hechelfliege, mit der er schon früher gute Erfahrungen gemacht hatte.

Er machte das künstliche Fliegengebilde mit etwas Entenfett schwimmfähig und warf nach einigen gekonnten Schwüngen die Schnur aufs Wasser. An die schwerere Fliegenschnur, die durch ihr Gewicht das Werfen erst ermöglichte, waren vorne rund drei Meter sehr dünne, transparente Nylonschnur geknüpft. Am Ende die Fliege mit winzigem Haken.

Nach einigen Würfen ohne irgendeine Reaktion ging er ein paar Meter weiter. Hier stand er leicht erhöht am Ufer und konnte das klare Wasser gut beobachten. In der Nähe eines Steins glaubte er, etwas zu erkennen. Er machte einen kleinen Schritt zur Seite, um der Spiegelung auszuweichen und entdeckte eine prächtige Regenbogenforelle, die sich farblich kaum vom Grund abhob. Sich elegant windend, schien sie trotz der Strömung auf der Stelle zu stehen. Die Entfernung betrug etwa acht bis neun Meter. Er überlegte, wie er werfen sollte, um dem Fisch den Köder perfekt zu servieren. Denn wenn man beim Fliegenfischen eines nicht machen durfte, dann, den Köder direkt vor dem Fisch aufs Wasser klatschen zu lassen.

Die Fische reagierten äußerst empfindlich und schienen die Absichten ihrer Gegner zu ahnen. Er warf die Fliege ein paar Meter oberhalb des Steins aufs Wasser und beobachtete, wie sie auf die Forelle zutrieb. Nicht die Spur von Interesse.

Als kleiner Junge war er oft mit seinem Vater, einem passionierten Fliegenfischer, unterwegs gewesen. Immer wenn ein Fisch auf den bestens servierten, leckeren Köder nicht reagierte, sagte er »ich glaube, der mag keine Fliegen« und sein Vater entgegnete jedes Mal schmunzelnd »der tut nur so«.

Doch so raffiniert er der Forelle die Fliege auch präsentierte, sie schien träge oder satt zu sein oder einfach keine Lust zu haben. Also rollte er die Schnur etwas ein und marschierte weiter flussaufwärts. Nach knapp 30 Metern erreichte er ein kleines Waldstück und das Flüsschen, hier keine fünf Meter mehr breit und höchstens einen halben Meter tief, machte eine enge Linkskurve. Anschließend folge ein kurzes Stück mit starker Strömung und dann ein recht ruhiges, von großen Felsen begrenztes Becken, das das Wasser aufstaute. Es war viel dunkler als in der Sonne und ein feuchter Geruch hing in der Luft.

Ein Ast knackte, er hob den Kopf und starrte in die Bäume. Hoffentlich kein Kollege. Wenn der beim Gehen schon so viel Lärm machte. Doch er sah nichts und hörte auch nichts mehr. Über weiches Moos pirschte er sich ans Ufer. Eine herrliche Stelle. Von fern das typische »u-hu« eines Kuckucks, vor ihm der plätschernde Wasserlauf. Er scannte das Wasser mit Kennerblick und registrierte am gegenüberliegenden Ufer zwei Forellen, die abwechselnd nach oben stiegen und fast lautlos die auf der Oberfläche treibenden Insekten schnappten. Dabei hinterließen sie jedes Mal einen kleinen Kreis auf dem Wasser. »Ha, wenn ihr so unvorsichtig seid«, sagte er sich im Stillen. Oberhalb der Stelle, an die sein Köder schwimmen musste, hingen jedoch Zweige übers Wasser. Diese Forellen anzuwerfen würde nicht einfach werden. Er zog mit der linken Hand etwas Schnur von der Rolle, die dabei leise ratterte, als ihm plötzlich jemand auf die Schulter tippte.

Er fuhr herum, bleich vor Schreck, denn er hatte niemanden kommen hören und sog lautstark die Luft durch die Nase.

»Wer zum Teufel - «

Weitere Worte wollten nicht aus seinem Mund kommen. Er sah, dass eine Pistole mit Schalldämpfer auf ihn gerichtet war und schluckte hart.

Sein Gegenüber schoss ohne zu zögern – plopp – und sah regungslos zu, wie er von den Beinen gerissen wurde und rücklings ins Wasser stürzte. Obwohl er augenblicklich tot gewesen sein musste, half seine Kleidung noch nach. Die Wathose lief voll und zog ihn zusätzlich nach unten. Um ihn herum färbte sich das Wasser hellrot.

Der Fremde suchte den Boden sorgfältig nach Spuren ab, aber das Moos schluckte alle Fußabdrücke. Er ging trotzdem auf Nummer sicher, schlich einige Meter flussaufwärts, stapfte durchs Wasser auf die andere Seite und verließ das Wäldchen auf kürzestem Weg, umsichtig prüfend, ob ihn jemand beobachtet haben könnte. Aber noch immer war keine Menschenseele zu sehen. Hohes Gras, massive Felsen und vereinzelte Nadelbäume gaben gute Deckung und nach wenigen Minuten erreichte er eine im Gras liegende Geländemaschine. Er stülpte sich den orangenen, verschrammten Bergsteigerhelm auf den Kopf, setzte eine golden spiegelnde Sonnenbrille auf, ließ den Motor kurz aufheulen und preschte auf dem Kiesweg davon.

Maschinengewehr

Bernard war sprachlich nicht unbegabt. Italienisch sprach er ziemlich flüssig, Französisch inzwischen auch ganz passabel. Englisch lag ihm eigentlich nicht, aber seit er im Frühjahr mit Anette in England und Schottland gewesen war, gefiel ihm das britische Englisch immer besser. Sogar ein paar Brocken Portugiesisch, Schwedisch und Türkisch hatte er auf Lager. Spanisch allerdings hatte er weder gelernt noch benutzt. Wenn er früher im Urlaub nach Süden gefahren war, dann nach Italien, Frankreich, Portugal oder auch Griechenland. Mit den spanischen Küsten und der Sprache hatte er es nicht so. Er fand, Spanier sprachen hart und schnell – ratternd, wie ein Maschinengewehr – öffneten dabei kaum den Mund und die zusammen gebissenen Zähne bewirkten zudem, dass man kaum etwas verstand.

Als sich Katia am Telefon mit einem schnarrenden »¿Diga?« meldete, wurde ihm kurz heiß, aber er vertraute darauf, mit seinem Kauderwelsch-Französisch durchzukommen. Umständlich erklärte er, wer er sei, dass er Mathieu gut kenne, Kunde bei ihm sei und wissen wolle, ob etwas passiert sei. Der Barbershop sei ohne Hinweisschild geschlossen, er habe einen Termin gehabt, und so weiter. Katia antwortete, sie habe keine Ahnung, könne ihm aber gerne Mathieus Mobiltelefon-Nummer geben. Bernard bedankte sich und beendete das Gespräch.

Mathieu konnte er später immer noch anrufen. Jetzt wollte er sich ums Essen kümmern. Seit dem Umzug nach Frankreich hatte er sich intensiv mit Kochen beschäftigt und wenn Anette die Chefin des Gartens war, dann war er der in der Küche.

Heute Abend plante er, Streifen vom Tintenfisch mit grüner Sauce und anschließend Garnelen mit Knoblauch zuzubereiten. Als Gruß aus der Küche wollte er seine Liebste mit einem halben Dutzend Austern überraschen.

Die flachen Stücke vom Tintenfisch wusch er sorgfältig, kratzte mit einem scharfen Messer die glibbrige Haut ab und schnitt sie in ungefähr drei mal drei Zentimeter große Stücke. Er legte sie in eine beschichtete Pfanne und erhitzte sie moderat, damit das Wasser austreten konnte. Für die grüne Sauce schälte er eine größere Knoblauchzehe und hackte eine Handvoll Petersilie. Beides kam mit drei Esslöffeln Olivenöl in einen Mixer und wurde zu einer sämigen Sauce püriert. Für die Garnelen halbierte er weitere fünf Knoblauchzehen mitsamt der Schale, wusch die Meeresfrüchte ab und ließ sie in einem Sieb abtropfen.

Er goß Olivenöl in zwei Gusseisen-Pfännchen, legte jeweils acht Garnelen hinein, gab reichlich Knoblauch dazu und heizte den Backofen auf 220 Grad vor. Der Tintenfisch hatte einiges an Wasser verloren, das er wegschüttete. Er wendete die Stücke und wiederholte die Prozedur. Jetzt konnte er die Austern öffnen. Er platzierte sie mit Zitronen-Vierteln auf einer Platte, die für eine halbe Stunde im Tiefkühlfach gelegen war, goss abermals das Wasser der Tintenfische ab und gab ordentlich Hitze auf die Pfanne. Als sie sich goldbraun gefärbt hatten, schüttete er sie in eine Schüssel und überzog sie mit der grünen Sauce. Es war Zeit, die Austern zu servieren. Zusammen mit zwei Gläsern Blanquette de Limoux trug er sie auf die Terrasse. Den Tintenfisch wollte er später nochmals kurz zurück in die heiße Pfanne geben.

»Wann willst du denn mal bei deinem Friseur anrufen?«, wollte Anette wissen.

»Nach dem Essen«, antwortete Bernard mit vollem Mund. Er hatte keine Lust, sich den Genuss der vorzüglichen Austern verderben zu lassen.

»Und warum nicht jetzt gleich?«

»Sei keine Nervensäge und iss«, grummelte Bernard, hob aber sofort sein Glas und wünschte versöhnlich »*bon appétit!*«

»Was kann denn da passiert sein?«

»Wenn ich das wüsste«.

Sie stießen an und schlürften ihre Austern. Anette erledigte Unangenehmes immer sofort, Bernard schob solche Aufgaben oft tagelang vor sich her. Er nahm sich aber vor, gleich nach dem Essen bei Mathieu anzurufen.

»Hast du eigentlich schon gehört, dass Sophie und Jerôme einen Käufer gefunden haben?«, wollte Anette wissen. Bernard schüttelte kauend den Kopf und meinte kurz und trocken nur »echt, wen?«

So erfuhr er, dass die Besitzer des kleinsten Häuschens der Domaine Saint-Joseph – so nannte sich die Ansammlung von fünf verschachtelt in- und nebeneinander liegenden Grundstücken – nach langer Suche endlich einen neuen Besitzer für ihr Anwesen gefunden hatten.

»Keine Ahnung, Sophie hat mir nur erzählt, dass der Immo-Fritze ihnen gemailt habe, der Vorvertrag sei unterschrieben, die Anzahlung geleistet und dass nur noch der Termin beim Notar und die Bezahlung der Restsumme fehlen würden. Am Wochenende wollten sie von Marseille herkommen, um alles zu regeln.«

Der Einwurf »Was will denn einer aus Marseille hier in der Pampa« von Bernard blieb unbeantwortet. Stattdessen schwärmte Anette von der Vorspeise.

»Uiuiui mein lieber Küchenchef, da hast du aber wieder mal einen rausgehauen!«

Bernard freute sich im Stillen, musste aber zugeben, dass die knusprigen Tintenfisch-Stückchen mit der grünen Sauce wirklich erstklassig geworden waren.

Anschließend verspeisten sie die Garnelen, tunkten Öl und Knoblauch mit einem halben Meter Baguette auf und leerten eine Flasche Weißwein. Beim letzten Glas griff Bernard zum Handy und wählte die Nummer von Mathieu.

In dem folgenden, kurzen und verworrenen Gespräch erfuhr er von der Ehefrau seines Friseurs, Mathieu sei beim Mountainbiken im Gebirge überfallen worden. Er werde ihm aber alles beim nächsten Termin erzählen. Ob Montag 15 Uhr passe? Mathieu wolle an seinem freien Tag den Laden öffnen, um verpasste Termine nachzuholen. Schon hatte sie ihn weggedrückt, aber Bernard wusste nicht so recht, was er davon halten sollte. Beim Mountainbiken überfallen? Hatte er noch nie gehört. Unglaublich.

Neue Nachbarn

Ludo war Bernard sofort sympathisch. Ein großer, muskulöser Knochen mit Glatze und einem breiten Grinsen im Gesicht. Neben sich einen noch sehr jungen, schwarzen Labrador namens Ricco und im Arm eine umwerfend hübsche Schwarzhaarige, die er *Juju* nannte. *Schü-schü* war die Koseform für Giulia, die halb Französin, halb Italienerin war. Bernard war hin und weg.

Das wären mal interessante, neue Mitbewohner der Domaine! Nicht dass er was gegen seine direkten Nachbarn gehabt hätte, aber die aus Deutschland stammenden Ralf und Inge waren halt durchschnittlich-normal. Um nicht zu sagen langweilig. Steve und Priscilla, die vor fünf Jahren aus Kalifornien hierher gezogenen Amerikaner, waren deutlich älter und lebten sehr zurückgezogen. Alexandre, der das fünfte Haus unregelmäßig bewohnte, war freundlich, aber undurchsichtig. Sein Vater, früher Designer bei Hermès und dadurch reich geworden, lebte seit zwei Jahren in einem nahe gelegenen Altersheim. Alexandre und sein älterer Bruder Philippe kümmerten sich mehr schlecht als recht um das Haus, das immer mehr verfiel. Während man Philippe, den älteren, Steve nannte ihn "the good son", kaum zu Gesicht bekam, tauchte Alexandre, "the bad son" oder auch "the freak" öfters mit seinem uralten Wohnmobil auf und verschwand in einer Scheune, wo er sich eine Schlosserei eingerichtet hatte. Steve behauptete immer, er würde dort garantiert Cannabis anbauen, konnte aber nichts beweisen.

Ludo hatte einen Tag frei bekommen, eigentlich hatte er ihn sich selbst genehmigt, und war für ein langes Wochenende mit Freundin und Hund aus der Nähe von Marseille mit einem Kleintransporter hergekommen, um die ersten Dinge ins neue Haus zu schaffen.

Obwohl ihn der Rücken schmerzte, machte Bernard auf hilfsbereit und schleppte mit Ludo mehrere große Topfpflanzen auf die kleine Terrasse vor dem Haus.

»Die lass' ich nicht von der Umzugsfirme transportieren«, knurrte Ludo,»die machen mir garantiert die Töpfe kaputt«.

Dem konnte Bernard nur zustimmen. Mit mehreren Fahrern verschiedener Speditionsunternehmen, aber auch mit der Art und Weise, wie Ware verpackt worden war, hatte er schon Katastrophen erlebt. Damals die Sache mit dem Schirmständer. Der erste wurde ihm nicht gebracht, der Fahrer hatte angeblich niemanden angetroffen und er musste ihn im 10 Kilometer entfernt gelegenen Postamt abholen. 40 Kilogramm. Schöne Schlepperei. Kaum ausgepackt präsentierte sich das Teil mit abgebrochener Ecke. Bernard verzichtete dankend, den Schrott mit 50% Rabatt abzunehmen und forderte eine neue Lieferung. Diesmal wurde nach Hause geliefert, dafür fehlte eine lange Schraube, um das Rohr an der Granitplatte zu befestigen. Zum Glück fand er Ersatz in seiner Werkstatt und verzichtete auf weitere Reklamationen. Oder die Sonnenschirme in der falschen Farbe …

»Sag mal, träumst du?«, riss ihn Anette aus den Gedanken, »stehst hier rum und starrst Löcher in die Luft.«

»War gerade in Gedanken versunken« murmelt Bernard und machte sich auf den Weg zurück zum Transporter. So hätte sie mich jetzt auch wieder nicht anmeckern müssen. Was sollten sich die Neuen denken? Er grummelte vor sich hin, schluckte seinen Ärger aber hinunter, als Anette ihm zuzwinkerte.

Die neuen Nachbarn bedankten sich für die Hilfe und luden sie und alle anderen für Samstag-Nachmittag zum Apéro ein. Der Apéro war allen Franzosen extrem wichtig. Man traf sich zu kleinen Speisen wie Nüssen, Pasten aus Tomaten, grünen Oliven oder Anchovis, Käsestückchen und anderen petitessen. Dazu wurden etliche frische Baguettes aufgeschnitten und mehrere

Flaschen Blanquette de Limoux, Weißwein, Rosé und viel Wasser getrunken. Da es keine formelle Einladung zum Abendessen war, konnte jeder kommen und gehen, wann er wollte. Man unterhielt sich, lernte sich ein wenig kennen, konnte aber auch schnell wieder verschwinden, wenn einem danach war. Der Gastgeber hatte nicht viel in der Küche zu tun und konnte das Zusammensein ebenfalls genießen.

Die neuen Nachbarn hatten den spät am Nachmittag angesetzten Termin beim Notar von Marcorignan hinter sich gebracht, kiloweise Papiere und mehrere Ringe mit Schlüsseln von den Vorbesitzern erhalten und strahlten übers ganze Gesicht, als sie auf Saint-Joseph eintrafen. Anette, die gerade einen Müllsack zu den gemeinsamen Abfalltonnen brachte, blieb stehen und gratulierte.

»Bienvenue à tous les deux!«

»Merci beaucoup, Anette!«

Man bestätigte, sich tags darauf gegen 17 Uhr treffen zu wollen.

Alexandre war nicht in seiner Werkstatt anzutreffen gewesen und mobil klingelte es nur im Nirgendwo, deshalb trafen sich mit den Deutschen Ralf und Inge, den Amerikanern Steve und Priscilla, Bernard und Anette, Ludo und Giulia acht Personen zum Apéro.

Ludo hatte ordentlich aufgetischt und verblüffte Bernard mit Leckereien, die ihm auffallend bekannt vorkamen. Unter anderem gab es Feigen mit Speck, *Pimientos de Padrón* und vorzüglichen iberischen Schinken auf geröstetem, mit Olivenöl beträufeltem Brot – lauter Gerichte, die Bernard ebenfalls gerne servierte. Giulia bemerkte sein überraschtes Gesicht und erklärte, Ludo sei bei ihnen der Chef in der Küche, rede ihr aber nicht in die Gartengestaltung hinein. Das sei Ihre Sache. Bernard konnte es nicht glauben. Wie bei Anette und ihm. Was für eine Duplizität der Ereignisse!

Er suchte Ludo und fand ihn in der Küche, wo er gerade eine Dose Jahrgangs-Sardinen öffnete. Mit Begeisterung in Blick und Stimme sagte er andächtig »*Peperetes*, ich glaub's nicht!« Ludo sah ihm in die Augen und grinste »aha, ein Kenner - meiner Meinung nach die besten überhaupt!«

»Ich habe versucht, sie hier irgendwo zu bekommen, aber ich hatte keinen Erfolg. Ersatzweise bin ich auf die von *La Perle des Dieux* umgestiegen.«

»Die sind aber auch verdammt gut. Ich hab' diese hier von einem spanischen Versandhandel. Woher kennst du denn die *Peperetes*?«

So erfuhr Ludo von Bernard, dass dieser vor dem Umzug nach Frankreich im Münchner Umland gelebt hatte, ab und zu gerne zu *Dallmayr* gegangen war und dort genau diese Sardinen entdeckt hatte. Bernard war gelegentlich mit Anette in die Innenstadt gefahren, den Speiseplan fürs Wochenende im Kopf und hatte am

Viktualienmarkt und bei *Dallmayr* eingekauft. Bernard ließ seine Leidenschaft fürs Kochen vorerst unerwähnt und dachte sich im Stillen: Zwei Menschen mit Leidenschaft fürs Kochen und für gutes Essen. Das könnte die Grundlage für den Beginn einer wunderbaren Freundschaft sein.

So intensiv es auf der einen Seite gefunkt hatte, so träge verlief die Unterhaltung zwischen den anderen Gästen. Steve signalisierte bereits nach einer halben Stunde, er müsse zurück, um sich um die beiden Katzen zu kümmern, die ihnen zugelaufen waren. Priscilla erklärte Ludo selbstgefällig und in stark amerikanisch gefärbtem Französisch, er koche sicher ausgezeichnet, aber er müsse sich das Buch von Jamie (Oliver), das von Gordon (Ramsay) und vor allem das von Dominique (Crenn) zulegen, die wüssten, wie es geht. Ludo stimmte ihr voll und ganz zu, wenn auch seine Miene eher so etwas wie »die hat mir gerade noch gefehlt« ausdrückte. Ralf und Inge, beide mit ihrem Französisch nach *merci beaucoup, bonne journée* oder *deux entrecôtes avec frites* am Ende, hatten ziemliche Schwierigkeiten, dem Gespräch zu folgen.

Ganz anders bei Giulia und Anette, die sich lebhaft über die verschiedensten Pflanzen unterhielten. Als die beiden Hobby-Köche aus der Küche zurückkamen, wollte Ralf unbedingt wissen, was Ludo beruflich denn so mache. Und Giulia. Und warum sie hierher gezogen waren. Und und und.

Ludo hatte allem Anschein nach aber keine große Lust, sich intensiver mit diesen Fragen zu beschäftigen und brummte nur, Giulia arbeite bei Renault und er sei Polizist.

A.F.A.L.

Die Gruppe marschierte, brav einer hinter dem anderen, einen schmalen Trampelpfad bergauf. Der Himmel war bewölkt, es wehte eine schwache Brise. Über die Gesichter rann der Schweiß.

»Da finden wir nie was, bei der Hitze«, meckerte Claude.

»Sag das nicht«, konterte Schorsch, »heut' Nacht hat's geregnet, eigentlich das ideale Schwammerlwetter.« Schorsch stammte aus Bayern, in seinem Wortschatz kam das Wort Pilz nicht vor.

»Ich kann sie förmlich riechen«, meinte Lena und schnupperte.

»Ich riech' gar nichts«, kam es dagegen von Margaret.

Die Gruppe, einige der Mitglieder der Organisation A.F.A.L., versammelte sich um Anführer Pierre, der stehen geblieben war. »Habt ihr Trampeltiere eigentlich Tomaten auf den Augen? Am Wegesrand standen einige Achtsporige Schüpplinge und direkt neben den Kuhfladen weiter unten ein wunderschöner Behangener Düngerling.« Fünf, zum Pilze suchen in die Wälder gestartete Damen und Herren blickten betreten zu Boden. Pierre schon wieder – der kannte nicht nur die Namen der ausgefallensten Pilze, der sah und roch sie anscheinend sogar im Dunkeln.

A.F.A.L., die Abkürzung für *Alliance Franco Anglaise du Languedoc,* war eine gemeinnützige Organisation, die durch kleine Mitgliedsbeiträge, Spenden und vor allem staatliche Subventionen am Leben gehalten wurde. Anne-Marie, die Gründerin und Pierre, ihr Mann, waren rührend um gemeinsame Unternehmungen bemüht. Es gab einen Diskussionskurs, wo die französischen Teilnehmer Englisch, die britischen Französisch sprechen sollten. Holländer, Schweden, Deutsche und alle anderen hatten freie Auswahl, versuchten sich aber normalerweise in der französischen Sprache. Die meisten lebten das ganze Jahr hier und wollten natürlich ihre Kenntnisse verbessern.

Manchmal wurde gemeinsam gekocht, alle fünf Wochen traf man sich am Donnerstag Nachmittag und spielte Monopoly, Uno oder Carcassonne. Ab Juni konnte man alle 14 Tage an Pétanque-Turnieren teilnehmen. Jetzt im Spätsommer, waren Wanderungen und Touren in die Pilze gefragt.

Pierre teilte zwei Gruppen ein. Lena, Schorsch und David sollten links vom Weg bleiben, Claude, Margaret und er wollten die rechte Seite absuchen. Man verglich die Uhrzeit und beschloss, sich in einer Stunde wieder genau hier zu treffen.

Schorsch war heilfroh, nicht mit Pierre in einer Gruppe zu sein. Konnte er so doch recht unbeobachtet seiner eigenen Wege gehen. Schon damals in Bayern war er überhaupt nicht gut auf andere Schwammerlsucher zu sprechen gewesen, die sich an seine Fersen hefteten. Nichts hasste er mehr als Mitläufer. Seine Plätze, an denen er fast immer etwas fand, behielt er für sich. Da war er sehr verschwiegen. Er konnte sich gut an ein nervendes Erlebnis erinnern. Eines Tages brach er sehr früh auf und erreichte eine Stelle im Forst, von der aus er zu einem seiner Geheimplätze etwa zehn Minuten durch dichtes Unterholz vor sich hatte, als ihm zwei Idioten mit Stirnlampen entgegen kamen. Jeder eine gut gefüllte Plastiktüte in der Hand. Das »da Gschwinda is da Gsünda, hahaha«, was auf Hochdeutsch etwas soviel hieß wie »wer zuerst kommt, mahlt zuerst«, klang ihm noch heute schrill in den Ohren. Wie schön, dass er hier fast alleine unterwegs war. Schließlich kannte er sich viel besser aus, als er zugab. Er brach durch dichtes Gestrüpp, umkurvte umgefallene Bäume und sprang über ein kleines Rinnsal. Am Beginn einer dunkelgrünen, feuchten Lichtung, Farne überall, moosbewachsene Hügel hier und da, konnte er die Schwammerl spüren.

Er scannte den Boden mit Kennerblick, sah über Rotstielige Heringstäublinge, Kreiselförmige Krokodilritterlinge und das tödlich giftige Weiden-Moosglöckchen hinweg, bis er endlich das Gesuchte fand. Neben einem Baumstumpf reihten sich einige

Steinpilze aneinander. Dahinter einige Riesenschirmlinge und ein prachtvoller Roter Fliegenpilz. Er zückte sein Messer, schnitt die Steinpilze knapp über dem Boden ab und verfrachtete sie in seinen Stoffbeutel. So konnte es weitergehen! Er nahm einen großen Schluck aus seiner Wasserflasche, wischte sich mit einem Tuch über die Stirn und sah sich um. Wenn er in einer leichten Linkskurve weiterging, müsste er zu einem Gebirgsbach kommen. Zumindest schloss er das aus dem Kartenausschnitt, den jeder von Pierre erhalten hatte. Aufmerksam studierte er das Gelände, registrierte mehrere Dunkelschuppige Hartsaftlinge und Struppige Teufelsflechten und konnte es nicht lassen, auf einen schon sehr trocken gewordenen, grauen Bovist zu treten. Trotz unzähliger Ermahnungen seines Vaters, dass man keine Schwammerl zertrete, machte ihm die rauchige Explosion, mit der der Pilz seine Sporen in die Luft schoss, immer wieder Spaß. Ach war das lange her!

Als das Unterholz immer dichter wurde, wich er nach rechts aus, um es zu umgehen, kam aber nicht sehr weit. Ein jäher Abgrund zwang ihn zu einem weiteren Bogen. Wenn er die leicht mit Moos bewachsenen Seiten der Bäume richtig deutete, konnte er zumindest Ost und West einigermaßen bestimmen. Ganz sicher war er sich aber nicht. Per Handy um Hilfe zu rufen kam nicht in Frage. Er wäre ja da gestanden wie der allerletzte Depp. Er beschloss, umzukehren. Allerdings hatte er so viele Kurven und Bogen hinter sich, dass er genau in die falsche Richtung ging. Er wusste es nur nicht.

Die ungewöhnlichen Geräusche kamen von der Seite.und veranlassten ihn, abrupt stehen zu bleiben. Er versuchte, ruhig zu atmen. Männerstimmen? Eine Unterhaltung? Die Stimmen wurden lauter. Ein kurzes, dreckiges Lachen war zu hören. Dann das Starten eines Viertakt-Motors. Er duckte sich hinter einen entwurzelten Baum, der vor ihm lag. Als er weiterkriechen wollte, sah er – keine 30 Meter vor sich – vier grimmig dreinblickende Männer. Sofort presste er sich auf den Boden. Ihm schwante nichts

Gutes. Verstehen konnte er nichts, aber er bekam mit, dass einer der Männer den anderen beiden eine Stofftasche übergab, während die anderen ihm gleichzeitig eine Plastiktüte zuwarfen, die sofort an den Kerl, der bereits auf dem Moped saß, weiter gereicht wurde. Beide Parteien untersuchten den jeweiligen Inhalt, nickten zufrieden und stießen die Fäuste aneinander. Keine Minute später waren die zwei auf den Motorrädern verschwunden. Die beiden anderen trotteten zu einem riesigen Felsen und Schorsch sah jetzt erst, dass dort ein stark verdreckter Landrover stand. Während die Motorradfahrer bergauf gefahren waren, kroch der Landrover schwankend und rumpelnd bergab. Kein Wunder, den Weg, den er nahm, konnte man nicht mal als Piste bezeichnen. Teils am Rande des Baches entlang, teils zwischen Felsbrocken hindurch, fand er seine Spur und war schon nach kurzer Zeit nicht mehr zu sehen und zu hören.

Schorsch zuckte zusammen, als sein Handy klingelte. Große Scheiße, wenn man ihn nur fünf Minuten früher angerufen hätte ... Er sah, dass es David war. Der einzige, der seine Nummer hatte.
»Ja sag' mal, wo treibst du dich denn rum? Die Stunde ist um.«
»Ich hab' mich verlaufen, glaub' ich.«
»Ich schicke dir unseren Standort, dann kannst du dir von Google Maps die Strecke zeigen lassen, O.K.?«
»Ja, danke.«

Irgendwo auf einem Gipfel musste ein Funkmast stehen, denn er hatte astreinen Empfang. 5G, 5 Balken. Obwohl er nicht trödelte, brauchte er fast 20 Minuten, um zum Treffpunkt zurück zu kommen. Völlig außer Atem setzte er sich auf einen Felsblock – um ihn herum fragende Gesichter.

Bernard beabsichtigte, nach dem Friseurbesuch die fälligen Lebensmittel-Einkäufe zu erledigen. Seitdem sie vor vier Jahren nach Frankreich ausgewandert waren, hatte er endlich Zeit zum Kochen. Anette ließ ihm dabei freie Hand, pochte aber darauf, dass er sich nicht in Verschönerungs-, Dekorations- und Pläne zur Gartengestaltung einmischte. Bernard hatte zugestimmt und so war es an ihm, sich einen Speiseplan für die kommenden Tage auszudenken. Gäste hatten sie im Moment keine, die letzten Besucher, die ihren drei Monate alten Zwergdackel mitgebracht hatten, waren vor einigen Tagen abgereist. Ein süßes Kerlchen. Gerade mal viereinhalb Kilo schwer, mit kurzem, rehbraunem Fell, langgezogener Schnauze und klassischem Dackelblick. Außerdem folgte er aufs Wort. Sagte man »kommst du jetzt her oder nicht?«, kam er oder auch nicht ...

Für heute, Dienstag, Mittwoch und Donnerstag hatte er sich einiges vorgenommen. Neben Körnerbrot mit geräucherter Forelle und Salicornes, getrüffelter Entenleberpastete, Spießen mit Jakobsmuscheln, großen gegrillten Kalbskotelletts, einem Salat aus Tomaten, Bohnen, Frühlingszwiebeln und Thunfisch, iberischem Schinken mit Burrata, Austern und Oktopus-Salat standen noch Crêpes Suzette und eine große Käseplatte auf dem Programm. Außerdem wollte er einige Baguettes und Croissants auf Vorrat kaufen.

Dazu kam eine ganze Menge Obst, das sie für das Müsli brauchten, das Anette und er immer mittags um 14 Uhr verspeisten. Seit vier Jahren waren sie begeisterte 16:8-Intervall-Faster. Das bedeutete, nach acht Stunden, in denen man (mehr oder weniger) essen konnte, was man wollte, 16 Stunden zu fasten. Wasser, Tee und Kaffee ohne Milch oder Zero-Getränke waren erlaubt. Deshalb standen noch Bananen, Äpfel, Passionsfrüchte, Trauben, Ananas, Mango und Brombeeren auf seinem Zettel. Und wer weiß, eventuell gab es schon Granatäpfel aus südlicheren Breiten.

Zuerst kam aber Mathieu dran. Frisch angekommen im Süden Frankreichs, hatten sie sich komplett neu orientieren müssen. Einen jungen, sehr sympathischen Allgemeinarzt suchten sie gemeinsam auf, ebenfalls einen Zahnarzt. Wobei sie mit letzterem nicht absolut zufrieden waren. Eine Rucki-Zucki-Zahnreinigung, die nach acht Minuten Ultraschall und zwei Minuten Polieren endete, war ihnen fremd.

In Deutschland saß man für eine professionelle Zahnreinigung mindestens 25 Minuten auf dem Stuhl. Bei den Friseuren trennten sich dann die Wege. Anette war nach mehreren Versuchen bei einem kleinen Salon in Narbonne angekommen, Bernard fühlte sich in Mathieus Shop *Planet Hair* wohl.

»*Comme d'habitude?*«, wollte Mathieu wissen.

»Ja, wie immer. Aber nicht allzu kurz. Jetzt spann' mich nicht so auf die Folter. Was ist denn passiert?«

Zwischen elektrischem Langhaarschneider und Schere, Sprühen mit der Wasserflasche und Rasiermesser, durch Mathieus kernigen Sound angereichert – er ließ gerne Joe Bonamassa über seinen dicken Bluetooth-Lautsprecher wummern – erfuhr Bernard, was geschehen war.

Mathieu begann seine Geschichte und erzählte, dass er eine neue Tour ausprobieren wollte. Dass die Biking-App ihm eine einsame, anspruchsvolle Strecke vorgeschlagen hatte, die in großem Bogen vom Startpunkt wieder zum Ausgangspunkt zurückführte. Anfangs auf Kieswegen ziemlich steil bergauf, folgte ein längeres, flaches Stück Geröllweg, an das sich ein herrlicher Parcours durch ein trockenes Bachbett anschloss. Ein kurzer, heftiger Anstieg, die App empfahl, das Bike gegebenenfalls zu schultern, dann hatte man es auf den höchsten Punkt geschafft. Von hier ging es dann in halsbrecherischem Tempo zurück, wobei mehrere, herausfordernde Abschnitte zu bewältigen waren. Enge, holprige Wege wechselten sich mit Zickzack-Kursen zwischen Nadelbäumen, Geröllpisten mit starkem Gefälle und plötzlichen Sprungschanzen ab. Kaum hatte man die Schussfahrt über eine sonnige Wiese geschafft, ging es unvermittelt in einen Steilhang, der einen hart in die Bremsen greifen ließ.

»Komm schon. Das ist ja nicht auszuhalten!«

»Okay«, sagte Mathieu, »ich bremse mich also den Weg hinunter, brettere in eine Rechtskurve und schieße mit richtig Speed auf einem schmalen Pfad zwischen eng stehenden Bäumen hindurch und werde plötzlich wie der Blitz vom Fahrrad gerissen.«

»Wow!«
»Allerdings!«

»Als ich mich aufgerappelt hatte, hab' ich erst mal das Bike gecheckt. Ein böser Achter im Vorderrad, aber sonst schien alles in Ordnung zu sein. Ich ziehe die Handschuhe aus, du weißt schon, solche, die die Finger ab den Knöcheln frei lassen und sehe, wie das Blut aus dem linken tropft. Weiter komme ich nicht, da stehen vier Gestalten in Motorradkluft und Helm um mich rum. Vier Typen, alle komplett schwarz gekleidet, schwarze Stiefel, schwarze Helme mit spiegelnden Visieren. Kein Name, kein Firmenlogo, nichts. Zwei von ihnen haben dicke Schraubenschlüssel in der Hand, die sie schmetternd in die dicken Handschuhe klatschen lassen.
»Geldbeutel, Uhr, Handy«, sagt einer und kommt auf mich zu. Zitternd gebe ich ihm, was er verlangt hat. Er fummelt an meinem Rucksack rum, leert den gesamten Inhalt auf den Boden und stochert darin herum. Ein anderer schnappt sich das Fahrrad und trägt es weg. Als ich mich aufrappele und protestiere, spüre ich einen stechenden Schmerz am Hinterkopf und geh' zu Boden. Dann wird alles schwarz.«

Bernard konnte es nicht glauben. Eine Motorradgang, die harmlose Mountainbiker ausraubt? Bei uns in den Wäldern?

»Wo warst du denn eigentlich unterwegs?« wollte er wissen. Mathieu erklärte ihm, er kenne schon so viele Touren, dass er mal etwas Neues testen wollte. Drum habe er eine Rundtour in der Nähe von Axat ausgesucht.

»Wenn du von Limoux kommend Richtung Pyrenäen fährst, den majestätischen *Canigou* immer im Blick, passierst du zuerst Quillan, dann Axat. Hinter Axat gibt es dichte Wälder, schroffe Hügel mit bis zu 1.500 Metern und jede Menge einsame Pisten. Die App kennt mehrere kürzere und längere. Einfache aber auch recht schwierige. Insgesamt ist die Ecke zwar einsam, aber durchaus beliebt. Angler, Wanderer, Biker ...«.

»Klingt irgendwie wie im Krimi«.

»Du sagst es. Als ich mich wieder aufgerappelt hatte, lag ich neben einem dicken Baumstamm. Die Kerle müssen ihn quer über den Weg gelegt haben. Nach einer Bodenwelle, knapp im Schatten. Praktisch nicht zu sehen. Mich hat's vom Rad gehebelt und ich habe mir den kleinen Finger aufgerissen. Zum Glück links, deshalb kann ich schon wieder arbeiten«.

Mathieu zeigte Bernard seinen kleinen Finger, wo eine etwa drei Zentimeter lange, rötliche Zick-Zack-Naht zu sehen war.

»Du warst aber schon bei der Polizei, oder«, wollte Bernard wissen, was Mathieu mit einem empörten »Was denkst du denn? Natürlich. Die Arschgeigen müssen geschnappt werden! Außerdem möchte ich mein Fahrrad zurückhaben. Das war ein scheißteueres Cannondale« beantwortete.

Sie tauschten noch Gedanken zu warum, wer, wieso usw. aus, drehten sich aber irgendwie im Kreis. Als Bernard fertig war, zückte er sein Handy um zu bezahlen und um sich einen neuen

Termin zu notieren. Obwohl ein älterer Herr, der als nächster dran war, schon seit einer knappen Viertelstunde gewartet hatte, ignorierte ihn Mathieu und verriet Bernard noch einen allerletzten Restaurant-Geheimtipp.

»Du isst doch so gerne Austern und Meeresfrüchte, oder?«

»Das weißt du doch inzwischen!«

»Gut, dann geh mal in Gruissan ins *La Perle Gruissanaise*. Die Perle von Gruissan, frei übersetzt. Ein einfaches Selbstbedienungs-Restaurant am allerletzten Zipfel der Uferbefestigungen zwischen Gruissan und Narbonne Plage. Ein paar Holztische, das war's«.

Hier mischte sich der wartende Kunde ein und voller Begeisterung in der Stimme ergänzte er:

»Wer auf den ganzen Schnick-Schnack verzichten kann, ist hier genau richtig. Beste Austern für 1,20 Euro das Stück, eins-a-Garnelen, wild gefangen oder aus der Zucht, Krebsscheren, Schnecken, Muscheln. Umwerfend! Top-Qualität zu vernünftigen Preisen. Dazu offene Weine, weiß oder rot, der halbe Liter in der Karaffe für läppische sechs Euro! Zum Glück steht der Schuppen noch in keinem Reiseführer«.

Aufregende Giulia

Bei Bernard rauchte es im Oberstübchen. Die Räuberpistole von Mathieu ging ihm nicht aus dem Kopf. Den ganzen Heimweg über versuchte er, die Puzzleteile zusammen zu setzen. Aber er stieß immer wieder auf ein Teil, das nicht so recht passte. Nachdem er eine Abzweigung übersehen hatte und am folgenden Kreisverkehr umkehren musste, beschloss er, die Geschichte erst mal hinten anzustellen und widmete sich in Vorfreude dem Abendessen.

Von all den Leckereien hatten die frischen Salicornes das kürzeste Haltbarkeitsdatum. Die, auf Deutsch mit Europäischer Queller irgendwie holprig übersetzte Delikatesse, war eine knackige, dunkelgrüne Wildpflanze, die in Meeresnähe wuchs. Stark verästelt, wenige Millimeter dick, war das Gemüse aus der aktuellen Sterneküche nicht wegzudenken. Bernard schätzte den salzig-pfeffrigen Geschmack und dass es sehr gut mit Fisch harmonierte. Er wusch den Meeresspargel, dieser Begriff sagte ihm mehr zu und schwenkte ihn mit einem Stich Butter in einer kleinen Sauteuse. Dann röstete er einige Scheiben *pain nordic*, sein bevorzugtes, dunkles, Körnerbrot in einer Schmorpfanne vorsichtig an. Er legte sie auf zwei kleine Teller, gab einen Tropfen bestes Olivenöl und ein paar grobe Salzkörner drauf, platzierte auf jede Scheibe etwas von der geräucherten Forelle und garnierte zuletzt mit ein paar Stängeln Salicornes. Fertig war der Gruß aus der Küche, wie er seine Happen vor dem Hauptessen immer nannte.

»Sag mal, was macht eigentlich der wilde Franz?« wollte Anette mit vollem Mund wissen. Bernard hatte den Esstisch auf der Terrasse gedeckt, Wein- und auch Wassergläser bereit gestellt, einen anständigen Weißwein in eine schlanke Flasche ohne Etikett umgefüllt, die in einem Eiskübel stand, ein Baguette aufgebacken und neben Salz und Pfeffer auch einige Gläschen sehr scharfes

Chilipulver aufgereiht.

»Wieso?«

Er war baff. Anette fragte nach Franz.

»Na ja, ihr seid ja manchmal unzertrennlich, da dachte ich mir, ich frag' einfach mal, was der Zipfel so treibt. Schickt er dir wieder ätzende Asterix-Fragen?«

Zipfel war eigentlich eines der Lieblings-Wörter von Bernard. Aus Anettes Mund klang es irgendwie komisch. Plötzlich hatte er die Situation wieder vor Augen. Damals, als er noch regelmäßig seinen bevorzugten Buchladen in München-Giesing aufsuchte. Zur Buchhandlung führte eine breite Straße, in deren Mitte die Gleise der Tram verlegt waren. Ein Taxifahrer wollte wenden. Nicht ganz vorschriftsmäßig, aber das kümmerte ihn nicht. Die hinter ihm zum Bremsen gezwungene Trambahn musste stehen bleiben und dem Straßenbahnfahrer platzte sehr schnell der Kragen. Er klingelte schrill, öffnete das Seitenfenster und fluchte lautstark. Der Taxifahrer war aber nicht auf den Mund gefallen, grinste und konterte aus dem offenen Schiebedach »kummst ned raus aus dei'm Gleis, ha, du Zibbfe?«

Es folgte ein dreckiges Lachen, das dem Trambahnfahrer die dunkle Zornesröte ins Gesicht trieb. Aber was sollte er machen? Aus dem Gleis raus kam er nun wirklich nicht.

»Ich habe keine Ahnung. Das letzte Mal, als wir Kontakt hatten, ist schon Wochen her. Ich hab' ihm vorgeschlagen, eine Frage zu schicken, aber er hat nicht geantwortet. Vielleicht schreib' ich ihm die Tage mal eine WhatsApp.«

»Na, dann überstürz' mal nichts! Ich bin nicht scharf darauf, dass er hier auftaucht.«

Bernard erwiderte nichts. Er wusste,wann es besser war, den Mund zu halten.

Franz Wild war ein eigenwilliger Geselle. Ein Casanova, ein Pascha, ein Weiberheld, einer, der sich um die Meinung anderer nichts schiss. Ein Lustmolch obendrein. Anette nannte ihn manchmal voller Verachtung Kotzbrocken und so ganz daneben lag sie damit nicht.

Wenn er gegen 10 Uhr im quietschgelben Polo-Hemd in sein Büro kam, wusste sofort jeder, er wäre spätestens um 14 Uhr wieder weg und auf dem Weg zum Golfplatz.

Auf Grund zahlreicher Affären, dem Sammeln teurer Autos und seiner Leidenschaft, auf dem Golfplatz Wettspiele um hohe Geldbeträge zu veranstalten, wurde er von allen nur der wilde Franz genannt. Seiner Frau Eleonore wurde es eines Tages zu viel. Sie zog aus und verlangte die Scheidung. Genaueres wusste niemand, aber Franz hatte wohl mit einem ausgeklügelten Ehevertrag vorgesorgt und einen erheblichen Teil des Besitzes halten können.

Seine Art mit der Weiblichkeit umzugehen, rief bei Anette – und da war sie beileibe nicht die einzige – Ablehnung bis Abscheu hervor. Franz war einer schnellen Nummer, wie er es nannte, nie abgeneigt. Sehr früh am Morgen, die am Abend zuvor charmant umgarnte Dame schlief noch tief und fest, sammelte er seine Klamotten zusammen und verschwand laut- und grußlos. Dies hatte zur Folge, dass die weiblichen Angestellten seiner Kanzlei oft schon nach kurzer Zeit das Weite suchten. Franz war's egal. Wenn es im Büro keine feschen neuen Hasen gab, würde er auf dem Golfplatz oder in einer Eisdiele sicher was finden.

Bernard verschwand kurz in der Küche, um die Spieße mit den Jakobsmuscheln zu holen, die er heute grillen wollte. Am Nachmittag hatte er die Nüsse, so nannte man den weißen Muskelstrang zwischen den Schalen, gewaschen und aufgespießt. Zwischen die Jakobsmuscheln steckte er abwechselnd Bacon, Zitronenscheibchen und Zwiebelstücke, würzte mit Limette und einem Hauch Currypulver und marinierte sie zart mit Knoblauch, Petersilie und Olivenöl. Als Beilage hatte er Zucchini vorgesehen, die er längs halbiert und kreuzweise eingeschnitten hatte. Gesalzen lagen sie auf der Arbeitsfläche. Er tupfte sie ab, legte sie in eine flache Schüssel, gab Öl und eine Prise Paprikapulver darauf. Auf dem Grill sollten sie vorsichtig gebraten werden.

Die Jakobsmuscheln dufteten herrlich und bevor die Zucchini zu dunkel wurden, nahm er sie vom heißen Rost, gab sie zurück in die Schüssel und bestreute sie noch mit Oregano. Dazu kredenzte er ein rösches Baguette, das später auch noch den Käse begleiten sollte.

Am Tisch unterhielten sie sich über dies und das und genossen den milden Abend. Bernard musste immer wieder an Franz denken, mit dem er vergangenes Jahr nicht unwesentlich zur Aufklärung eines Verbrechens in ihrer Gemeinde beigetragen hatte. Was der Kerl wohl zur Zeit so trieb? Er beschloss, ihm möglichst bald zu schreiben.

»Was hältst du eigentlich von unseren neuen Nachbarn?« riss ihn Anette aus seinen Gedanken.
»Schwer zu sagen, wir kennen sie ja kaum. Allem Anschein nach haben sie was für gutes Essen übrig. Das ist schon mal kein schlechter Anfang.«
»Dann wird's ja nicht lange dauern, bis du mit Ludo zusammen am Grill stehst, oder?«
»Nun mal schön langsam. Ich will mich nicht aufdrängen.«

Bernard hätte in Wirklichkeit nichts gegen mehr Kontakt gehabt, vor allem die Gegenwart von Giulia fand er aufregend.
»Weißt du was«, überraschte ihn Anette, »ich schau' mal schnell zu den beiden rüber. Ich könnte mir vorstellen, dass sie noch einige Ecken haben, die bepflanzt werden müssen und wir haben doch unsere Bananenpalme geteilt, weil sie zu groß geworden ist. Ich bringe ihnen einen Ableger.«
»Ich könnte auch ...«.

»Nein, nein, kümmer' du dich mal um die Küche, Chefkoch!«

Das Baguette war aufgegessen, vom Käse nur noch wenig übrig, die Weinflasche leer. Anette räumte die Reste in die Küche, während Bernard zum Pool spazierte. Eine Abkühlung tat jetzt gut und sein Rücken freute sich auf ein paar Bahnen. Als er im Wasser lag, das Anfang September immer noch 27 Grad hatte, wirbelten verschiedenste Gedanken durch seinen Kopf. Eine Bikini-Schönheit namens Giulia wich dem Bild knusprig gebratener Jakobsmuscheln, ein grinsender Taxifahrer wechselte sich mit Obelix ab, der das vierte Wildschwein verdrückte.

Er tauchte unter. Herrlich. Diese Kühle ringsum. Diese Stille. Die Gedanken waren frei. Hier konnte man es aushalten.

Zufälle

Die neuen Nachbarn hatten sich sehr über Besuch und Pflanze gefreut und Anette hatte sie im Gegenzug spontan auf ein Glas Wein eingeladen. Wenn sie denn noch Lust hätten, schließlich sei es schon spät. Doch beide waren ruckzuck in ihre Flip-Flops gesprungen und sofort mitgekommen.

»Und euer Hund?«, wollte Anette wissen.

»Der hat gefressen. Jetzt liegt er träge in seinem Korb. Ich gehe mit ihm später noch eine Runde übers Feld«, gab Giulia zurück.

»Ein braver, euer Ricco.«

»Er ist erst fünf Monate alt und noch sehr verspielt.«

»Ich mag ihn.«

Anette steuerte auf die Terrasse zu, bot Sitzplätze an und rief Bernard, er solle endlich aus dem Wasser kommen. Man habe Gäste.

Bernard staunte nicht schlecht. Die neuen Nachbarn. Um diese Uhrzeit. Rasch schlüpfte er in Shorts und zog sich ein altes Stones-T-Shirt über. Er begrüßte die Gäste, wurde von Anette in die Küche geschickt, um eine Flasche Wein zu holen und war froh, einige Reserveflaschen kalt gestellt zu haben. Auch den Rotwein trank man hier kühl, um nicht zu sagen kalt. 12 Grad maximal. Mit klirrenden Gläsern kam er zurück auf die Terrasse und registrierte zufrieden, dass seine Liebste an Schüsselchen mit Nüssen und Oliven gedacht hatte.

Noch bevor er danach fragen konnte, erzählte Ludo, er sei bei der Polizei. Im Range eines *Commandant de police*. Das war ziemlich hoch, wusste Bernard. Darüber gab es in dieser Besoldungsgruppe nur noch den *Commissaire de police*. Er habe in Marseille angefangen und sei Stufe um Stufe nach oben geklettert. Da der Posten des *Commandant* in Narbonne frei geworden war, habe er sich beworben und sei genommen worden. Marseille hinge ihnen beiden zum Hals heraus. Eine faszinierende, aber leider auch gefährliche Stadt. Jede Menge üble Banden, skrupellose Gangster, Bandenkriege. Vor allem im Norden. Als der zweite seiner jungen Kollegen im Dienst erschossen worden war, hatten sie beschlossen, die Stadt zu verlassen.

»Also sind wir nach Narbonne gezogen. Giulia hat nächste Woche ein Vorstellungsgespräch bei einer Renault Niederlassung und mir hat man gleich den Schreibtisch zugepflastert.«

»Kaum da und schon mittendrin?« wollte Bernard wissen.

»Allerdings. Ein Mord, ein Überfall und ein Hinweis auf eventuelle Schmuggler. Hab' ganz schön zu tun«, klärte ihn Ludo auf.

Anette hatte sich Giulia zugewandt. Die beiden unterhielten sich über Hunde, Gartenpflanzen und Käsekuchen. Bernard wollte eigentlich mit einem halben Ohr lauschen, aber die Fälle, von denen Ludo berichtete, reizten ihn mehr.

»Ein Mord? Ein Überfall? Eine Schmugglersache?«

»Ich kann dir da natürlich keine Details nennen, aber in der südwestlichen Ecke des Départements scheint es im Moment hoch herzugehen.«

»Das wäre dann so etwa bei Quillan?«

»Genau. Im Bereich Espéraza - Quillan – Axat.«

Bernard kannte die Orte. Wenn man von Carcassonne kommend in Richtung der Pyrenäen fuhr, passierte man zuerst Limoux, dann Espéraza, dann Quillan, schließlich Axat.

»Sag mal, stimmt das, dass du letztes Jahr den Kollegen bei der Überführung eines Verbrechers wesentliche Infos gegeben hast?«

43

Bernard nickte ein »naja, da war viel Zufall mit im Spiel.«

»Kleiner *Hercule Poirot*, was?«

Bernard fühlte sich durch den Vergleich mit dem berühmten Meisterdetektiv geschmeichelt, musste aber zugeben, dass tatsächlich seine Kombinationsgabe schlussendlich zur Auflösung geführt hatte. Gut und schön, auch der wilde Franz hatte einen Anteil am Erfolg. Doch das konnte er zu einem späteren Zeitpunkt immer noch erzählen.

»Hmm.«

»Jetzt tu mal nicht so! Ich hab' ein bisschen in dem Bericht geblättert. Logisch mitgedacht und richtig kombiniert. Wenn ich Hilfe brauche, klingele ich bei dir, einverstanden?«

Hier wurde das Gespräch durch einen gedämpften Aufschrei von Anette unterbrochen.

»Das gibt's nicht! Bei den Thermen des Caracalla ums Eck? Da bist du aufgewachsen? Ich kenn' die Ecke. Eine Jugendliebe von mir hat dort gewohnt. Etwas südlich. Da wo die zwei Fußballfelder senkrecht aneinander stoßen. Zwei oder drei Mal hab' ich ihn besucht. Das kann ja nicht wahr sein!«

»Als Kind bin ich dann mit meinen Eltern nach Frankreich gezogen, fühle mich aber immer noch als halbe Italienerin. Papa hat jeden Sonntag Pizza gemacht und Mamma kocht heute noch am liebsten Bollito misto und solche Sachen.«

Da hatten sich ja zwei gefunden! Ludo und Bernard saßen staunend dabei, leerten ihre Gläser und lauschten. Als Bernard in die Küche ging, um eine neue Flasche zu holen, folgte ihm Ludo. Bei Fuß, sozusagen.

»Ich freue mich wirklich sehr, so sympathische Nachbarn

gefunden zu haben«, begann Ludo, doch Bernard konterte ihn aus.

»Wart's ab, ich bin ein Dickkopf und Anette erst ...«.

»Jetzt komm, wir haben uns dieselbe Ecke ausgesucht, um in Ruhe leben zu können, wir haben beide was für gutes Essen übrig, unsere Frauen verstehen sich prächtig, wie man sieht, ich muss mich – du darfst dich mit Kriminalfällen auseinandersetzen, wenn das kein guter Einstand ist.«

»Auf jeden Fall schmeckt dir mein Roter, so wie's aussieht«, dachte sich Bernard, entkorkte eine weitere Flasche, antwortete aber mit einem kameradschaftlichen »da hast du absolut Recht, also, auf gute Nachbarschaft!«

Es raucht im Kopf des Kommissars

So hatte sich der *Commandant de police*, Ludovic Serries, das nicht vorgestellt. Im Blitzverfahren hatte ihn sein Chef den Kollegen vorgestellt, ihm sein Büro gezeigt und ihn in einer Marathon-Besprechung in die aktuellen Fälle eingewiesen.

Jetzt saß er an seinem Schreibtisch und starrte auf einen Stapel Akten. Um nicht gleich zu Beginn den Faden zu verlieren, hatte er sich drei dünne Ordner angelegt und ordentlich beschriftet. "Erschossener Angler", "Ausgeraubter Radler" und schließlich "Verdächtige Personen/Schmuggler". Er musste jetzt systematisch vorgehen.

Absolute Priorität hatte natürlich die Sache mit dem Angler, der aus nächster Nähe erschossen worden war. Er nahm ein paar Blätter aus einer der Akten und machte sich Notizen:

1) Jules Jovanovic war 42 Jahre alt. Arbeitete als Angestellter im Feinkostgeschäft *La Ferme Narbonnaise* in Narbonne. Wohnte zur Miete in einer Drei-Zimmer-Wohnung mit kleinem Garten in der winzigen *Rue Ancienne Porte de Béziers*. Dazu gehörte ein Stellplatz beim nahe gelegenen *Couvent des Carmélites.* Was die Kollegen in kurzer Zeit alles in Erfahrung gebracht hatten! Privatparkplatz beim Kloster. Unglaublich.

Jules war alleinstehend. Keine Kinder. Die Mitarbeiterinnen, erstaunlicherweise arbeiteten im Feinkostgeschäft außer Jules nur Frauen, beschrieben ihn als höflich, sehr korrekt, reserviert. Alle waren zutiefst entsetzt und verneinten die Frage, ob er Feinde gehabt habe. Das sei unvorstellbar, aber so gut kenne man sich auch wieder nicht. Was er in seiner Freizeit unternommen habe? Sie wussten es nicht. Nur, dass er mittwochs, an seinem freien Tag, gerne mal zum Angeln gefahren ist.

2) Mathieu Sanchez, 36 Jahre alt, verheiratet, zwei Töchter.

Arbeitete seit gut zehn Jahren in seinem eigenen Barber-Shop *Planet Hair*. Die Räumlichkeiten waren natürlich nur angemietet, aber er war sein eigener Chef. Keine Angestellten. Mit Frau und Töchtern bewohnte er ein kleines Reihenhaus am Stadtrand. Als er Anzeige erstattete, gab er zu Protokoll, überfallen und ausgeraubt worden zu sein. Handy, Uhr, Brieftasche, Mountain-Bike - alles weg. Er habe den Montag, an dem sein Geschäft Ruhetag hat, genutzt und sei in die Berge gefahren, um eine neue Strecke auszuprobieren. Er sei alleine unterwegs gewesen und habe auch keine anderen Biker getroffen. Sein Auto besaß er nur deshalb noch, weil die Kerle den Schlüssel nicht gefunden hatten. Wenn er sportlich unterwegs war, nahm er nur den Reserveschlüssel ohne Fernbedienung mit und steckte diesen in die rechte Socke.

Es seien vier Typen in Motorradkluft gewesen, schwarze Lederkombis, schwarze Helme, spiegelnde Visiere. Dem Dialekt nach Leute aus dem Süden. Er habe nichts erkennen können. Einer muss ihn von hinten niedergeschlagen haben.

3) Claude Simon, Georg Maier, genannt Schorsch, Lena Lindblom, Margaret Hardcastle, David Crossley und Pierre Rogez. Zwei Franzosen, ein Deutscher, eine Schwedin, eine Engländerin, ein Schotte. Einige von schätzungsweise 40 A.F.A.L.-Mitgliedern dieser komischen Französisch-Britischen Quassel-Gruppe.

Schorsch – Ludo wollte es nicht so recht gelingen, den kurz und hart mit rollendem R prononcierten Namen richtig auszusprechen, und das obwohl er mit dem berühmtem Sänger und Liedermacher Georges Brassens aus Sète einen guten Anhaltspunkt gehabt hätte – hatte sich von den anderen entfernt und verlaufen, als er die vier zwielichtigen Gestalten bemerkte, die irgendwelche Sachen austauschten. Taschen gegen Tüten. Er hatte nicht den Eindruck, dass man Pilze gegen Heidelbeeren tauschte. Aber was dann?

Ludo wägte ab, ob es bei den drei Fällen Gemeinsamkeiten gab, fand aber nur wenige. Wobei – sollte es sich tatsächlich um

Schmuggler handeln, am Ende ein Austausch Rauschgift gegen Schwarzgeld oder ähnliches, wären Kaliber im Spiel, die auch vor einem Mord an einem einsamen Angler nicht zurückschrecken würden. Was überhaupt nicht ins Bild passte war, dass die Tatorte "Erschossener Angler" und "Verdächtige Personen/Schmuggler" mehr als zehn Kilometer auseinander lagen.

Er entwarf einen Plan, den er den Kollegen bei der nächsten Besprechung erläutern wollte. Als erstes mussten die Spuren, die sie im Fall "Erschossener Angler" hatten, ausgewertet werden. Obwohl sofort nach der Entdeckung der Leiche Kollegen vor Ort gewesen waren, wollte er ein weiteres Mal Beamte hinschicken, um sich nochmals genau umzusehen und alle im Umkreis wohnenden oder arbeitenden Personen zu befragen. Er selbst wollte sich Tatort und Umgebung ebenfalls ansehen.

Ein zweites Team solle diesem Mathieu Sanchez auf den Zahn fühlen. Die ganze Geschichte klang irgendwie merkwürdig. Sein Bauchgefühl sagte ihm, dass da etwas nicht zusammen passte.

Und dann diese A.F.A.L.-Gruppe. Er beschloss, die junge Kollegin, die sehr gut englisch sprach, zum nächsten Treffen zu schicken. Dort müsste sie die meisten der Pilze-Sucher antreffen. Hoffte er. Da keiner im Revier Deutsch sprach, würde es sicher schwierig werden, aus diesem Schörrsche – so etwa klang Georg aus Ludos Mund – etwas rauszubringen. Und ob er wirklich was Interessantes beobachtet hatte? Abwarten. Die Leute bildeten sich manchmal weiß Gott was ein.

Völlig unberührt von der polizeilichen Ermittlung – noch – kümmerte sich Bernard um seinen Tagesablauf. Er hatte sich angewöhnt, gegen halb neun aufzustehen, die dicken Fensterläden, die prima gegen Sonne und Hitze schützten, aufzustoßen und schlurfte dann erst mal ins Badezimmer. Man konnte ihn nun wirklich nicht als Frühaufsteher bezeichnen. Menschen, die auf facebook den Blick in die aufgehende Sonne posteten, den sie um sechs Uhr morgens aufgenommen hatten, waren ihm unheimlich. Er schnappte sich einen Schlüsselbund, an dem ein dicker Holzfisch hing, ging eine Runde durch den Garten, zum Pool und zu dem seitlich am Poolhaus liegenden Serviceraum, in dem er die elektrische Abdeckung des Schwimmbades öffnen konnte.

Er legte die Auflagen auf die beiden Deckchairs, klappte den Sonnenschirm auf, drapierte zwei Badetücher auf den Liegen und fischte mit einem Kescher ein paar Blätter aus dem Wasser. Nach dem Gießen der Zitruspflanzen und Chilis wollte er nach Anette sehen. Außer das glitzernde Wasser reizte ihn zu sehr und er schwamm schon mal ein paar Bahnen. So wie heute. Als er die zwanzigste 8,50 Meter-Bahn angriff, kam seine Liebste aus der Terrassentür. Eine Tasse Tee in der Hand.

»Soll ich dir deinen Kaffee schon machen?«

»Das wäre super!«

»Und das Handy mitbringen?«

»Ja, gerne!«

Was für ein herrliches Ritual. Ab Mai, je nach Großwetterlage auch schon Mitte April, saßen sie vormittags am Pool. Anette mit Strickzeug und einer Tasse Tee, Bernard mit einem doppelten Lungo. Drückten auf den Handys rum, fragten sich französische Redewendungen ab und genossen den Sommer.

Bernard hatte letztes Jahr ein Online-Golfspiel entdeckt und war inzwischen schon fast süchtig nach *Golf Rival*. Täglich musste man diverse Aufgaben erledigen, Turniere spielen, sich im Königreich beweisen oder in der sogenannten Albatros Arena. Er spielte ein paar Partien, hatte dann aber plötzlich keine Lust mehr. Das SZ-Rätsel, das sie am Vortag begonnen hatten, lachte ihn an. Als sie noch im Münchner Umland gewohnt hatten, bekam Bernard, der viele Jahre selbst bei einer Zeitung gearbeitet hatte, das SZ-Magazin durch seine guten Kontakte zum absoluten Vorzugspreis. Anette las fast jeden Beitrag, amüsierte sich immer wieder königlich über Axel Hackes "Das Beste aus aller Welt", speicherte sich die Hotel-Empfehlungen, sei es Ligurien, Estland oder Österreich und war einer der größten Fans des Kochquartetts. Da Bernard auch im Süden Frankreichs nicht auf das Rätsel verzichten wollte, hatte er sich zu einem monatlichen Angebot durchgerungen. Für 19,99 Euro bekamen sie jede Woche das SZ-Magazin und Freitags und Samstags auch die Zeitung in digitaler Form.

Bernard las eher quer, blieb mal bei "Sagen Sie jetzt nichts", mal bei "Gute Frage", mal bei "Gemischtes Doppel" kurz hängen, während er voller Vorfreude zum "Das Kreuz mit den Worten" von CUS blätterte. Dieses Kreuzworträtsel hatte es in sich. Aber sowas von. Meistens brauchte er eine ganze Woche, um es zu lösen, wobei er das Heft am ersten Tag öfters mal fluchend auf den Tisch pfefferte, so unlösbar erschienen ihm wieder die Fragen. CUS, das wusste er, waren die Initialen von Curt Schneider, der in Planegg bei München wohnte, oder war es doch Neuried gewesen oder Martinsried? Egal. Irgendwann war ein Teil seiner Adresse mal Teil des großen Sommer-Rätsels.

Bernard rückte die Brille zurecht und las vor. 1 Rüber: Der Tod kann uns alle mal. Sieben Buchstaben. Der vierte ein F.

Das ging ja schon gut los. 11 Rüber: Sieben Punkte, die uns im Frühjahr wieder beglücken werden. 12 Buchstaben, am Ende ein R. Och nee! Bernard biss in den Bleistift. Was Rätsel betraf, war er kein Unbeleckter. Hatte er doch selbst einige Jahre in dieser

Branche gearbeitet und ähnliche Gemeinheiten ersonnen. Aber CUS konnte er nicht das Wasser reichen. 20 Rüber: Schweigerecht nur damit. Drei Buchstaben. In der Mitte ein I.

»Til«, kam es wie aus der Pistole geschossen von Anette.

»Hä?«

»Ja, Til halt. Mein Gott.«

»Wieso Til?«

»Til Schweiger. Sag' mal, kapierst du heut' gar nix?«

Bernard war baff. »Til, so so. Aber warum?« Er riss sich zusammen und bat Anette, ihm den Til zu erklären.

»Mensch, ganz einfach. Schweigerecht – Schweiger … echt nur damit. Til! Du musst Schweigerecht in Schweiger echt aufdröseln. Capito?« Bernard verdrehte die Augen.

So ging es weiter. Anette war heute groß in Form. Bernard schrieb ein Wort nach dem anderen ins Gitter, brachte selber aber nicht viel zustande. Als es begann, frustrierend zu werden, warf er das Heft auf die Liege, sprang auf und murmelte »Ich geh' mal ins Wasser.«

Während er sich auf dem Rücken liegend treiben ließ, summte sein Handy. Das schrille "Didelidelüt" kündigte eine neue WhatsApp an.

»Dein Handy hat gepiepst.«

»Ja, ich hab's gehört.«

Bernard schwamm zum Rand, wuchtete sich aus dem Wasser, trocknete sich oberflächlich ab und las:

»Servus alter Sack! Wie geht's, wie steht's? Na, darauf will ich die Antwort gar nicht wissen«.

»Gestern ging's noch, du Depp«, dachte sich Bernard und las weiter: »Mir geht's prima, wie du dir denken kannst. Nach der blauäugigen Blonden, die letzten Monat in der Kanzlei angefangen hat, bin ich aktuell mit einer umwerfenden Schwarzen zusammen. Rein optisch zwar nur ein schwacher Dreier, aber in der Kiste …«.

Bernard stöhnte auf und verbarg das Display so gut es ging vor Anette. Wenn sie das lesen würde … Sie konnte Franz ja sowieso nicht leiden, aber wenn er anfing, mit Weibergeschichten – sein Ausdruck – zu prahlen, war alles aus.

Irgendwie hatte sie aber den siebten Sinn, als sie wissen wollte »Was will er denn, der Franz? Sind wieder irgendwelche Mäuschen am Start?«
»Woher weißt du, dass …?«
»Na ja, ich brauch' dich ja nur anzusehen.«
»Aha!«

Bernard erkannte, dass er an seinem Pokerface arbeiten musste und erwiderte kurz und trocken: »Wenn du eh schon weißt, dass die Nachricht vom wilden Franz ist, weißt du sicher auch, um was es geht!«

Drehte sich von Anette weg und las den Rest der Mitteilung.

» … ein Knaller, das kann ich dir flüstern. Ich möchte dich aber nicht mit meinem grandiosen Sexualleben langweilen, sondern dir eine Frage stellen. Unser letzter Asterix-Wettbewerb ist ja schon ein paar Wochen her. Deshalb heute eine neue Aufgabe. Wie immer, ist jegliche fremde Hilfe verboten, aber das weißt du ja. Ich gebe dir Zeit bis, sagen wir mal, zum Wochenende.
Es geht um eines meiner Lieblings-Hefte: Asterix bei den Briten. Mit welcher Sportart werden Asterix und Obelix in der Taverne *Zum lachenden Wildschwein* konfrontiert?

Oha. Gute Frage, dachte sich Bernard und versuchte, sich in die Geschichte hineinzudenken. Da gab es natürlich die Ruderer und die Rugby-Spieler, aber beide Sportarten hatten nichts mit dem Wirtshaus zu tun, oder? Er dachte angestrengt nach. Die Geschichte kannte er gut. Asterix, Obelix und Teefax waren dort eingekehrt, hatten Wildschwein und drei Mass Cervisia bestellt, doch Obelix konnte sich weder mit dem lauwarmen Bier noch dem gekochten Schwein anfreunden. Dann waren vier Legionäre erschienen, um die Sperrstunde zu kontrollieren, hatten ebenfalls Bier getrunken und die Gallier, als diese das Wirtshaus verließen, gefragt, was sie in dem Fass hätten. Asterix hatte schlagfertig geantwortet, da sei lauwarme Cervisia drin.

Mehr passierte eigentlich nicht im *Zum lachenden Wildschwein.* Worauf wollte der wilde Franz nur hinaus? Bernard beschloss, eine Pause zu machen. Morgen konnte er weiter grübeln. Außerdem musste auf diese Gemeinheit natürlich eine besonders fiese Antwort folgen. Vielleicht sogar eine Frage zum selben Heft? Mal sehen ...

Angler und Fischer

Commandant Ludos junge Kollegin namens Nathalie, mit der englischen Sprache einigermaßen vertraut, hatte dank Internet-Recherche heraus gefunden, dass es eine A.F.A.L.-facebook-Gruppe gab. Die Gruppe war gut gepflegt und wies in französischer und englischer Sprache auf vergangene und demnächst kommende Treffen und Veranstaltungen hin. Sie überflog einige Beiträge, bis sie an einem Text, der den Ausflug mit einer Pflanzenkundlerin schilderte, hängen blieb. Die Gruppe hatte sich zu einem abschließenden Foto aufgestellt und irgendjemand hatte sich die Mühe gemacht, die Personen mit Namen aufzulisten.

Sie erkannte mit Claude, Lena, David und Schorsch vier der sechs Personen, die bei jenem Spaziergang in die Pilze dabei waren. Claude war ein etwa 60-jähriger mit fast weißen Haaren, Lena eine schwer einzuschätzende Schwedin – Nathalie gab ihr 45 bis 50 Jahre –, David ein großgewachsener Schotte Mitte Sechzig mit weißem Strohhut und Schorsch ein verschmitzt lachender, drahtiger Bursche, der sicher bald Siebzig werden würde.
Margret und Pierre hatten allem Anschein nach nicht an dem Ausflug teilgenommen oder einer von beiden hatte das Bild geschossen.

Das nächste Treffen der Gruppe fand am heutigen Mittwoch um 18:30 Uhr in einem Gebäude statt, das die Stadt verschiedenen gemeinnützigen Organisationen zur Verfügung stellte. Nathalie speicherte die Adresse auf ihrem Handy ab und notierte sich einige Punkte, zu denen sie Fragen stellen wollte.

Ludo hatte sich von einem schnittigen, jungen *Capitaine de police*, der noch in Ausbildung war, zusammen mit zwei Kollegen zum Tatort "Erschossener Angler" fahren lassen, wohin er auch die beiden Beamten bestellt hatte, die als Erste am Tatort gewesen waren. Auch Mitte September war es noch hochsommerlich heiß. Bei 29 Grad stand den Polizisten nach wenigen Minuten der Schweiß auf der Stirn.

»Im Auto war es angenehmer«, seufzte einer, was von den anderen einstimmig bejaht wurde.

»Also Kollegen«, begann Ludo, »ich bin hier neu und kenne mich noch nicht so gut aus, aber der Chef hat mir den Fall aufs Auge gedrückt, weil *Commandant de police* Stéphane immer noch im Krankenhaus liegt und *Capitaine de police* Jean-François wegen der Geschichte mit den Banküberfällen in Limoux und Carcassonne unabkömmlich ist. Als Ranghöchster gebe ich ab sofort die Marschroute vor. Alles klar?«

»Jojo klar«, »hmmm« und »passt schon«, murmelten die Umstehenden.

»Wer war als Erster hier und was kann er mir zur Sache sagen?«

Die beiden, die als Erste am Tatort gewesen waren, meldeten sich zu Wort.

»Das waren wir beide, Jérémie und ich. Ich heiße übrigens auch Jérémy, aber mit Ypsilon.«

Ludo kratzte sich am Kopf. »Aha. So so. Und?«

Die beiden Jérémies berichteten abwechselnd, sie seien am Mittwoch letzter Woche von der örtlichen *Police municipale* von Quillan informiert worden. Ein Angler sei auf den im Wasser Liegenden aufmerksam geworden und habe versucht, ihn heraus zu ziehen. Als er bemerkte, dass er es mit einem Toten zu tun hatte, sei er entsetzt weggelaufen und habe laut um Hilfe gerufen. Daraufhin sei ein weiterer Angler dazu gekommen, der den Notruf betätigt habe.

Die örtliche Stadtpolizei habe sich überfordert und nicht mehr zuständig gefühlt, denn die Situation, wie man sie vorgefunden hatte, habe stark auf ein Gewaltverbrechen hingedeutet. Sie seien beide, da momentan in Carcassonne aushelfend, schnell am Tatort gewesen und hätten nach einer vorsichtigen Begehung die Spurensicherung, den Arzt und weitere Behörden informiert. Die Untersuchung in der Gerichtsmedizin habe ergeben, dass der Mann noch keine zwei Stunden tot gewesen war, als er gefunden wurde. Die gefundenen Spuren seien schwer bis gar nicht auszuwerten, da es im weichen, moosigen Boden zwar Teile von Fußabdrücken gäbe, diese aber nur auf die von den meisten Anglern getragenen Stiefel hinweisen würden.

Über den Toten namens Jules Jovanovic gäbe es ein Dossier, das dem *Commandant* eigentlich vorliegen müsste.

Es seien mehrere Personen befragt worden, die in keinster Weise irgendwelche relevanten Informationen geben konnten. Allen sei die Sache ein absolutes Rätsel.

Ludo räusperte sich und teilte seine Leute ein. »Okay, Jérémie und Jérémy gehen die Strecke zurück, die der Tote wahrscheinlich gegangen war.«

Da sein Auto auf dem Parkplatz am Ortsende von Quillan gestanden hatte, war die Route klar. Dass er vom 800 Meter langen Parcours erst knappe 100 zurückgelegt hatte, erleichterte die Suche nach Hinweisen etwas.

»Haltet die Augen offen und sucht nach Dingen, die die Kollegen eventuell übersehen haben könnten!«

»Und wir drei – wie waren nochmals euere Namen? – nehmen uns die Umgebung vor.«

»Gaspard«, »Laurent«, kam es von den beiden.

»Anschließend treffen wir uns auf dem Parkplatz und statten dem Tabak-Presse-Laden, der den Anglern die Tages-Karten verkauft, einen Besuch ab.«

Sie trafen sich sichtlich frustriert eine Stunde später wieder. Trupp eins hatte das Ufer abgekämmt, aber außer einer Köderfliege, die mit einem halben Meter abgerissener Schnur an einem Zweig steckte, nichts entdeckt. Ludo, Gaspard und Laurent hatten überhaupt nichts herausgefunden. Da ein Teil des Parcours immer noch abgesperrt war, kamen nur ganz wenige Angler zur Zeit hierher und diese wenigen angelten sich den Bach vom anderen Ende aus entlang vorwärts.

Auch der Inhaber des Tabak-Presse-Ladens konnte ihnen nicht helfen. Er erinnere sich vage an Jules, der ein paar Mal hier gewesen sei in den letzten zwei, drei Jahren, aber was bitte solle einem auffallen, wenn sich einer eine Tages-Karte zum Fischen kauft? Ludo, dem der Unterschied zwischen Anglern und Fischern nicht klar war – er dachte, man würde im Fluss angeln und im Meer fischen –, wurde von seinem Gegenüber eines Besseren belehrt. Angler seien diejenigen, die mit Ködern wie Blinker, Würmern oder Käsestückchen ausgestattet, am Wasser sitzen und nebenher Bier trinken. Dabei machte er eine abfällige Geste. Fischer nenne man diejenigen, die mit Fliege oder auch Nymphe unterwegs seien. Schließlich heiße es Fliegenfischer und nicht Fliegenangler. Oder? Und das seien echte Sportler, Gentlemen, die dem Fisch eine faire Chance gäben, ereiferte er sich.

»Ja, vielen Dank«, beendete Ludo die Unterhaltung, drehte sich um und sagte an der Türe »wenn wir Fragen haben, kommen wir wieder. Schönen Tag noch!«

Bernard hatte von lachenden Wildschweinen, solchen in cremiger Pfefferminzsauce und einem Meer voller Piraten geträumt, aber eine gute Gegenfrage war ihm bislang nicht eingefallen. Egal, es galt erstmal, die Aufgabe vom wilden Franz zu lösen. Er ließ die Geschichte in seinem Kopf ablaufen, grinste innerlich bei der Szene, wo der schwarze Pirat, der kein »R« aussprechen kann, »Nein! Es sind 'öme'! Beim Jupite'!« ruft und versuchte, sich an die folgenden Seiten zu erinnern. Die seltsame Sprache der Briten, das Händeschütteln zwischen Obelix und Teefax, die Abreise von Asterix, Obelix und Teefax aus dem gallischen Dorf mit einem Fass voller Zaubertrank, der Marsch im Regen bis zum Gasthaus. Die vier Legionäre, die auch noch eine Mass trinken … ja, das war's! Einer von ihnen, der Dekurio, wirft gerade ein paar Dartpfeile auf eine Scheibe, als der Bote mit der Nachricht kommt, man fahnde nach zwei Galliern, einem Briten und einem Fass mit einer Geheimwaffe.

Das also wollte Franz wissen. Dart-Sport. Na warte, dachte Bernard und blätterte im Geiste weiter bis er beim legendären Rugby-Match zwischen den Mannschaften aus Camulodunum (Colchester) und Durovernum (Canterbury) ankam. Hier gab es jede Menge witzige Szenen und Bernard fielen etliche Fragen ein. Aber für Franz musste es schon etwas Gemeines sein. Wie zum Beispiel: Mit welchem Spielstand endet das Match? Er wusste es natürlich, sonst wäre die Frage nicht erlaubt gewesen. Es stand am Ende der einseitigen Partie – die Spieler aus Colchester wurden durch den Zaubertrank außerordentlich beflügelt – DCCCIV : III für Camulodunum.

Er schickte Franz die Lösung und seine neue Aufgabe. Er gab ihm drei Tage Zeit. Das musste reichen. Dann nahm er sein iPad zur Hand, wo im Ordner Dateien der Unterordner Rezepte_neu zu finden war. Er scrollte durch mehrere Seiten. Vor einem Jahr hatte er ein Kochbuch veröffentlicht. Seine Lieblingsrezepte. Es war nicht unbedingt ein Verkaufsknaller. Gerade mal 85 Stück waren über den Ladentisch gegangen Aber er hatte es ja auch nicht verfasst, um reich zu werden, sondern aus Spaß an der Freude. Seit einiger Zeit dachte er darüber nach, einen zweiten Band zu schreiben. Immer wenn ihm am Herd etwas besonders gut gelungen war, versuchte er, ein paar eindrucksvolle Bilder davon zu machen und speicherte das Rezept ab, solange er es frisch im Kopf parat hatte.

Da er sich nicht einschränken lassen wollte, er kochte zwar meistens Französisch oder Italienisch, aber ab und zu gerne auch mal Japanisch, mal Portugiesisch, dann Westindisch angehaucht oder auch Bayerisch, beinhaltete sein Rezepte-Ordner ein ziemliches Sammelsurium. Großen Wert legte er darauf, dass es zu jedem Gericht eine Geschichte gab. Wie beispielsweise *Spaghetti con tonno*, deren Zubereitung er vor mehr als 40 Jahren von der Mutter seiner damaligen italienischen Freundin gelernt hatte. Und da er das Gericht mittlerweile bestimmt an die 100 mal zubereitet hatte, kannte er jede Finesse, auf die man achten musste. Dazu eine romantische Hintergrund-Story – so stellte er sich das vor. Gerichte mit Geschichte. Vielleicht gar kein so schlechter Titel?

Er blätterte, um sich inspirieren zu lassen und entschied sich, heute Saltimbocca nach seiner eigenen Façon und einen Bohnen-Tomaten-Thunfisch-Salat, wie man ihn im Latium aß, zuzubereiten. *La Montanara* summend, stattete er dem Gemüsegarten einen Besuch ab, pflückte zwei große rote und eine gelbe Ananastomate, schnitt einige Zweiglein Bohnenkraut und einen längeren Trieb vom Salbei ab. Der Vorratskeller steuerte ein Glas mit edlen Thunfischfilets in Öl und eine Handvoll winziger Zwiebeln bei, die er schon vor einer Woche geerntet hatte. Aus dem Kühlschrank kamen lange, dünne Bohnen, ein Schweinefilet und Serrano-Schinken dazu.

Er stellte eine Flasche Rotwein kalt, goß sich ein Guinness ein und machte sich ans Werk. Seit dem Urlaub in Schottland hatte er ein Faible für das dunkle, leicht bittere Bier. Vor allem für das Ritual des Antrinkens. Er hatte sich ein echtes Guinness-Glas mitgebracht, auf das untereinander die irische Harfe und das Wort *GUINNESS* aufgedruckt waren. Ziel war es, mit den ersten Schlucken genau so viel zu trinken, dass ein Level des restlichen Bieres zwischen Harfe und Text erreicht wurde. Da der Abstand nur wenige Millimeter maß, kam es mehr auf Glück an als auf Können. Wobei – nach einem Dutzend Guinness hatte er schon etwas Übung. Heute war jedoch der Durst allem Anschein nach zu groß gewesen, denn er trank bis gut in die Mitte des Schriftzuges.

Er wusch Zwiebeln, Tomaten, Bohnenkraut und Salbeiblätter ab, putzte die Bohnen und stellte einen kleinen Topf mit Wasser auf den Herd, in den er das Bohnenkraut und grobes Meersalz warf. Sollte das mal ein Viertelstündchen simmern, bevor er die Bohnen zugab!

Er parierte das Filet Mignon und schnitt 12 etwa einen Zentimeter dicke Scheiben ab. Das dünner werdende Endstück fror er ein, er wollte es eines Tages für eine Wok-Pfanne verwenden. Die Scheiben wurden sehr vorsichtig geklopft, bis sie einen Durchmesser von mindestens sieben Zentimetern hatten. Er legte eine Scheibe rohen Schinken drauf, dann zwei Salbeiblätter und eine zweite Scheibe Schweinefilet als Abschluss obendrauf. Das ganze fixierte er mit einem Zahnstocher. Die Variante mit Schwein hatte den Vorteil, dass man beim Braten im Gegensatz zu hauchdünnen Kalbsschnitzeln nicht auf die Sekunde achten musste.

Während die Bohnen im duftenden Wasser sieben Minuten kochten, hackte er die Zwiebeln und schnitt die Tomaten dünn auf. Beides kam in eine flache Schüssel. Er würzte behutsam mit Salz und Pfeffer, goss den Bohnensud in den Ausguss und schreckte sie in eiskaltem Wasser ab. So blieben sie knackig und behielten die satte, grüne Farbe.

Die Thunfischfilets mitsamt dem Öl, eine Spur Limette und noch einige Blätter Koriander würden schlussendlich den Salat vollenden. Die Saltimbocche lagen grillfertig auf einer Platte, ein frisches Baguette wartete darauf, angeschnitten zu werden. Er nahm zwei Gläser, schenkte Rotwein ein und brachte alles zu Anette, die auf den Stufen der Treppe zur Terrasse saß und den Blick in die Weinberge schweifen ließ.

»Prost Schatzifrosch!«

»Prost, mein Lieber! Was hat denn der Küchenchef für heute geplant?«

Bernard gab Anette einen kurzen Überblick, schweifte dann aber ab: «Herrlich, nicht!?«

»Ja. So ein Spätsommerabend hat schon was. Ich hab' heute mal die Wettervorhersage für München aufgerufen. Das glaubst du nicht.«

»Wieso?«

»Wenn ich's dir sage: Wolken, Regen, 11 Grad!«

»Boaaah!«

Es war nicht so, dass sie sich über das nasskalte Wetter ihrer früheren Heimat freuten, sie konnten es sich nach ein paar Jahren südeuropäischen Klimas einfach nicht mehr vorstellen.

»Überleg' mal«, begann Bernard, »früher hätten wir Mitte September darüber nachgedacht, ob wir fünf oder zehn Mal seit Mai draußen zu Abend gegessen hätten. Hier sitzen wir seit dreieinhalb Monaten jeden Abend auf der Terrasse!«

»Na ja, jeden Abend nun auch wieder nicht.«

»Okay, lass uns die drei Gewitter und fünf Mal starken Fallwind abziehen. Dann bleiben immer noch 100 Abende, oder?«

So ging es eine Weile. Bis Anette meinte, sie hätte schon Hunger - so allmählich. Bernard warf einen Blick auf die Uhr, staunte nicht schlecht, als er sah, dass es zwanzig nach neun war und sprang auf, um sich um das Essen zu kümmern.

Eine gute Stunde später war weder vom Salat noch von den Saltimbocche etwas übrig. Eine zweite Flasche Rotwein war zur Hälfte geleert und Bernard ging etwas wackelig zum Grill, um ihn abzudecken, während Anette das Geschirr in die Küche trug. Dort ließen sie – ganz entgegen ihrer disziplinierten Gewohnheiten – alles liegen und stehen und warfen sich nach einer 30-Sekunden-Händewasch-Zähneputz-Aktion todmüde ins Bett.

Plattfuß

Anette war früh aufgestanden. Sie wollte beim nahe gelegenen Supermarkt *InterMarché* ein paar Einkäufe erledigen. Als sie mit dem Einkaufswagen zu ihrem Auto zurück kam, fiel ihr auf, dass der linke Vorderreifen etwas teigig aussah. Sie trat dagegen und bildete sich ein, er sei irgendwie weich. Da sie nicht so recht wusste, was sie tun sollte, fuhr sie langsam und vorsichtig zurück. Beim nahe gelegenen *Casino*-Supermarkt gab es eine Tankstelle und einen Luft-Automaten. Wenn man einen Euro einwarf, konnte man eine Minute lang Pressluft abzapfen.

Anette stellte das Auto gekonnt ab, so dass der linke Vorderreifen günstig mit dem Luftschlauch zu erreichen war, schraubte zuerst die Ventilkappen ab und warf erst dann das Geld in den Automaten. Sie schnappte sich das Gerät und pumpte Luft in den Reifen, bis das Display 2,2 Bar anzeigte. Sie kontrollierte die anderen Reifen vorsichtshalber und stellte fest, dass alles in Ordnung war. Dann fuhr sie beruhigt nach Hause.

Bernard hatte sich hinter seinem Laptop verschanzt. Er hatte sich eingebildet, nach dem Kochbuch einen Kriminalroman schreiben zu müssen. Ein bisschen Lokalkolorit, Spannung, ein Verbrechen, ein Hauch selbst Erlebtes, viele Kochthemen … da war er in seinem Element. Er war gerade dabei, das Rezept der kalten Zucchinisuppe mit Kokosmilch auszuschmücken, als gleichzeitig sein Handy klingelte und Anette zur Tür herein kam.

»Ich glaub', mit dem Reifen stimmt was nicht«.

»Ja, ääh, welcher Reifen? Moment mal, Franz.«

Bernard war sichtlich verwirrt und wusste nicht, was Anette genau meinte. Was seiner Meinung nach daher kam, dass sich seine Liebste gerne unpräzise ausdrückte, während Anette behauptete, er höre schlecht und sei immer mit irgendetwas Wichtigerem beschäftigt.

»Ist der wilde Franz am Telefon?«

»Ja, der hat gerade eben angerufen.«

»Was will er denn?«

»Franz, hör mal, ich ruf dich später zurück, okay?«

Bernard hatte einfach aufgelegt und ließ sich von seiner Frau die Geschichte von dem eventuellen Plattfuß erzählen. Ihm schwante nichts Gutes. Die Straße zu ihrem Haus, ein Streifen Asphalt voller Schlaglöcher und rissiger Kanten, hatte ihn selbst schon einen Reifen gekostet. Er ging nach draußen, untersuchte Lauf- und Seitenfläche, fand aber auf die Schnelle keine Hinweise auf irgendeine massive Beschädigung. Außerdem schien er die Luft zu halten.

»Lass' uns mal bis morgen abwarten«, sagte er.

»Wenn du meinst.«

Sie gingen zurück ins Haus. Anette verstaute die Einkäufe in Kühlschrank und Keller, Bernard schnappte sich das Telefon und wählte Franz' Nummer.

»He, Château, du hast mich vorhin aber übel abgewürgt«, kam es grummelig aus dem Hörer.

»Sorry Franz, ging nicht anders. Was gibt's?«

Franz beschwerte sich über die Asterix-Mistfrage und behauptete, so etwas könne ja keine Sau wissen. Er weigere sich, sie zu beantworten und Bernard solle sich etwas Neues einfallen lassen. Bernard zeigte sich großzügig, nannte ihm das Ergebnis von 804:3 und präsentierte ihm wie aus der Pistole geschossen eine neue Herausforderung: »Aus demselben Heft! Was antwortet der schwarze Pirat auf die Frage »Du Wahnsinnsknabe! Wer hat dir erlaubt, deinen Wachtposten zu verlassen?«

Franz erbat sich etwas Bedenkzeit, die Antwort liege ihm auf der Zunge. Da das Kapitel Asterix für den Moment abgeschlossen war, verlegten sie sich auf ihr anderes Lieblingsthema: Detektiv spielen. Bernard gab Franz eine Zusammenfassung der drei verschiedenen Fälle, mit denen sich sein neuer Nachbar Ludovic herumschlagen musste und gemeinsam überlegten sie, ob sie vielleicht schlauer seien als der Kommissar.

Franz, der bei solchen Geschichten auf Zack war und oft den siebten Sinn hatte, behauptete sofort, die Mountainbike-Geschichte stinke zum Himmel und Bernard solle doch herausbringen, ob da möglicherweise ein Versicherungsbetrug vorliege. Die seltsamen Schwammerlsucher konnte er überhaupt nicht ernst nehmen und dass ausgerechnet dieser Rentnergruppe Schmuggler über den Weg laufen sollten … na, er wisse nicht so recht. Den erschossenen Angler fand er dagegen extrem spannend. Franz, der selbst seit Jahrzehnten zum Fliegenfischen ging, war sozusagen am Haken. Er beschoss Bernard mit wilden Vermutungen von tödlicher Rivalität über sich beim Fremdgehen amüsierende Fischer bis hin zu Mafia-Hintergründen.

Bernard war das alles zu viel des Guten. Er wiegelte ab und erklärte, die wenigen Infos, die er bisher von Ludo erhalten hatte, ließen ihn nur im Trüben fischen. Franz gefiel das Wortspiel so gut, dass er laut wieherte.

»Im Trüben fischen. Köstlich, Château!«

Margaux

Commandant Ludovic Serries' Kollegin Nathalie hatte das abendliche Zusammentreffen der A.F.A.L.-Gruppe besucht und war den Anwesenden – so bezeichnete sie es selbst – ziemlich auf die Nerven gegangen. Sie berichtete ihrem Chef, dass bis auf Pierre, der einen Zahnarzt-Termin hatte, alle Pilz-Begeisterten anwesend gewesen seien. Sie habe pausenlos Fragen gestellt, aber die Erkenntnisse würden zu wünschen übrig lassen. Allein Schorsch, der einzige deutsche Teilnehmer, sei für weitere Ermittlungen interessant. Er sei glaubwürdig und seine Beobachtungen detailliert und nachvollziehbar. Die Gruppe sei bei Espéraza von der Hauptstraße abgebogen und über Rennes-le-Château nach Lavaldieu gefahren, wo Pierre schon öfter war und wo es angeblich jede Menge Pilze gab. Dort hätten sie einen nicht näher bezeichneten Forstweg genommen.

Wenn man sie nach ihrer Meinung fragen würde – sie würde einen als Schwammerlsucher getarnten Trupp Polizisten in die Ecke schicken.

Ludo blähte die Nasenflügel: «Spinnst du jetzt? Wo sollen wir denn die Leute hernehmen? Drei oder vier Mann, die zwei Wochen lang oder noch länger mit Brotzeitler-Verkleidung durchs Unterholz kriechen und so tun, als würden sie Pilze suchen? Ja, nie im Leben kriegen wir das genehmigt!»

»Und wie sollen wir den Typen dann auf die Schliche kommen?«

»Lass uns erst mal abwarten! Ich habe was von einem begeisterten Trial-Fahrer unter den Kollegen aufgeschnappt. Der soll dort mal ein paar Runden drehen!«

Damit war für *Commandant* Serries dieser Fall erst mal erledigt. Auch der Mountainbike-Fahrer interessierte ihn wenig. Sein Interesse galt im Moment vor allem dem armen Angler.

Er beschloss, in dessen privatem und geschäftlichem Umfeld weiter zu stochern. Die Beamten Gaspard und Laurent wies er an, entsprechende Nachforschungen anzustellen.

Er nahm nochmals alle Ordner zur Hand und las. Da war zuerst das Dossier über Jules Jovanovic, den der Ausflug zum Fischen das Leben gekostet hatte. Auf ein paar Blättern war sein wenig aufregendes Leben festgehalten. Wer sollte einen Grund gehabt haben, einen harmlosen Fliegenfischer kaltblütig zu erschießen?

Ludo war sich sicher, dass Jules vorsätzlich ermordet worden war. Ein einzelner Schuss, eine Pistole mit Schalldämpfer. Letzteres vermutete er nur, aber die Techniker hatten ihn darüber informiert, es sei eindeutig Unterschallmunition verwendet worden. Munition, die vor allem dann zum Einsatz kommt, wenn man den Geschossknall deutlich reduzieren möchte. Und dadurch weniger auffallen, dachte sich Ludo.

Alles deutete auf einen Täter hin, dem Schusswaffendelikte nicht fremd waren. Was hatte Jules Jovanovic getan? Meistens lautete das Motiv Gier, Rache, Affekt, Eifersucht oder Lust. Ein sexuelles Motiv schloss Ludo aus, obwohl es natürlich auch eine Tat gewesen sein konnte, um eine andere zu vertuschen. Affekt kam für ihn ebenfalls nicht in Betracht. Gier? Rache? Eifersucht?

Er beschloss, sich Jules' Leben mit Blick auf diese Motive nochmals genau anzusehen, als sein Telefon klingelte.

»Hallo Chef, hier spricht Philibert.«

Ludo stöhnte innerlich auf. Vor diesem Philibert hatten ihn die Kollegen schon vorgewarnt. Er sei irgendwie komisch, wisse alles besser, habe aber eigentlich keine Ahnung. Ein *Brigadier de police* Mitte Zwanzig mit ovaler Nickelbrille und Stirnglatze, der grundsätzlich mit Krawatte zum Dienst erscheine.

»Was gibt's?« Ludo war kurz angebunden.

»Ich sollte doch wegen dem Überfall auf den Mountainbike-Fahrer ermitteln, was ich natürlich auch getan habe. Sie wissen ja ...«

»Jaja, ich weiß. Und?«

»Also, ich habe herausgefunden, dass das Fahrrad nagelneu war. Herr Sanchez hat Anzeige erstattet und bei seinem zweiten Besuch die Kopie einer Quittung abgegeben, die das Rad als Modell Habit-3 von Cannondale in der Farbe Purple Haze ausweist.«

Es raschelte, anscheinend suchte der Kollege irgendeinen Zettel.

»Gekauft am 21. August diesen Jahres für stolze 3.699 Euro bei *Veloland Narbonne*. 29 Zoll, 12 Gänge, hydraulische 4-Kolben-Scheibenbremsen, doppelt gefedert. Regulär kostet es 3.999 Euro, aber es gab eine Aktion mit Sonderpreisen, weil ...«.

»Ja, schon gut. Mehr Details brauche ich wirklich nicht. Hat er den Fall seiner Versicherung gemeldet?«

»Welcher Versicherung?«

»Mein Gott, was weiß ich. Finden Sie's raus! Machen Sie sich auf die Socken! Allez!«

Commandant Ludovic konnte manchmal auch blöd sein. Er drückte mit dem Daumen so heftig auf das rote Telefonsymbol, dass der Kunststoff knirschte. Der Kerl ging ihm jetzt schon auf die Nerven.

Während sich Ludo über den umständlichen Kollegen echauffierte, hatte Bernard ganz andere Sorgen. Nichtsahnend war er am Morgen zum MINI seiner Frau marschiert – Anette konnte dem R4, dem "Auto mit der depperten Schaltung", nichts abgewinnen und so hatten sie vor einigen Jahren ein gebrauchtes MINI Cabriolet erstanden. Klein, eng, kein vernünftiger Kofferraum, aber Anettes Wunschfahrzeug. Schon von weitem sprang ihm der platte, linke Vorderreifen ins Auge.

»Ach du Scheiße«, murmelte er in seinen 3-Tage-Bart. Das hatte ihm gerade noch gefehlt. Er trat unnötigerweise gegen den Reifen – weich wie der Teig eines guten Apfelstrudels. Na gut, dachte er sich, muss ich halt den Reifen in den Ort zu einem der Autofritzen bringen. Er öffnete den Kofferraum. Kein Reserverad, kein Wagenheber, kein Pannenkit. Das fehlende Pannenkit fand er ziemlich bescheuert – wäre er auf offener Strecke liegen geblieben, was dann?

Er suchte und fand die Bedienungsanleitung. Er las, dass dieses Fahrzeug ohne Reserverad, folglich also auch ohne Wagenheber, aber mit Pannenkit ausgeliefert wird. Pannenkit allerdings nur als Sonderausstattung.

Pannenkit war aber keines da.

Mist!

Genervt ging er zu seinem R4, musste aber feststellen, dass der vorhandene Wagenheber zwar zu Fahrzeugen des Modells R4 passte, zu einem MINI mit deutlich weniger Bodenfreiheit aber nie im Leben. Blieb noch Steve, der Amerikaner. Nach dem kurzen Besuch dort war Bernard noch angefressener. Steves nagelneuer BMW X1 war zwar super ausgestattet, aber Reserverad bzw. Wagenheber gab es auch hier nicht und das Pannenkit passte nicht zu MINI-Fahrzeugen.

Blieben nur noch die neuen Nachbarn. Musste er halt bis zum Abend warten.

Commandant Serries Kollege mit der Geländemaschine entpuppte sich als Kollegin und war hellauf begeistert. So einen Auftrag hatte sie schon lange nicht mehr erhalten. In der Dienstzeit Motorrad fahren. Klasse!

Die junge Polizistin mit dem ausgefallenen Namen Margaux, wegen dem sie sich unentwegt dumme Sprüche anhören musste – Margaux war nämlich ebenfalls der Name eines berühmten Weingutes in Bordeaux, – wurde gerne unterschätzt. Schlank und eher schmal, knapp einen Meter siebzig groß, kurze dunkelbraune Haare. Zurückhaltend, nachdenklich, leise. Was man nicht sah, war der schwarze Judo-Gürtel im dritten Dan, die 12,73 auf 100 Meter oder das Können, einen Vergaser in fünf Minuten auseinander und wieder zusammen zu bauen. Sie hatte an der Europameisterschaft 2019 im 10-m-Pistolenschießen teilgenommen, stellte regelmäßig ihr Können bei Trial-Wettbewerben unter Beweis, kletterte gerne im Gebiet von Cardou am Oberlauf der Aude, wo sie Routen bis zum Schwierigkeitsgrad 5b bezwang, war begeisterte Schwimmerin und Mountainbike-Fahrerin.

Sie hatte sich die Protokolle ihrer Kollegin Nathalie aufmerksam durchgelesen und auf einer IGN-Karte im Maßstab 1:25.000 das Gebiet markiert, in dem die A.F.A.L.-Gruppe unterwegs gewesen sein musste. Sie hatte kein Problem, sich zu orientieren, lag doch ihr bevorzugtes Klettergebiet am *Pech Cardou* keine Viertelstunde entfernt. Sogar Quillan und damit der Tatort des Mordes war am Rand des Blattes noch verzeichnet. Interessant, dachte sie sich. Drei Fälle und alle ereignen sich in einem Gebiet, das so klein ist, dass es auf eine detaillierte Wanderkarte passt.

Für eine erste Tour hatte sie sich den Treffpunkt der Pilze-Sammler vorgenommen. Hier wollte sie starten, aber vorerst auf den Forstwegen bleiben, um einen Überblick zu bekommen. Es war ihr klar, dass man sie hören konnte, lange bevor sie in Sichtweite kam. Aber sie war ja schließlich in ziviler Motorradkluft unterwegs und nicht als Beamtin der Polizei zu erkennen. Sollte sie tatsächlich irgendwelchen verdächtigen Gestalten begegnen, würde sie freundlich grüßen und Gas geben.

Die Fahrt dauerte fast zwei Stunden und führte sie durch dichte Forste, über sanfte Hügel und unzählige Kurven. Mehrmals landete sie auf einem Holzweg und musste umkehren. Querfeldein, das wurde ihr jetzt klar, war ein absolutes Trial-and-Error Unterfangen, denn umgestürzte Bäume, Bäche und Abgründe verhinderten gerne mal das Weiterkommen. Eigentlich war ihr diese heuristische Methode des Problemlösens nicht sympathisch, aber … wie der Blitz schoss ihr plötzlich eine Idee durch den Kopf. Dieser Schorsch hatte doch von einem astreinen Mobilfunk-Empfang gesprochen. Sogar 5G. Wenn sie herausfinden könnte, wo hier Sendemasten errichtet worden waren …

Etliche Telefonate mit ihrer Dienststelle später, es war schon hilfreich, wenn man Kollegen hatte, die sich auskannten, wusste sie mehr. Unter *antennesmobiles.fr* konnte man gezielt nach Sende-Antennen mit 5G-Technik suchen. Und die waren hier im Gebirge rar. Es gab gerade mal zwei Stück, eine in Espéraza, das aber zu weit westlich lag, eine andere in Rennes-les-Bains. Von hier musste das Signal gekommen sein, das dieser Schorsch empfangen hatte.

Eine App, um die Stärke dieser Signale zu testen, gab es ebenfalls und nachdem sie diese installiert hatte, konnte sie ermitteln, wie weit der Pilzsucher vom Sendemast entfernt gewesen sein musste. Sie hatte 5G-Empfang, als sie sich dem kleinen Ort bis auf 8 Kilometer genähert hatte. Im Abstand von 4 Kilometern hatte sie 5 Balken, also volle Empfangsstärke. Sie zog auf der Karte einen 5-km-Kreis um den Standort der Antenne.

Irgendwo in diesem Kreis musste er Sichtkontakt zu den Männern gehabt haben. Zu den Männern, die seiner Aussage nach Tüten gegen Taschen ausgetauscht hatten.

Er hatte erzählt, Pierre habe sie in zwei Gruppen eingeteilt und seine Gruppe habe links vom Weg bleiben sollen. Vorausgesetzt, Schorsch hatte sich an die Anweisung gehalten, halbierte das ihr Suchgebiet. Blöd nur, dass sie mit der Geländemaschine nicht weit kommen würde. Sie beschloss, vernünftig zu sein, für heute aufzugeben und demnächst mit dem Bike wiederzukommen. Das konnte man auch mal einige Hundert Meter tragen, wenn es sein musste.

Betty Blue

Bernard hatte Anette in höchsten Tönen vom Lokal *La Perle Gruissanaise* vorgeschwärmt, dem Tipp, den er von Mathieu bekommen hatte. Spontan beschlossen sie, das Lokal heute aufzusuchen. Da es keine Möglichkeit der Reservierung gab – auf der website des Lokals wurde man darauf hingewiesen, es gebe ausreichend Sitzplätze, wollten sie nicht zu spät eintreffen. 13 Uhr erschien ihnen als gute Uhrzeit. Es gab nur noch das Problem mit dem Platten. Bernard, der am Abend zuvor bei den neuen Nachbarn geklingelt hatte, machte sich mit einem nagelneuen Wagenheber an die Arbeit. Giulia, die seit gerade mal drei Tagen bei Renault in Narbonne einen neuen Job gefunden hatte, half ihm ohne mit der Wimper zu zucken mit dem Wagenheber aus ihrem Firmenwagen aus.

Er bockte das Auto auf, schraubte den Reifen ab, lud ihn in seinen R4 und fuhr zur Werkstätte in Marcorignan. Er erfuhr, dass der Reifen irreparabel sei, da die Beschädigung innen an der Flanke gefunden worden war. Auf der Lauffläche wäre das etwas anderes gewesen, aber so …

Grummelig willigte er ein, zwei neue Vorderreifen zu bestellen und zog mit dem Wissen, es würde zwei, drei Tage dauern, wieder ab.

Also machten sie sich im Uralt-Renault auf die Fahrt. Anette meckerte nicht und fand erstaunlicherweise sogar großen Gefallen an der gemächlichen Fahrt. Als sich der R4 im ersten Kreisverkehr mit unglaublichen 30 Stundenkilometern schwungvoll in die Kurve legte, kreischte sie sogar vor Vergnügen. Am großen Kreisel, der unter anderem auf die Autobahnen nach Barcelona, Toulouse und Montpellier führte, orientierten sie sich in Richtung Meer, ließen das Weingut *Ricardelle* rechts liegen und erreichten wenig später Gruissan.

Bevor es um den Hügel mit dem Turm *Barberousse* herum

ging, bogen sie links ab, schlugen ein paar Haken durch die enge Altstadt und landeten schließlich auf der kerzengeraden Straße Richtung Meer. Bevor die Straße das Ufer erreichte, bogen sie links ab und fuhren am Rand einer der außergewöhnlichsten Strandsiedlungen Südfrankreichs entlang. Anette, die Gruissan Plage das erste Mal im Film »Betty Blue, 37,2 ° am Morgen« von Jean-Jacques Beineix entdeckt hatte, war begeistert. Sie klärte Bernard darüber auf, es handle sich um einen Kultfilm, ein tragisches Roadmovie nach dem Roman von Philippe Djian. Er handle von Betty und Zorg, zwei Loosern, die sich mit Sex und Alkohol betäubten um der Konsumgesellschaft zu entfliehen.

»Oha«, dachte Bernard, »das wär' sicher ein Streifen für den wilden Franz«, aber weiter kam er nicht, denn Anette fuhr fort.

»Die rund 1.300 Chalets, die hier stehen, sind auf Stelzen gebaut, um bei überraschenden Stürmen und Fluten geschützt zu sein. Obwohl heute viele der breiten Sandwege geteert sind und etliche Besitzer die Stelzen durch Betonwände ersetzt haben, hat sich der Charme erhalten. Sieh' dort, das weiß-blau gestrichene Häuschen mit Treppe und Sprossengeländer!«

Bernard war noch nie hier gewesen und dementsprechend verblüfft. Was es in ihrer neuen Heimat doch alles zu entdecken gab. Und das gleich um die Ecke.

Nach einem Dutzend Querwegen wurden die Stelzenbauten weniger und die Straße machte eine langgezogenen Rechtskurve. Bevor man – entsprechende Waghalsigkeit vorausgesetzt – ins Meer raste, lud der Parkplatz des Restaurants die Automobilisten ein, die Geschwindigkeit anzupassen.

Sie hatten vernünftigerweise abgebremst, geparkt und das Restaurant betreten. Eine Tafel am Eingang listete all die Köstlichkeiten auf: Austern, Schnecken, Miesmuscheln, Crevetten, wild oder aus dem Zuchtbecken, King Prawns, Kaisergranat und

Langusten, Krebse, Hummer und vieles mehr. An den mit Eis gefüllten Auslagen solle man sich aussuchen, was man gerne essen wollte, dann an der Kasse bezahlen. Dort gäbe es auch Wein in kleinen oder großen Karaffen. Wasser dürfe man sich, so viel man möchte, aus dem Kühlschrank nehmen. Vor der Essensausgabe warteten Tabletts, Besteck und Eimer für die Abfälle. An zwei großen Fenstern wurden im Minutentakt vorbereitete Platten mit den bestellten Sachen aufgereiht, jeweils mit einer Papiertüte voller Baguette, Butter und Servietten. Gegenüber warteten zwischen 12 und 14 Uhr weitere Ausgabe-Stellen, wo man warme Speisen, Muscheln im Sud, Pommes etc. kaufen konnte.

Hatte man seine Bestellung erhalten, ging es zu verschiedenen, teils überdachten Tischen und Bänken, wo man mit Blick auf den Hafen sein Essen genießen konnte.

»Das ist ja unglaublich«, staunte Anette und Bernard pflichtete ihr mit »gar nicht übel, die Adresse, oder?« bei. Die Austern waren absolut frisch und nicht zu salzig, die Crevetten fest und dunkel orange. Bernard hatte noch sechs Krebsscheren geordert, von denen er gerade die erste lustvoll knackte.

»Die musst du probieren, vor allem mit ein wenig Aioli dazu, hmmm«.

»Hab' mir schon eine geschnappt!«

»Lecker!«

»Saulecker!«

»Besser als Arschlecker!«

Beide prusteten vor Lachen und hätten fast den Weißwein in die Gegend gespuckt.

So verging der Mittag froh und unbeschwert und als Bernard seiner Liebsten die Quittung zeigte, konnte sie es nicht glauben. Ein Dutzend mittelgroße Garnelen, ein Dutzend Austern aus Gruissan, sechs riesige Krebsscheren, Brot, Butter, Mayonnaise, Aioli, ein halber Liter Weißwein, zwei Karaffen eiskaltes Wasser: bisschen mehr als 40 Euro.

Ludo und Giulia, meilenweit entfernt von ähnlichen Genüssen, waren nicht unbedingt die erfahrensten Heimwerker. Trotzdem hatten sie einen Verschlag mit Hütte und Sonnensegel für ihren Labrador gebastelt. Nach Anettes Meinung viel zu klein und kahl, aber da waren die Franzosen grundsätzlich anderer Meinung. Gassigehen war äußerst unbeliebt. Der Hund durfte nicht ins Haus, sollte wachsam sein und ansonsten bitte nicht nerven. Morgens fuhr man zur Arbeit, abends kam man zurück. Was der Vierbeiner so machte, kümmerte einen nicht. War er traurig, grantig oder hungrig – egal. Bellte er ohne Pause – den Nachbarn ihr Problem. Ein ziemliches Hundeleben!

Giulia mochte den kleinen Ricco aber sehr gerne und deshalb ging sie jeden Tag mit ihm eine gute halbe Stunde über die Felder. Ihr Konzept der Erziehung war einfach. *Doucement* bedeutete so viel wie »jetzt mal langsam, zieh nicht so«, *gâteau* hieß Kuchen bzw. Leckerli und sollte das Tier dazu bringen, still zu sitzen, Pfote zu geben oder was auch immer.

Wenn Ludo spätabends nach Hause kam, freute sich Ricco natürlich, aber Ludo, müde und hungrig, hatte meistens nach fünf Minuten Hinter-den-Ohren-Kraulen schon genug und war froh, im Haus verschwinden zu können.

Heute aber hatte Ricco Glück. Ludo war gut aufgelegt, hatte Würstl und Schweinekoteletts gekauft und den Grill angefeuert. Giulia hatte einen bunten Salat zubereitet und ein Baguette aufgebacken. Für Ricco gab es Wassermelone – Labradore lieben Wassermelone –, eine in Stückchen geschnittene Toulouser Wurst vom Grill und Soja-Trockenfutter, bevor er als Krönung vom Schokoladeneis abbeißen durfte.

Die Badende

Die Badende hatte lange gebraucht, um sich wieder an die Stelle zu wagen, an der sie so gerne ins Wasser glitt. Da sie ihre Umwelt oft als chaotisch empfand, versuchte sie, gewohnte Abläufe zu wiederholen. Sie beobachtete fasziniert mehr als eine halbe Stunde lang einen goldenen Käfer, der sich an einer dunkelroten, runden Frucht zu schaffen machte, bis sie vom gleichmäßigen Rauschen des Wassers angezogen wurde und ihre volle Konzentration darauf verlegte. Mit schief gelegtem Kopf und leicht rudernden Armen stieg sie schließlich auf einen großen Felsen und legte einige wenige Schritte zurück, um an die kleine Bucht mit glasklarem Wasser zu gelangen.

Sie stieg langsam hinein und genoss es, als das eiskalte Wasser die Oberschenkeln erreichte. Heute spürte sie die Kälte kaum. Sie fühlte sich sicher. Sie tauchte unter.

Schörrsche

Commandant Ludovic Serries Untergebenen hatten ganze Arbeit geleistet. Auf der Suche nach Motiven und Abgründen hatten sie jede Kleinigkeit notiert und ihrem Chef schließlich neun eng beschriebene Seiten übergeben. JULES JOVANOVIC stand ganz oben, fett gedruckt.

Ludo ging erstmal zum Kaffeeautomaten und holte sich einen dreifachen Espresso. Vier kleine Schlucke später begann er zu lesen. Da stand zwar nicht viel, was er nicht eh schon gewusst hätte. Aber ein paar Kleinigkeiten waren dann doch interessant.

Die Mietwohnung von Monsieur Jovanovic war vor einiger Zeit in eine Eigentumswohnung umgewandelt worden, die ein Anwalt aus Narbonne gekauft hatte. Auf Jules' Laptop habe man eine rege Korrespondenz mit besagtem Anwalt gefunden – einem gewissen *Sédami Armando Chakri*, der seine eigene Kanzlei unterhielt.

Leider seien die Dateien gekonnt verschlüsselt und auch die erfahrensten Spezialisten des Kommissariats hätten sich bisher die Zähne daran ausgebissen. Monsieur Chakri sei unabkömmlich und ausgebucht, wurde Anrufern am Telefon von der Mailbox mitgeteilt. Man könne aber gerne eine Nachricht hinterlassen …

Erneute Befragungen der Kolleginnen von Jules hätten nicht viel ergeben, allerdings hatte eine Auszubildende ausgesagt, sie habe Herrn Jules eines Abends mit einem nordafrikanisch aussehenden Herren vor dem Laden erregt diskutieren sehen. Nur gesehen, denn hören konnte sie durch die dicken Glasscheiben nichts.

Weder der Inhaber des Geschäfts für Angelzubehör am Croix Sud in Narbonne, wo Jules Stammkunde gewesen war, noch die Mitbewohner des Miethauses, noch die Kollegen der umliegenden

Geschäfte konnten etwas beitragen.

Als letzte Chance blieb das Handy, das jedoch noch nicht ausgewertet werden konnte. Ein älteres iPhone ohne spezielle Dichtung, dem der Aufenthalt unter Wasser nicht gut getan hatte. Man müsse abwarten …

Ludo seufzte. Irgendwie kam er nicht weiter. Er nahm die IGN-Karte, die ihm Margaux gebracht hatte, zur Hand und begann zu zeichnen.

Links von Nord nach Süd laufend die Route National, die über Espéraza nach Quillan und dann weiter nach Axat führte. In Fahrtrichtung westlich davon der Fluss Aude, der von Süd nach Nord floss. Nördlich von Quillan die *no-kill-parcours*-Strecke, wo Jules ermordet worden war. Ein ziemliches Stück nordöstlich der Ort Rennes-les-Bains. Hier hatte Margaux den Sendemasten eingezeichnet, in dessen 5-km-Umkreis die seltsame Übergabe stattgefunden haben musste. Und schließlich südöstlich von Axat die Stelle, an der der Mountainbike-Fahrer überfallen worden war.

Schon seltsam. Hingen die drei Geschichten am Ende irgendwie zusammen? Welche abwegigen Ideen ihm auch in den Sinn kamen, einen logischen Zusammenhang konnte er nicht finden.

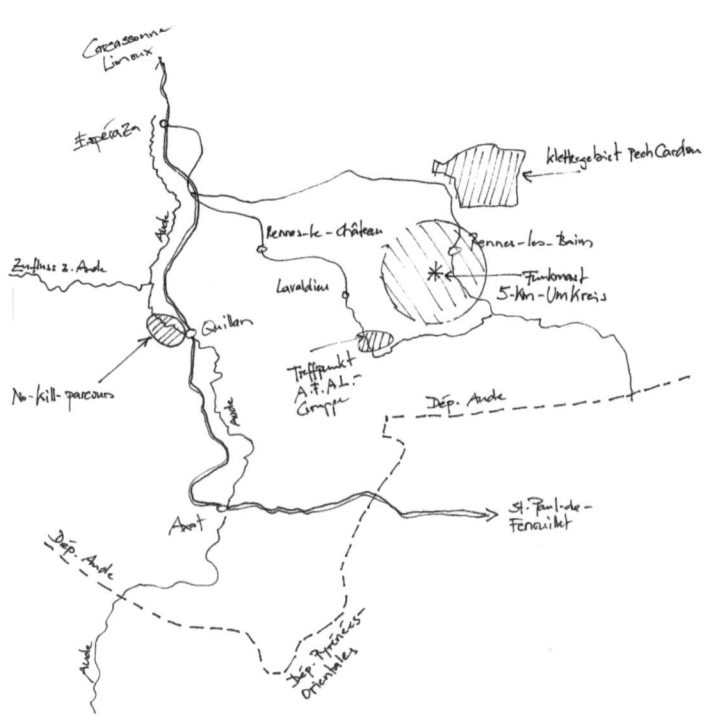

Er beschloss, sich auf die Geschichte mit diesem Französisch-Britischen Verein zu konzentrieren. Margaux hatte ihn auf den letzten Stand gebracht und berichtet, sie würde ab sofort mit dem

Bike und zu Fuß unterwegs sein. Seine Einwände, sie sei dort ganz auf sich alleine gestellt, konterte sie mit Hinweisen auf ihre Kampfsportqualitäten. Sie habe vor, das Gebiet, einen Halbkreis mit ungefähr 2,5 km Radius, systematisch nach Spuren abzusuchen. Sie wolle um die Mittagszeit vor Ort sein, da sei es doch wohl unwahrscheinlich, dass sich üble Schmugglerbanden oder anderes lichtscheues Gesindel treffen würden.

Commandant Ludovic überlegte scharf. Was konnten diese Pilzesucher beobachtet haben? Vor allem dieser eine. Dieser Schörrsche? Komischerweise konnte er mit dem geschriebenen Wort Schorsch nichts anfangen, obwohl er es nur wie das französische *Georges* aussprechen hätte müssen.

Ludo hatte viele Jahre Dienst hinter sich und war nicht auf den Kopf gefallen. Er hatte Kollegen um deren Einschätzung gefragt, sich aber seine eigene Meinung gebildet. Wenn an der Geschichte wirklich etwas dran war, dann war es keine kleine Sache. Mitglieder verschiedener Organisationen, die sich im unwegsamen Gelände treffen würden, um Ware auszutauschen, hatten meistens Heroin oder andere Drogen, die sie aus Südamerika via spanische Küste eingeschmuggelt hatten, bei sich. Der Wert ging da schnell in die Hunderttausende, gewaltsame Auseinandersetzungen waren an der Tagesordnung.

Er hatte kein gutes Gefühl dabei, die junge Kollegin ganz alleine auf Erkundungstour geschickt zu haben. Schließlich war er für sie verantwortlich. Gedanken an Marseille ließen dunkle Wolken durch sein Gehirn ziehen.

Da alle Daten der bisher befragten Personen abgespeichert worden waren, konnte er ohne Mühe die Mobilnummer von Georg Maier, alias Schorsch nachschlagen. Er wählte dessen Anschluss.

»Ja wer is' jetzt des?« kam aus dem Hörer.

»Excusez Monsieur Maier, *Commandant* Ludovic Serries est au téléphone.«

Das folgende Schweigen dauerte gefühlte drei Minuten.

Als Ludo ein »english?, español?, italiano?, bairisch?« vernahm, musste er grinsen. Das konnte doch gar nicht sein. Sprach dieser Heini etwa auch Italienisch? Dank Giulia hatte er einen ganz brauchbaren Grundwortschatz und so weit waren Französisch und Italienisch jetzt auch wieder nicht auseinander.

»Buongiorno Signore Maier, scusate, ma ho ancora alcune altre domande ...«

Schorsch Maier antwortete in einwandfreiem Italienisch mit Römischer Färbung. Fand zumindest Ludo, der von Maiers »Bonntschorno« verblüfft war. Typisch für den römischen Dialekt war unter anderem, die Diphthonge wegzulassen, also bono statt buono zu sagen. Was für ein Glück! Die folgende, kurze Unterhaltung bestätigte Ludo darin, dass die Geschichte ernst zu nehmen war. So wie dieser Schorsch, der allem Anschein nach eine ausgezeichnete Beobachtungsgabe hatte, die Abläufe beschrieb, waren da Gestalten am Werk, vor denen man sich in Acht nehmen sollte.

Margaux hatte ihn darauf hingewiesen, sie sei mit Lautstärke Null unterwegs, aber ihr Mobiltelefon würde sanft vibrieren, wenn sie angerufen werde. Sie würde aber Infos als WhatsApp bevorzugen. Also tippte Ludo in sein iPhone folgende Notiz ein:

»Margaux! Wenn Sie in dem eingegrenzten Gebiet unterwegs sind, brechen Sie ab und kommen Sie zurück. Habe nochmals mit Herrn Maier gesprochen und habe Angst, dass wir es hier mit ziemlichen Kalibern zu tun haben. Ludo.«

Fischers Fritze

Auf dem Rückweg vom örtlichen Auto-Mechaniker, der Bernard einen nagelneuen Reifen auf die mitgebrachte Felge montiert hatte, kam ihm an einer der engsten Stellen des Holperwegs Ludo entgegen. Sie bremsten und ließen die Fenster herunter.

»Bonjour Bernard, ça va?«
»Ça va bien, merci!«

Nach der üblichen Begrüßungsformel, bei der hier im Süden das Wort *bien* oftmals wie *biänng* ausgesprochen wurde, verabredeten sie sich für den frühen Abend, denn Bernard wollte den geliehenen Wagenheber endlich zurückgeben. Er montierte den Reifen und machte sich mit dem MINI ein weiteres Mal auf den Weg zum Mechaniker, der ihm vor Ort den zweiten Reifen tauschen sollte.

Als er schließlich wieder zurück war, holte er eine sehr gute Flasche Wein aus dem Keller, säuberte den Wagenheber akribisch und klingelte bei den neuen Nachbarn. Ludo, der die Flasche zuerst nicht annehmen wollte, führte ihn zu einer Sitzecke im Garten und stellte ihm unaufgefordert ein randvolles Glas eiskalten Rotwein hin.

»Jetzt erzähl ich dir mal von meinen Fällen und ich bitte dich, dass du mir deine Meinung dazu verrätst. Manches muss ich natürlich für mich behalten. Das verstehst du sicher.«

Bernard nickte. »Gut, dann schieß los!«

Und Ludo berichtete: »Also, mein Vorgesetzter hat mir den Schreibtisch voll geknallt. Drei Fälle. Ein erschossener Angler, ein überfallener Mountainbiker, Leute, die eventuell Schmuggler beobachtet haben. Ich fange mal hinten an. Diese seltsame Sprachgruppe, in der in erster Linie Franzosen und Briten sind, hat einen Ausflug zum Pilze suchen veranstaltet. Dabei hat sich einer der Teilnehmer abgesondert und prompt verlaufen. Er behauptet, die Übergabe von verdächtiger Ware beobachtet zu haben.

Der Mountainbiker hat ausgesagt, überfallen worden zu sein. Man habe ihm einen Baumstamm in den Weg gelegt und er sei drüber gefahren und natürlich aus dem Sattel gerissen worden. Vier Gestalten, auf Grund ihrer Motorradkluft und der Helme nicht zu identifizieren, hätten ihm daraufhin Geld, Handy, Uhr und Fahrrad abgenommen. Als er protestierte, habe er einen Schlag auf den Schädel bekommen.

Und dann natürlich der Angler. Da stochern wir echt im Dunklen. Wir haben zwar jede Menge Daten und Infos, aber wir kommen einfach nicht weiter.«

Bernard sah verstohlen auf seine Uhr, schüttelte seine Hemmungen ab und meinte: »Entschuldige, aber ich würde gerne Anette dazu holen, oder wir quatschen morgen weiter?«

»Oups, sorry, mein Freund. Natürlich! Ich bin ein Trottel. Bitte sag' ihr Bescheid! Ich hoffe, sie hat Lust, sich mit uns über diesen Mist zu unterhalten.«

Bernard schickte ihr eine WhatsApp und keine 15 Minuten später gesellte sich eine frisch geschminkte Anette in nagelneuem Fummel – Bernard hätte jede Summe gewettet, dieses Kleid noch nie gesehen zu haben – zu ihnen.

Giulia servierte Oliven, Nüsse und einen extrem leckeren Käse mit dem schönen Namen *Saint Félicien*. Weich, aber nicht zu würzig, zu dem sie Quittenmarmelade reichte, die sie mit etwas Piment d'Espelette pikant gewürzt hatte.

»Ja, also«, begann Bernard, »ich würde sagen, dass die A.F.A.L.-Gruppe absolut harmlos ist, aber das, was dort beobachtet wurde, deutet auf den Austausch verbotener Waren hin. Seien das nun Geld, Drogen, Zigaretten oder sonst was. Da solltet ihr mit üben Typen rechnen.

Dieser Radlfreak kommt mir komisch vor. Irgendwie klingt seine Geschichte sehr konstruiert. Ich wüsste aber nicht, was er damit bezwecken könnte.

Ja, und dann der Fliegenfischer – Bernard verwendete zu Ludos Erstaunen die richtige Bezeichnung – da fehlen mir natürlich die Infos, die du hast. Aber wenn man logisch darüber nachdenkt, kommt man zu der Schlussfolgerung, dass der arme Kerl über den Haufen geschossen wurde. Du solltest demnach herausfinden, wer einen Grund gehabt haben könnt, ihn aus dem Weg zu schaffen.«

Hier mischte sich Anette ein: »Der wilde Franz ist doch so ein alter Petrijünger, oder?«

Und Bernard entgegnete: »Ja, schon ...«

»Ja, dann frag ihn doch mal, was er darüber denkt!«

Bernard war leicht verblüfft. Forderte ihn doch seine Anette allen Ernstes dazu auf, sich mit dem wilden Franz kurz zu schließen. Obwohl sie ihn ja angeblich nicht leiden konnte – und das war harmlos formuliert.

»Du hast einen Freund, der Fliegenfischer ist?«, wollte Ludo wissen und Bernard antwortete mit » ja, schon.«

»Dann kontaktiere ihn doch mal. Vielleicht kann er uns helfen?«

Die folgende Pause gab den Beteiligten die Gelegenheit, einen Schluck Wein zu nehmen und ein paar Nüsse zu essen, bevor Bernard fortfuhr: »Was die Sache mit dem Fliegenfischen betrifft, kann ich gerne mal meinen alten Freund fragen. Der kennt sich wirklich gut aus, aber die anderen Fälle - also ich weiß nicht.«

Sie stellten noch verschiedene Thesen auf, leerten eine weitere Flasche Wein, bis Anette meinte, sie sei jetzt leider echt müde.

Giulia zwinkerte ihr dankbar zu und alle standen gleichzeitig auf, um das Zusammentreffen zu beenden.

Als Anette und Bernard im Bett lagen, fragte er sie: »Du hättest tatsächlich nichts dagegen, wenn Franz zu Besuch käme?«

»Du weißt ja, was ich von ihm halte, aber wenn es der Sache dient … und wer weiß, vielleicht ist er ja kein ganz so großer Arsch mehr wie früher ...«

Bernard, der, wie wir wissen, wusste, wann es besser war, den Mund zu halten, schwieg schmunzelnd, drehte sich um und wünschte seiner Liebsten eine Gute Nacht.

26er Schraubenschlüssel

Mathieu, der Friseur, grinste in sich hinein. Das hatte prima funktioniert. Seine Versicherung hatte ihm in Aussicht gestellt, von den 3.699 Euro laut Quittung 3.400 Euro, entsprechend Zeitwert des Rades, zu ersetzen.

Er hatte sich die ganze Geschichte immer wieder überlegt, aber schussendlich war er zur Überzeugung gekommen, dass sie keinen Schwachpunkt hatte.

Sein Schulfreund Luc, der bei *Veloland* arbeitete, hatte ihm die Quittung organisiert und er hatte versprochen, ihm drei Jahre lang die Haare zu schneiden. Unentgeltlich. Sein eigenes, uraltes Bike hatte er vorsätzlich gegen einen Baumstamm gefahren, den er vorher über den Weg gelegt hatte. Der Unfall war sozusagen echt, ebenso die nicht geplante Verletzung am Finger. Die bösen Buben waren natürlich erfunden, so wie der ganze Rest. Aber er war nahe an der Wahrheit geblieben und das klang glaubwürdig, wie er fand.

Sein altes Bike hatte er eine Viertelstunde lang bis zu einer Schlucht geschleppt und dort hinunter geworfen. Irgendwie wollte er es endgültig loswerden. Er trat noch ein paar kleinere Felsen los, auf dass sie in die Schlucht stürzten. Dann warf er noch einige dünnere Baumstämme und Zweige hinterher.

Mit einem 26er Schraubenschlüssel hatte er sich selbst auf den Hinterkopf gehauen, was saumäßig weh getan hatte. Nach dem ersten leichten Schlag hatte er richtig ausgeholt – es sollte ja schließlich bluten – und zugeschlagen. Vor Schmerz war er in die Knie gegangen und als er mit der Hand an den Kopf fasste, hatte er Blut an den Fingern.

Seine zerknitterte Geldbörse hatte er leer in den Fluss geworfen, sein Handy ausgeschaltet und ohne SIM-Karte in der Garage versteckt. Da würde er ebenso bald ausgezeichneten Ersatz von seiner Versicherung erhalten.

Bernard telefonierte seit fast einer Stunde mit dem wilden Franz, der immer wieder nachfragte und jede Kleinigkeit wissen wollte.

»Und du bist dir sicher, dass der Kommissar wirklich Wert auf mein Fischer-Wissen legt?«

»Ja, zum Hundertsten Mal. Hat er gesagt.«

»Und deine Anette hat nicht protestiert?«

»Nein, sie hat die vage Hoffnung, du könntest dich gebessert haben.«

»Wieso? Was stimmt denn nicht mit mir?«

»Deine manchmal rüpelhafte Art, mit Frauen umzugehen, deine grundsätzlich anzüglichen Bemerkungen, dass du jede Vollbusige anmachst, die bei drei nicht auf dem Baum ist, überhaupt dein sexistisches Gehabe, deine Angeberei mit teuren Autos, die blöden Wetten um viel zu hohe Einsätze, deine ...«

»Ja ja, schon gut. Reicht schon.«

Eine Pause entstand. Schließlich sagte Franz: »Okay Château, ich werde mich von meiner besten Seite zeigen. Versprochen!«

»Ich bequatsche das heute Abend nochmals mit Anette und schick' dir dann eine Nachricht, wann du kommen kannst. In Ordnung?«

»In Ordnung.«

Kaum hatte er aufgelegt, als Anette in der Tür stand.

»Ich dachte, wir wollten zeitig los?«

Bernard warf einen Blick auf seine Armbanduhr. »Ui, schon nach drei. Ja, stimmt, komm' lass uns gleich fahren!«

»Ich bin längst fertig.«

Diesen Satz hätte Bernard sehr gerne kommentiert, verkniff sich aber, was ihm auf der Zunge lag. Der Ablauf war normalerweise folgender: Bernard duschte am Pool, strubbelte sich die Haare trocken, schlüpfte in Shorts, Sandalen und Polohemd und war nach vier Minuten fertig. Anette hatte schon vor einer Stunde geduscht, musste sich aber noch irgendwelche Pflegemittel aus den Haaren spülen. War das erledigt, folgte ein erster Schmink-Durchgang und die fast unlösbare Aufgabe, zu entscheiden, was sie jetzt anziehen sollte. War auch diese Klippe umschifft, bekam das Make-up einen letzten Schliff. Da die Schuhe nicht zum Kleid passten, musste sie sich natürlich umziehen …

Bernard spielte in der Wartezeit immer ein paar Runden Golf auf dem Handy, manchmal schaffte er ein komplettes 9-Loch-Turnier. Doch heute war Anette tatsächlich vor ihm fertig gewesen. Und das ließ sie ihn dezent spüren. Ein verstohlener Blick auf die Uhr, ein Um-den-Finger-Kreisen-lassen des Schlüssels, ein unterdrücktes Gähnen.

Bernard tat so, als bemerkte er nichts, sprang ins Auto und tippte auf dem Navi herum. Sie hatten sich vorgenommen, drei oder vier Weingüter zu besuchen, um dort Weine einzukaufen.

Im Mai hatten sie an einem Ausflug teilgenommen und einige ausgezeichnete Tropfen kennen gelernt, die sie noch nie getrunken hatten. Die Veranstaltung, die alljährlich stattfand, nannte sich *Sentiers Gourmands*, also in etwa Genießer-Spaziergänge. Rund 300 Begeisterte starteten am frühen Vormittag zu einer vorher bekannt gegebenen Runde. Diese Runde war zwischen acht und zehn Kilometer lang, ging bergauf und bergab und wurde durch vier Verpflegungspunkte unterbrochen, bevor man schlussendlich am fünften und letzten Punkt, dem Ziel, ankam.

Bei wolkenverhangenem Himmel und – was das Wetter betraf – nichts Gutes ahnend, waren sie aufgebrochen. Jeder Teilnehmer erhielt einen Stoffbeutel zum Umhängen mit Besteck, Weinglas, einem Wander-Protokoll und einem Abreiß-Block für die einzelnen Stationen. Kam man an einer der Ess- und Trinkzelte an, konnte man soviel Wein verkosten wie man wollte, zu essen gab es jedoch nur eine Portion pro Person und dafür wurde ein Streifen des

Blocks abgerissen. An Station Eins beispielsweise konnte man sich ein Schälchen mit drei Austern vom Étang de Thau und einen Teller cremiger Erbsen-Suppe mit gegrilltem Speck abholen.

Der feine Nieselregen hatte aufgehört, die Wolken lichteten sich, die Empfindlichen klappten ihre Schirme zu, sogar die Sonne sagte kurz Hallo. Franzosen, Engländer, ein paar Deutsche, Schweden und Belgier standen an Stehtischen und Weinfässern beisammen und tranken mehr als vernünftig gewesen wäre. Man blätterte im Protokoll, stellte fest, dass es bis zur nächsten Station knapp drei Kilometer bergauf ging, stöhnte, wurde aber in Vorfreude auf Cannelloni mit Sherry, Kräutersahne und Oliven beruhigt.

So ging es weiter. Auf eine Suppe mit Kroketten und Makrele in Safran folgte ein Hasenschlegel, der mit scharfem Senf und Bohnenkraut mariniert und gebraten worden war. Dazu gab es karamellisierte Auberginen und frischen Schafskäse. An jeder Station wurden fünf bis acht Weine ausgeschenkt – ein absoluter Marathon.

Den Schlusspunkt setzte ein Zusammensein aller Teilnehmer im Hof einer Winzergenossenschaft, wo es außerdem noch drei verschiedene, hervorragende Käse, frisches Baguette, Pralinen mit Erdnüssen und dunkler Schokolade sowie Espresso gab. Bevor man sich auf den Heimweg machte, konnte man in einer angrenzenden Halle – gut organisiert war die Veranstaltung, das musste man zugeben – alle unterwegs servierten Weine zum Preis wie am Weingut kaufen. Man sah etlichen der Teilnehmer an, dass sie einen großen Teil der unterwegs kredenzten 28 Weine probiert hatten, so ausgelassen war die Stimmung.

Sie hatten acht Schachteln à sechs Flaschen erstanden, insgesamt 24 weiße und 24 rote Weine. Das sollte eine Weile reichen. Satt und zufrieden steuerten sie die Domaine Saint-Joseph, ihren Wohnort an, voller Vorfreude auf ein erfrischendes Bad im eigenen Pool und einen schlanken Abend, an dem sie nur noch eine winzige Ecke Käse zu sich nehmen wollten. Doch erstens kommt es anders …

Kaum hatte Bernard die Haustüre aufgesperrt, klingelte sein Handy. »Hör mal, Château«, er erkannte sofort die Stimme vom wilden Franz, »ich hab' hier ein kleines Problem. Ich hab' mir einen Direktflug von München nach Toulouse rausgesucht, der startet um 11:10 Uhr und ist um 12:55 Uhr da. Ich hätte ein sehr gutes Mietwagenangebot von Sixt für ein kleines Cabrio. Passt eigentlich alles, aber die bei Lufthansa spinnen komplett. Meine Fliegenruten sind zweiteilig und in eineinhalb Meter langen Aluröhren verstaut. Das gilt bei denen als Sperrgepäck und kostet 160 Euro Aufpreis.«

»Ohh, du Armer, du hast ja keinen Cent auf dem Konto«, lästerte Bernard. Doch da war Franz konsequent. Verzockte er schon mal 500 Euro auf dem Golfplatz, 160 Euro an Lufthansa für zwei Aluröhren zahlte er nicht. Basta.

»Ich hab' dann mal bei Air France geguckt. Da sind im Winterhalbjahr ein paar Ski mit Stöcken, im Sommerhalbjahr ein Golfbag kostenlos. Ich pack einfach meine Aluröhren in das Golfbag. Mit der Regenhaube drüber sieht man nichts. Außerdem kommt das Bag eh noch in einen Transportsack. Kostet nix extra und eine Runde Golf spielen können wir auch noch. Anette und du, ihr seid hiermit auf eine Runde in Carcassonne oder wo auch immer mit anschließendem Abendessen eingeladen.«

Das war mal wieder typisch für den wilden Franz. Die 160 Euro würden beim Abendessen schon für den Wein draufgehen. Da war sich Bernard sicher. Aber nun gut.

»Aber Air France fliegt doch via Paris nach Montpellier, oder?«
»Ja, umso besser. In Paris habe ich 1,5 Stunden Aufenthalt, da kann ich an einer der ausgezeichneten Schampus-Bars einen Snack zu mir nehmen – auf den Flügen bekommst du heutzutage ja höchstens eine lächerliche Tüte Erdnüsse und ein lauwarmes

Wasser – und von Montpellier sind es keine 170 Kilometer wie von Toulouse, sondern nur 95. Da nehm' ich mir einen Elektro-Cinquecento, der kostet 70 Euro am Tag und die Entfernung schafft er auch locker.« Franz grunzte zufrieden und machte eine Pause nach diesem Wortschwall.

»Hast du denn schon gebucht?«, wollte Bernard wissen.

»Nein, ich warte ja noch auf euer Okay, ab wann und so.«

Bernard presste sich das Telefon aufs Polohemd und flüsterte zu Anette: »Der wilde Franz will wissen, wann er kommen kann.«

Anette verdrehte leicht die Augen und meinte nur »mir egal, ob er jetzt ein paar Tage früher oder später ankommt.«

Bernard scrollte im Kopf durch den Kalender und antwortete schließlich: »Schau mal, dass du einen Flug am Dienstag erwischst! Dann kann ich am Montag den Kühlschrank auffüllen. Hab' schon ein paar leckere Ideen.«

Daran zweifelte Franz keine Sekunde.

»Alles klar, ich schick' dir eine WhatsApp, wenn ich die Daten habe.«

Gefährliche Radtour

Margaux war jung und dickköpfig. Pah, ihr Chef, dieser Schisser. Abbrechen? Kam ja gar nicht in die Tüte. Sie hatte ihr geliebtes Mountainbike ins Auto gepackt, dazu ihren kleinen Rucksack, die Kletterutensilien, Taschenmesser, Fernglas, zwei Flaschen Wasser und etwas Obst. Bei *Flunch* oder bei *Carrefour* würde sie sich noch ein Sandwich kaufen. Sie hatte vor, ein wenig durch die Gegend zu radeln, ohne dass sie sich etwas Besonderes davon versprochen hätte.

Die Theke von *Carrefour* im Einkaufszentrum war um 14 Uhr schon ausverkauft, aber bei *Flunch* gegenüber bekam sie noch ein Käse-Chorizo-Gurke-Sandwich. Für 3.95 Euro. Genial!

Sie erreichte den Punkt, von dem die A.F.A.L.-Gruppe gestartet war, gegen 15:30 Uhr. Zeit genug, um noch eine größere Runde zu drehen. Gut ausgerüstet nahm sie den ersten Anstieg unter die Räder. Dank extremer Untersetzung war das ein Kinderspiel. Sie konnte sich an der herrlichen Landschaft kaum satt sehen. Doch jetzt war ihre ganze Aufmerksamkeit gefordert. Der Weg verengte sich zu einem holprigen Pfad, links von Felsen und rechts vom Abhang begrenzt, kaum einen Meter breit. Sollte sie hier stürzen, wäre das nicht ungefährlich.

Sie meisterte mehrere Engstellen – ohne nach rechts in die Tiefe zu blicken – und erreichte schließlich ein winziges Plateau. Hätte sie die vorsichtige Fahrt nicht alle Aufmerksamkeit gekostet, hätte sie vielleicht vereinzelte, frische Reifenspuren wahr genommen. Reifenspuren, breiter als die von Mountainbikes.

Am Plateau angekommen, schnaufte sie erstmal durch, bevor sie fähig war, die Umgebung richtig wahr zu nehmen. Felsen, krüppelige Nadelgehölze, kleine Rinnsale. Stahlblauer Himmel, gleißende Sonne. Eine absolut ungewohnte Geräuschkulisse. Zikaden, Raubvögel, Murmeltiere? Absolut fasziniert sog sie alle

Eindrücke in sich hinein. Natur pur!

Die Unterbrechung kam schnell und unerwartet. Innerhalb weniger Sekunden schwoll das Knattern von Viertakt-Motoren stark an, um dann in ein langes Geblubber überzugehen. Da die Stelle günstig war, sprang sie vom Rad, schulterte es und schlug sich nach links zwischen die Felsen. 20 Meter weiter versteckte sie sich hinter einem gut drei Meter hohen, riesigen Felsblock.

Keine 30 Sekunden später preschte eine Geländemaschine um die Ecke. Der Fahrer oder auch die Fahrerin bremste ab und kam etwa 50 Meter von ihr entfernt zum Stehen.

Sie musste sich sehr zusammenreißen, keine blödsinnige Aktion vom Zaun zu brechen. Hatte sie sich doch selbst in diese Situation manövriert. Eine innere Stimme sagte ihr, es handle sich nicht nur um ein Treffen der Moped-fahrenden Dorfjugend.

Sie lauschte. Das Motorengeräusch war verstummt. Waren das Schritte? Sie aktivierte alle Sinne. Horchte ins Nichts hinein, schnupperte lautlos, versuchte, die mögliche Gefahr zu spüren …

Sie konnte es kaum aushalten. Die Vorstellung, jeden Moment könnte jemand um die Ecke kommen – aber sie schaffte es, sich zu konzentrieren. Und als sie nach zwei, drei Minuten nichts mehr hörte, spähte sie vorsichtig um den Felsen. Sie hatte sich flach auf den Boden gelegt und ihre spiegelnde Sonnenbrille abgenommen. Nichts. Sie sah und hörte nichts. In ihrem Kopf fingen zwei kleine Polizistinnen zu streiten an.

»Schau doch nach, was da los ist!«

»Spinnst du?«

»Kriech' doch einen oder zwei Meter vorwärts, vielleicht siehst du dann was!«

»Und werde erwischt, oder was?«

»Mann, du Feigling!«

»Ach, halt' einfach das Maul!«

Sie hatte logisch nachgedacht und entschieden, darauf zu warten, dass die Motoren wieder angelassen würden. Wenn sich das Geräusch entfernt hätte, könnte sie sich wieder herauswagen. Aber es tat sich nichts. Nach höchstens fünf Minuten – sie hätte auf eine Viertelstunde gewettet – hörte sie ein dumpfes Rumpeln. Ein Rumpeln, das näher kam. Sie kannte das Geräusch. Ihr Vater hatte einen 1976er Landrover Defender 110 besessen. Kein CD-Player, keine Servolenkung, keine Zentralverriegelung Von Navigations-Systemen ganz zu schweigen. Aber geländegängig wie Harry. Und super Stoßstangen. Da hielten die Chaoten auf den Parkplätzen der Supermärkte freiwillig Abstand.

Sie beschloss, einer möglichen Gefahr lieber aus dem Weg zu gehen. Nahm das Bike und schlich sich möglichst leise weg. Nach schätzungsweise 80 Metern stieg das Gelände ziemlich steil an. Sie stellte das Rad an einen Baum und kletterte nach oben. Perfekt! Besser hätte Kollege Zufall den Punkt nicht auswählen können. Durch ziemlich dichtes Unterholz geschützt, hatte sie einen guten Blick auf die geheimnisvolle Szenerie. Das Rumpeln hatte tatsächlich zu einem Landrover gehört, der jetzt schief an einem Hügel stand. Weiter links – leider konnte sie wegen der Bäume und Felsen nur wenig sehen – standen zwei Geländemaschinen. Erstklassige Renner der Firma KTM oder vielleicht auch Husqvarna oder Aprilia, so genau wusste sie das nicht.

Die insgesamt vier Gestalten, zwei davon in Motorradkluft, standen beieinander und besprachen sich. Es schien Probleme zu geben, denn immer wieder verlor einer der Motorradfahrer die Nerven und fing an laut zu werden. Sein Kumpan bremste ihn mit fuchtelnden Gesten und holte zur Verdeutlichung aus, als wollte er ihm eine reinhauen.
Als er ihn anfauchte, glaubte sie, ein paar Brocken Spanisch zu verstehen.

Nach ein paar Minuten schienen sich die Hitzköpfe beruhigt zu haben. Drei von ihnen liefen zum Auto, dann zurück zu den Enduros, dann wieder zum Defender. Die offen stehende Hecktüre hinderte Margaux daran, Details zu erkennen, aber nach einem weiteren, hitzigen Wortwechsel marschierten die Motorradfahrer zu ihren Maschinen, starteten sie und preschten davon. Als auch der Landrover weggerumpelt war, schnaufte sie laut aus. Was hatte sie eigentlich gesehen? Was war da vor sich gegangen? Sie hatte plötzlich Hunger und Durst. Sie kletterte nach unten zu ihrem Bike.

Sie schnitt das Sandwich in zwei Teile, biss zuerst davon, dann von einem Apfel ab und nahm einen großen Schluck aus der Wasserflasche. Auf dem Mobiltelefon speicherte sie die GPS-Koordinaten ihres Standortes ab und sah sich die Umgebung auf der Karte genauer an. Sie würde die Schlucht umrunden und so wieder auf den Weg zurück zum Ausgangspunkt gelangen. Sie sah, dass es einen Trampelpfad bergauf gab, konnte ihn aber auf der Satelliten-Ansicht nicht verfolgen, da er durch die dicht stehenden Bäume kaum sichtbar war. Ebenso führte eine Art Piste neben einem schmalen Bach bergab. Diese musste der Defender herauf gekommen sein. Das wollte sie sich ein anderes Mal genauer ansehen. Die andere Richtung reizte sie mehr, führte der Pfad doch hoch in die Pyrenäen und damit, da war sie sich sicher, irgendwann nach Spanien.

Doch auch dafür war jetzt keine Zeit mehr. Sie packte alles zusammen, trug das Rad bis zum Trampelpfad zurück und machte sich auf den Rückweg. In einer halben Stunde sollte sie wieder bei ihrem Auto sein. Sie trat in die Pedale. Sie war noch keine Hundert Meter gefahren, als sie tief unten etwas blitzen sah.

Bernard hatte sich mit Anette abgesprochen und sie hatten einen Speiseplan für die kommenden Tage erstellt. Jetzt war es an ihm, die entsprechenden Dinge einzukaufen. Am morgigen Dienstag würde Franz ankommen. Anette hatte das kleine Gästezimmer hergerichtet, Bernard die Weinvorräte kritisch unter die Lupe genommen und eine Flasche zur Seite gelegt, die schon sehr lange in seinem Keller schlummerte. Auf dieses Ratespielchen freute er sich schon.

Genialerweise bestand ihr Haus aus Erd- und Obergeschoss, wobei es zwischen den Ebenen zum Erstaunen der meisten Besucher keine innen liegende Treppe gab. Man musste im zur Südseite liegenden Hof um einige riesige Oleander-Büsche herumgehen, um die Außentreppe zu erreichen. 26 ausgetretene Stufen führten nach oben in die "bel étage". Das sogenannte schöne Geschoss war im 17. und 18. Jahrhundert die bevorzugte Wohn-Ebene und in stattlichen Häusern residierten die Besitzer im Obergeschoss. Das Erdgeschoss war für Wirtschaftsräume und Lager, manchmal auch für Pferde vorgesehen.

Während Bernard und Anette im Erdgeschoss wohnten, wurden Gäste im ersten Stock untergebracht, wo es ein großes Bad, eine Toilette, eine Küche und einen Balkon zum Garten hinaus gab. Zwei weitere Räume nutzen Bernard und Anette als Werkstatt bzw. Atelier. Diese Aufteilung hatte den großen Vorteil, dass man sich aus dem Weg gehen konnte, ohne Missverständnisse aufkommen zu lassen. Wollten Gäste spät aufstehen, Kaffe trinken und Spiegeleier essen, oder auf dem Balkon Zeitung lesen, konnten sie das tun. Auch mal früh zu Bett gehen oder arbeiten war problemlos möglich. Dies empfanden auch die Gäste als sehr angenehm und wer schon mal da gewesen war, kam meistens mit den Worten »ich bring' schon mal meine Sachen nach oben« an.

Die Ankunftszeit des Airbus der Air France hatte Bernard in einer App nachgeschlagen. Sie wurde mit 16:05 Uhr angegeben. Er überschlug die benötigten Zeiten für Gepäckausgabe und Abholung des Mietwagens mit einer halben Stunde. Plus eine Stund Fahrzeit von Montpellier nach Marcorignan ergab halb sechs oder etwas später als ETA. Die Abkürzung für *estimated time of arrival* benutzen sie immer gerne, war "ETA?" als WhatsApp doch wesentlich schneller geschrieben, als »wann glaubst du, nach deinem Zahnarzttermin ungefähr wieder zu Hause zu sein?«

Bernard hatte sich einen Speiseplan für die kommenden fünf Tage zurecht gelegt. Natürlich wollte er auch auf die Wünsche von Anette eingehen, deshalb ließ er Seeigel, Wellhornschnecken und Kalbsnieren erst mal weg und konzentrierte sich etwas mehr auf Gemüse und Fisch.

Sein Plan sah so aus:

Dienstag.
Eine Flasche Blanquette de Limoux als Begrüßungsgetränk. Dazu etwas Wurst mit Haselnüssen und ein paar Scheibchen Comté-Käse. Dann Pétoncles, das waren kleine Jakobsmuscheln, vom Grill. Sie wurden in der Schale, mit einem Stück Kräuterbutter gebrutzelt. Und schließlich – wieder vom Grill – kleine Tintenfische und dazu für jeden zwei Kartoffelgratin-Muffins.

Mittwoch.
Ceviche vom Thunfisch in Sashimi-Qualität. Wildfang-Garnelen mit selbst gemachter Aioli. Maki mit Avocado-Lachs-Karotten-Füllung. Käse. Baguette.

Donnerstag.
Kleiner Tomatensalat mit knusprigen Weißbrot-Speck-Käse-Röllchen, anschließend Spaghetti Carbonara und zum Abschluss ein Brombeer-Sorbet.

Freitag.
Würfel von der Honigmelone.
Gorgonzola, Birne und Serrano-Schinken.
Burrata von eigenen Tomaten, Chili und Basilikum.
Falafel mit scharfem Mango-Chutney.

Samstag.
Kurze Spareribs, nach Jamie Oliver mit Honig, Paprika, Rum, Ahornsirup, Kreuzkümmel, Chili, Ingwer und Worcestershire-Sauce mariniert. Dazu selbst gemachte Pommes. Zum Abschluss ein großes Stück perfekt gereifter Brie de Meaux. Dazu wollte Bernard den wilden Franz mit einer exquisiten Flasche Rotwein beglücken, die allerdings erraten werden musste.

Sonntag.
Gemeinsame Golf-Runde.

Montag.
Franz reist wieder ab.

Er hatte alles fein säuberlich auf einen Zettel notiert, sich die Kühlbox samt zweier, dicker Kühlakkus geschnappt und sich auf den Weg zu Carrefour, seinem bevorzugten Supermarkt, gemacht. Anette hatte ihm noch nachgerufen, er solle ausreichend Wasser einkaufen, der Wetterbericht habe ein spätsommerliches Hoch mit bis zu 33° angekündigt.

Obwohl er sich immer auf die Sonne und einen wolkenlosen Himmel freute, dieser Vorhersage konnte er wenig abgewinnen. Nach einem extrem trockenen Winter und Frühjahr hatten sie den bisher heißesten Sommer seit fünf Jahren erlebt. 40° zeigte das Thermometer öfters an. Das hatte dazu geführt, dass die Regierung entschlossen gehandelt und krasse Verbote erlassen hatte. In besonders gefährdeten Zonen, das halbe Département lag in einer solchen *Zone Crise*, waren alle nicht zwingend nötigen Arbeiten oder Betätigungen, die Wasser verbrauchten, verboten worden. Die

Anlagen zum Autowaschen wurden ebenso geschlossen wie die großen Wasserrutschen in den Aqua-Parks. Das Säubern der Terrasse war strikt untersagt, genauso das Nachfüllen des Pools, das Bewässern des Rasens und das Gießen des Gemüsegartens. Eine "Wasserpolizei" kontrollierte teilweise mit Drohnen und drohte mit Strafen ab 1.500 Euro.

Jeder vernünftige Mensch hatte Verständnis für Einsparungen und ging äußerst vorsichtig mit Wasser um, aber die Tomaten im *potager* vertrocknen lassen – das konnte nicht mal Monsieur Macron von einem verlangen. Deshalb begann aller Orten nach Einbruch der Dunkelheit ein heimliches Gießen von Obst und Gemüsepflanzen. Anette machte da keine Ausnahme. Auch Nachbarn, Franzosen, Deutsche und Amerikaner übertraten die Verbote. Die Bewässerungsanlagen für den Rasen hatten sie allerdings alle abgeschaltet, was zur Folge hatte, dass die Gärten eher braun daherkamen als grün.

Umso mehr ärgerte es manchen, dass professionell arbeitende Landwirte, Weinbauern, Obstplantagen-Besitzer etc. von dieser Regelung vorerst ausgenommen waren. Bewässern durften sie zwar nur nachts, da aber unbegrenzt. Da der Grundwasserspiegel in den letzten Jahren dramatisch gesunken war, hatte die Allgemeinheit wenig Verständnis für die nächtlichen Wasserorgien und goss deshalb halt ebenso. Auch wenn es offiziell verboten war.

Kein gewöhnlicher Dienstag

Dieser Dienstag sollte ein aufregender Tag werden. Während auf Saint-Joseph der wilde Franz erwartet wurde, ging es bei der Polizei drunter und drüber.

Margaux, die dickköpfige, junge Polizistin, hatte scharf abgebremst. Das Bike an einen Felsen gelehnt, nahm sie das Fernglas aus dem Rucksack und blickte in die Tiefe. Es war ein kleines, leichtes und lichtstarkes Glas mit 10-facher Vergrößerung, das ihr vor vielen Jahren ihr Vater geschenkt hatte. Sie stellte scharf und glaubte, die Felge eines Fahrrades zu erkennen, war sich aber nicht sicher. Um mehr zu erkennen, musste sie ihren Standort ändern, aber der schmale, auf einer Seite von Felsen begrenzte Pfad ließ nur eine Richtung zu. Bergab.

Mit dem Notwendigsten ausgerüstet, dazu zählte sie Handy, Seil, Rucksack und Helm, machte sie sich an den Abstieg. Nach 30 Metern, für die sie eine Viertelstunde gebraucht hatte, blieb sie stehen. So wurde das nichts. Sie musste irgendwann schließlich auch wieder nach oben. Mit dem Fernglas suchte sie die Umgebung ab und stellte fest, dass der Pfad, der sie zurück zu ihrem Auto führte, weiter unten nochmals nahe an der Schlucht vorbei führte. Sie kletterte zurück zu ihrem Mountainbike und fuhr langsam bergab. An einer Weggabelung, eineinhalb Kilometer später, blieb sie ein weiteres Mal stehen, legte das Rad auf den Boden und ging in die Richtung, wo der Abgrund sein musste. Schon nach knapp fünf Minuten sah sie es. Da unten lag ein Fahrrad. Sogar auf die Entfernung, sie schätzte sie auf 30 Meter, konnte sie sehen, dass es ein Mountainbike war.

Commandant Ludovic Serries schob die dünnen Aktenordner auf seinem Tisch von links nach rechts und trank den vierten Espresso seit er vor einer Stunde ins Büro gekommen war. Seine Aufmerksamkeit galt dem Telefon, dass er durch Anstarren dazu zwingen wollte, zu läuten.

Als es endlich klingelte, riss er den Hörer so ungestüm an sich, dass die Ladeschale auf den Boden knallte.

»Oui, bonjour?«

Nach den üblichen Begrüßungsformeln erklärte ihm der Kollege, der ihn aus dem fernen Toulouse anrief, er sei technischer und wissenschaftlicher Polizeiingenieur. Als Cheftechniker einer Abteilung gegen Computer-Kriminalität arbeite er mit einigen Hackern zusammen, die ausgestiegen seien und sich ihre croissants jetzt beim Staat verdienten. Ein gewisser *Nec Mergithur*, so sein "Künstlername", habe den Laptop von Jules Jovanovic geknackt.

Alles Relevante, vor allem E-Mails, Kalendereinträge und Adressen, hätten sie zusammengestellt und ausgedruckt. Ein Kollege sei bereits unterwegs, um sie ihm zu bringen. Und da sei durchaus Interessantes dabei – wenn er sich die Bemerkung erlauben dürfe.

Ludo stand unter Strom. Was für Neuigkeiten würde er wohl bald in Händen halten? Er malte sich verschiedene Szenarien aus: Jules, der Fischer, war in Wirklichkeit Waffenschieber … Blödsinn! Jules, harmloser Verkäufer in einem renommierten Feinkostgeschäft, war Rauschgiftschmugglern in die Quere gekommen … nie im Leben! Jules, Hobby-Angler, war von eifersüchtigem Fischer-Kollegen abgeknallt worden … absurd! Jules … weiter kam er nicht, denn es klopfte an seiner Tür.

»Allez!«

Kollege Philibert stand zerzaust, mit schief sitzender Krawatte und dicker Brille, vor ihm.

»Ähhh, Chef, ich soll Ihnen …«

»Jaja, schon gut.« Ludo streckte die Hand aus und signalisierte damit, dass er die Mappe haben wollte, die der Kollege in der Hand hielt.

»Geben Sie her!«

»Was denn?«

»Na, die Mappe, Sie ...«

Das »Hornochse« konnte er gerade noch hinunter schlucken.

Er hüstelte »Danke, auf jeden Fall.«

Er machte dem Kollegen, der wie angewurzelt vor seinem Schreibtisch stehen geblieben war, unmissverständlich klar, dass er nicht länger benötigt wurde, wedelte heftig mit der Hand und verabschiedete ihn mit den Worten »Vielen Dank, Philippe. Bis demnächst!«

»bert« kam als Antwort und da Ludo ein irritiertes Gesicht machte, »Phili - bert«, nicht »Phili – ppe!«

Ludo musste sich unglaublich zusammen reißen, um nicht zu explodieren, schaffte es aber gerade so und bugsierte den Kollegen mit forschem Griff zur Tür hinaus.

Anette und Bernard hatten ihren Vormittag in aller Ruhe am Pool verbracht. Beide surften gerne im world wide web, Anette strickte an einem neuen Pullover, Bernard spielte ein paar Runden Golf Rival. Wenn er des Spiels überdrüssig war, checkte er die Wettervorhersage und die täglichen news. Als er nach diversen belanglosen Seiten zu den Nachrichten der Süddeutschen Zeitung kam, traf es ihn wie der Blitz. Anette bemerkte sofort, dass etwas nicht stimmte. Das sah sie ihm an den wässrigen Augen an. Und daran, dass er plötzlich so still geworden war.

»Was ist?«, wollte sie wissen.

Bernard räusperte sich mehrmals, aber die Worte wollten nicht heraus kommen. Er wischte sich Tränen aus den Augen, schluckte mehrmals und sagte dann mit brüchiger Stimme »CUS ist tot.«

Sein Freund und großes Vorbild CUS, alias Curt Schneider, war beim Wandern in den bayerischen Alpen abgestürzt. Er wurde nur 62 Jahre alt. Ein Kollege namens Max hatte einen Nachruf verfasst. »Das darf doch nicht wahr sein!«, schniefte Bernard, »stell dir das doch mal vor. Seit 32 Jahren macht er dieses verdammte Drecks-Rätsel. Wieviele Vormittage haben mich seine wohlformulierten, schrägen Umschreibungen wohl gekostet? Und jetzt stürzt er beim Spazierengehen in den Tod. Ach Mensch, die Welt ist ein Hort der Ungerechtigkeit!«

Stand auf, ließ sich ins Wasser fallen und tauchte unter. Als könnte er damit der traurigen Wahrheit aus dem Weg gehen.

Die Polizistin namens Margaux war problemlos den Abhang hinunter geklettert und stand jetzt vor einem schwer ramponierten Mountainbike. So wie es aussah, hatte man es herunter geworfen und oberflächlich abgedeckt. Es war ein Allerwelts-Modell, wie man es für ein paar Hundert Euro bei Intersport oder Decathlon kaufen konnte. Zwei Dinge fielen ihr allerdings auf. Erstens hatte das Vorderrad einen bösen Knick in der Felge und zweitens klebte etwas am Lenker. Genauer gesagt am linken Gummigriff. Öl? Blut?

In ihrem Kopf überschlugen sich die Gedanken. Wenn das hier das Bike von diesem Mathieu war – der Vorderreifen sah mit dem Achter so aus, als sei man gegen ein massives Hindernis geprallt – warum in aller Welt hätten es die Räuber hierher schleppen und in den Abgrund werfen sollen?

Außerdem hatte Mathieu Sanchez eine Quittung für ein sehr exklusives Bike der Firma Cannondale vorgelegt?

Ludo blätterte in den Unterlagen vor und zurück. Das Adressbuch sagte ihm nichts. Er erkannte keinen einzigen Namen. Wie auch. Der Kalender war ebenfalls wenig aufschlussreich. Dieser Jules war allem Anschein nach ein Liebhaber von Abkürzungen.

Regelmäßig tauchten Einträge wie "pamQ", "pamA" oder "pamC" auf. Da sie immer nur mittwochs zu finden waren und dies sein freier Tag gewesen war, tippte Ludo auf Spritztouren zum Fischen. *Pêche à la mouche/Quillan* für "pamQ", Fliegenfischen in

Quillan würde prima passen und A für Axat bzw. C für Caillou, ebenfalls an der Aude gelegene Orte, in denen es *no-kill-parcours* gab.

Schwieriger wurde es mit "RDV1900C" und ähnlichen Einträgen. Gut, RDV stand ganz klar für Rendez-vous und 1900 sehr wahrscheinlich für 19 Uhr, aber C? Das konnte alles bedeuten.

Der Zündstoff musste sich also in den E-Mails verbergen. Ludo staunte nicht schlecht, als er insgesamt 732 E-Mails aufgelistet fand. Da würde er einiges zu lesen haben.

Bernard hatte sich in sein Zimmer zurückgezogen und aufgeräumt. Gebügelte Polos auf Kleiderbügel gehängt, Unterhosen gefaltet in den Schrank gestapelt. Er hatte die Schublade seine Schreibtisches geleert und einen ganzen Stapel EC-Cash-Quittungen in den Papierkorb geworfen. Sein Bett in Ordnung gebracht, das Kopfkissen ausgeklopft – dann war er ermattet und todtraurig aufs Bett gesunken. In Gedanken hörte er sich mit einem quietschfidelen CUS telefonieren und über seltene lateinische Pluralformen diskutieren. Er war kurz eingenickt, als ihn die Warnmelodie seines elektronischen Kalenders auf den kommenden Termin aufmerksam machte. Noch eine Stunde bis zu Franz' Ankunft. Er musste ins Leben zurückkehren.

Erste Erfolge

Ludo hatte Schwierigkeiten, den Überblick zu behalten. Die Fälle drohten, unübersichtlich zu werden. Er hatte eine Besprechung für 10 Uhr einberufen. Anwesenheitspflicht!

An dem langen Konferenztisch hatten sich mit Nathalie, Margaux, Gaspard, Laurent, Jérémie und Jérémy alle wichtigen, ermittelnden Kolleginnen und Kollegen versammelt. Natürlich durfte auch Philibert nicht fehlen. Ludo räusperte sich und begann:

»Kolleginnen und Kollegen, wir haben aktuell drei Fälle zu lösen, treten aber teilweise auf der Stelle.« Margaux hob die Hand. »Später, Margaux!«

»Entschuldigen Sie, *Commandant*, aber ich hätte wirklich einige interessante Neuigkeiten.«

Ludo nickte grummelnd. »Dann raus damit!«

Margaux berichtete von ihren Touren, die eigentlich den Zweck hatten, irgendetwas über die vermeintlichen Schmuggler heraus zu bekommen. Davon, dass sie zwei Kerle mit Geländemaschinen und zwei andere in einem alten Landrover gesehen hatte. Die Typen hätten sich getroffen und diskutiert, vielleicht gestritten und sich möglicherweise – da war sie sich jedoch nicht sicher – auch irgendetwas übergeben. Sie bestätigte, die Stelle auf der Karte markiert zu haben, außerdem habe sie ein paar Handyfotos geschossen. Aufgrund der großen Entfernung könne man zwar keine Details erkennen, aber sie schlug vor, die Bilder diesem Schörrsche zu zeigen. Mit etwas Glück würde er die Stelle wiedererkennen.

Spannend sei es allerdings dann auf der Rückfahrt geworden. In einer Schlucht hatte sie ein ramponiertes Mountainbike gesehen.

Sie überhörte das »ja, und« ihres Vorgesetzten und beschrieb das Rad näher. Ringsum war es ruhig geworden.

Bis Philibert, kein Mensch hätte ihm das zugetraut, sachlich zusammen fasste: »Ganz klar. Dieser Mathieu fingiert einen

Raubüberfall. Sein minderwertiges, altes Bike fährt er gegen einen Baumstamm, dabei verletzt er sich, ohne es zu wollen, was seine Geschichte dadurch aber umso glaubwürdiger erscheinen lässt. Er erfindet die bösen Buben, die ihn ausrauben, schmeißt sein Rad einen Abgrund hinunter und haut sich mit einem Stein oder was weiß ich auf den Kopf. Dann kommt er mit Beule und einer Quittung daher, die belegen soll, dass das Rad sauteuer gewesen ist. Er fordert bei seiner Versicherung Ersatz. Wenn wir beweisen könnten, dass das Bike ...«

Hier wurde er von Margaux unterbrochen. Die Worte sprudelten gerade so aus ihrem Mund: »Wir müssten nur das Rad bergen. Am Lenker sind links klebrige Spuren, das könnte Blut sein. Sollte es mit dem von Mathieu übereinstimmen ...«

Commandant Ludo Serries nickte anerkennend, während er sich eifrig Notizen machte. »Da werden wir uns umgehend drum kümmern. Sehr gute Arbeit, Kollegin! Gibt es denn im Fall Jules Jovanovic auch Neuigkeiten?«

Er blickte JJ an, wie er sie inzwischen nannte. *JJ un et JJ deux*, dachte er sich im Stillen. Jérémie und Jérémy berichteten abwechselnd. Sie hatten das Umfeld von Jules Jovanovic durchleuchtet, sein Leben auf den Kopf gestellt. Aber sie hatten nichts gefunden, was auf ein Mordmotiv hindeuten könnte. Von allen Leuten, die ihn kannten – und das waren erstaunlich wenige –, hatte nur eine Mitbewohnerin des Mietshauses etwas Interessantes zu berichten gehabt. Nämlich dass sie Herrn Jules eines Abends eilig ins Haus stürzen sah – keine zehn Sekunden später war er in seiner Wohnung verschwunden und hatte die Türe ins Schloss geworfen. Sie sei ja nicht neugierig, aber sie habe auf die Straße geschaut und einen ihr unbekannten, schmierigen Typen in einem längs gestreiften Anzug in ein verbeultes Auto steigen und wegbrausen sehen.

»Sehr gut, JJ«, lobte sie Ludo. »Bevor ich euch jetzt meine

neuesten Erkenntnisse mitteile, wie steht es in der Geschichte mit den vermeintlichen Schmugglern?«

Gaspard, Laurent und Nathalie, die sich zu einer Gruppe zusammen gefunden hatten, bestätigten Margaux' Beobachtungen und berichteten von einem Telefonat mit Kollegen der spanischen Polizei, die schon seit längerer Zeit einer Bande auf der Spur seien. In Südamerika werden die Drogen, gut verpackt, von Profis am Rumpf von Frachtern oder Tankern unter der Wasserlinie befestigt und im europäischen Zielhafen wieder geborgen. Professionelle Taucher würden dafür spezielle Tauchgeräte verwenden, die die verbrauchte Luft wieder aufbereiteten. Dadurch strömten keine Luftblasen an die Oberfläche – die Taucher seien quasi unsichtbar. Irgendwo an einer schwer zugänglichen Stelle käme die Ware mit Schnellbooten übers Meer ans Festland, werde von Kurieren in Empfang genommen und in ein geheimes Lager gebracht. Wieviele weitere Stationen es gebe, wüssten sie nicht, aber die letzte Etappe, bei der die Ware über die grüne Grenze gebracht werde, würde von Motorradfahrern erledigt werden. Diese kannten wohl tausende von Schleichwegen zwischen der Küste und Andorra und würden selten dieselbe Route nehmen.

Auf französischem Boden werde die Ware dann in Empfang genommen und bezahlt. Die Übergaben würden grundsätzlich in Waldgebieten stattfinden, wo die Bäume so dicht stünden, dass man aus der Luft keine Chance habe, etwas zu erkennen. Versuche mit Drohnen seien wieder aufgegeben worden. Die Beobachtungen der Pilzsammler und von Margaux ließen aber darauf schließen, dass der Weitertransport dann in Geländefahrzeugen von statten ginge.

Ludo hatte die Stirn in Falten gezogen, als er antwortete: »Wir können uns nicht um alles kümmern und überhaupt ist in so einem Fall die Drogenfahndung zuständig. Ich werde den Kollegen von den Observierungen berichten. Jetzt aber zu meinen Neuigkeiten.«

Er schilderte den anderen, dass es gelungen war, die E-Mails auf dem Laptop zu entschlüsseln. Neben einer riesigen Menge unwichtigem Geschreibsel habe er allerdings mehrere inhaltlich sehr ähnliche E-Mails gefunden, die zwischen *jjovanovc@free.fr* und *s.a.chakri@notaires.fr* hin und her geschickt worden waren.

»Ich lese euch jetzt mal ein paar vor, ich beginne mit einer, die Jules verschickt hat.«

Bonjour Monsieur Chakri,
danke für die Informationen. Ich wurde darüber informiert, dass meine Wohnung und etliche andere in Eigentumswohnungen umgewandelt wurden und Sie jetzt der neue Besitzer meiner Mietwohnung sind. Ich habe allerdings nicht vor, demnächst auszuziehen.
Cordialement,
J. Jovanovic

Bonjour M. Jovanovic,
ich habe in dem Haus mehrere Wohnungen erworben und möchte diese modernisieren. Ich biete Ihnen eine Entschädigung in Höhe von 10.000 Euro an, wenn Sie Ihren Vertrag fristgerecht kündigen.
Freundliche Grüße,
Anwalt Chakri

Sehr geehrter Herr Anwalt,
die Wohnung liegt nahe an meiner Arbeitsstätte, ist ruhig und verfügt über einen Balkon. Außerdem habe ich selbst vor einigen Jahren das Bad saniert.
Wenn Sie mir eine entsprechende Ersatzwohnung besorgen können und Ihr Angebot auf 50.000 Euro erhöhen, könnten wir ins Geschäft kommen.
Beste Grüße,
J.Jovanovic

Sehr geehrter Herr Jovanovic,
ich rate Ihnen, es nicht zu übertreiben.
Sie hören wieder von mir.
S. A. Chakri

Guten Tag Herr Chakri!
Wenn der Typ, der mich gestern belästigt hat und mir erzählt hat,
meine Wohnung läge in einer äußerst unsicheren Gegend, in der
andauernd bedauernswerte Unfälle geschehen, von Ihnen geschickt wurde,
fordere ich Sie auf, sofort mit derartigen Einschüchterungsversuchen
aufzuhören. Das nächste Mal gehe ich zur Polizei!
J.Jovanovic

Es dauerte eine ganze Weile, bis die Informationen bei allen durchgesickert waren und wiederum war es Philibert, der als erster das Wort ergriff.

»Ist doch ganz klar. Dieser komische Anwalt kauft sich einige in Eigentumswohnungen umgewandelte Mietwohnungen. Da hat er sicher einen ordentlichen Batzen Geld hingelegt. Und jetzt will er diese verschönern und natürlich so teuer wie möglich neu vermieten. Er hat nur ein Problem. Er muss zuerst die bisherigen Mieter loswerden. Wie wir gehört haben, macht man so was anscheinend dadurch, dass man eine gewisse Ablösezahlung leistet. Blöd nur für ihn, dass sich Jules als harter Brocken erweist.«

Er fuchtelte so wild mit den Armen in der Luft herum, dass seine Krawatte von links nach rechts flog. Mit wirr in die Stirn hängenden Haare fuhr er fort: »Er bietet ihm eine gewisse Summe an, aber der Mieter lehnt ab und fordert deutlich mehr. Das passt ihm nicht. Er heuert irgendeinen Schläger an, der ihm Angst machen soll ...«

Wie auf Kommando begannen alle, wild drauf los zu reden.
»Das hast du dir aber schön ausgedacht.«

»Ja und wenn die Mieter nicht ausziehen wollen?«

»Kannst du das beweisen mit dem Schläger?«

»Wie der schon heißt!«

»Jetzt werd' mal nicht rassistisch!«

»Du kannst auch nur stänkern.«

Ludo musste einschreiten. Er schlug mit der flachen Hand auf den Tisch, dass die Wassergläser in die Luft sprangen. Schlagartig war es totenstill.

»Entschuldigt, Leute, aber so geht's nicht! Ich finde, Kollege Philippe – das vom Angesprochenen dazwischen gemurmelte »bert« überhörte er geflissentlich – hat es sehr gut zusammen gefasst. Die Frage ist allerdings, wie wir diesen Anwalt dran kriegen, falls alles wirklich so oder so ähnlich abgelaufen ist. Bisher sind das nur Vermutungen. Sehr schlüssige Vermutungen, aber halt nur Vermutungen.«

Mit oder ohne Grün?

Etliche Kilometer entfernt hielt sich die Aufregung in Grenzen. Franz war pünktlich auf Saint-Joseph angekommen, hatte seinen Elektro-Flitzer auf der Westseite des Hauses im Schatten geparkt und war schon mit einem kleinen Koffer im ersten Stock verschwunden. Er wolle nur kurz duschen, sei aber sofort zurück.

Bernard bestückte ein Holzbrett mit Wurst, Käse, Pastete, Cornichons und Oliven, öffnete eine eiskalte Flasche Blanquette de Limoux, das war so eine Art Prosecco Südfrankreichs, schnitt ein richtig langes Baguette, eine *flûte*, auf und brachte alles zu einem Tisch auf der Poolterrasse. Durch riesige, uralte Oliven beschützt, saß man hier äußerst gemütlich. Die Bäume milderten den Westwind deutlich, ein großer Marktschirm warf ausreichend Schatten, der Blick auf den Pool und die Nordfassade des alten Steinhauses war grandios.

Er füllte zwei Gläser und stieß mit Anette an, während sie auf den wilden Franz warteten.

»Ich bin ja gespannt, wie er diesmal drauf ist«, argwöhnte Anette, aber Bernard meinte nur »wart's ab, wart's ab!«

Als Franz kurz darauf erschien, trauten sie zuerst ihren Augen nicht, hatte er doch tatsächlich einen wunderschönen Strauß mit orangenen Rosen in der Hand. Er deutete eine Verbeugung an, drückte Anette drei Luftküsse neben das Gesicht und überreichte ihr strahlend die Blumen.

»Für dich, meine Liebe. Vielen Dank, dass ich mal wieder bei euch wohnen darf. Wenn's irgendwas zu tun gibt, bitte sag' Bescheid. Ich helfe gern.«

Anette war sprachlos. Bernard sah sie von der Seite an und war sich sicher, seine Frau noch nie so verblüfft erlebt zu haben. Damit nicht genug, stellte Franz noch eine Papiertüte auf den Tisch und erklärte »meine Fischer-Ausrüstung hat den meisten Platz beansprucht, deshalb muss Château diesmal leider auf sein Augustiner verzichten, aber ich dachte mir, ein paar frische Brezen und 300 Gramm Hirnwurst könnten ein nettes Mitbringsel sein.«

»Mit Grün?« wollte Bernard wissen.
»Selbstverständlich«, beruhigte ihn Franz.

Ähnlich verbissen, wie die verschiedenen Fraktionen in München behaupteten, man esse seine Weißwürste entweder mit oder ohne Haut, zuzele sie aus dem Darm oder schneide sie aus demselben, sah man es bei der Gelbwurst, in München Hirnwurst genannt. Mit oder ohne Grün, also mit oder ohne Petersilie in der Wurst, war ausschlaggebend für Liebe oder Hass zum Produkt.

Bernard und Franz, seit Geburt auf "Hirnwurst mit" geeicht, mochten sich diese Leckerei ohne Petersilie nicht vorstellen, genau so wenig, wie ohne den in riesigen Mengen dazu verspeisten, süßen Senf. Der Blanquette de Limoux war, genau genommen, absolut unpassend, aber mangels dunklem Erdinger Weißbier oder Augustiner Edelstoff immer noch drittbeste Wahl.

Nach mehreren Minuten stillem Genießen – Anette war in die Küche geeilt und hatte ein Glas Händlmaier-Senf geholt – fragte der wilde Franz schließlich nach Informationen.
»Sag' mal, Château, was ist jetzt mein Job hier? Fressen und saufen und euch auf die Nerven gehen kann ich bestens, wie du ja weißt. Oder soll ich, wie schon angedeutet wurde, dank meiner Erfahrung im Fliegenfischen was Sinnvolles beitragen?«

»Kannst du. Da bin ich mir sicher. Aber das soll dir Ludo erzählen. Wir haben ihn zum Abendessen eingeladen.«

»Bernard macht eines seiner Lieblingsgerichte. *Pétoncles*, kleine Jakobsmuscheln und anschließend Baby-Tintenfische vom Grill«, warf Anette ein. »Dazu Kartoffelgratin-Muffins. Das Rezept hat er kürzlich auf Pinterest entdeckt. Und unser neuer Nachbar kommt mit seiner Freundin und wird dir alles erzählen.«

Aber Franz war zu neugierig, um sich damit zufrieden zu geben.

»Jetzt macht halt nicht so ein Geheimnis draus! Die Details kann er mir ja dann später erzählen, aber ein paar grundsätzliche Infos hätte ich schon gerne.«

Bernard nahm einen großen Schluck von seinem Blanquette, schenkte ringsum nach und begann:

»Okay, ich schildere dir kurz, was ich weiß. Und das ist nur das, was mir der Herr *Commandant de police* verraten hat. Also, der wichtigste von drei Fällen, mit denen er sich herumschlägt, ist ein erschossener Angler.«

Franz war blass geworden. »Erschossen?«

»Ja, erschossen. Wie es aussieht, wurde er mit Vorsatz aus dem Weg geräumt.«

»Uff. Und da soll ich mich einmischen?«

»Nein, du sollst einfach mit deinem Fachwissen aushelfen. Für die Polizei ist es ein schneller und einfacher Weg. Ludo ist unser Nachbar, du bist unser Gast, er kommt zum Essen, er fragt dich ein paar Sachen. O.K.?«

»Kennt er denn keinen, der fischen geht?«

»Doch, sicher. Er hat ein oder zwei Kollegen. Aber das sind wohl alle Anfänger. Fischen seit wenigen Jahren und haben keine wirkliche Ahnung.«

»Na gut«, kam es von Franz, den Anette schief musterte. Sie kannte ihn eigentlich als wilden Hund, als Haudrauf, als Großmaul und Weiberheld. Dermaßen eingeschüchtert hatte sie ihn noch nicht erlebt. Deshalb wechselte sie das Thema, piekste Franz in die

Rippen und forderte ihn auf: »Lass' uns mal abwarten, was noch alles erzählt wird. Aber jetzt du. Was gibt's Neues an der Front?«

Diese direkte Frage verunsicherte Franz noch mehr. Was wollte sie wissen? Sie hatte doch immer nur mit Abscheu auf seine amourösen Abenteuergeschichten reagiert.

»Ähhh, also ich … ich hab' vor ein paar Monaten eine sehr nette Frau kennen gelernt. Ihr Mann ist bei einem tragischen Unfall ums Leben gekommen. Sie kümmert sich um die beiden Kinder, na ja Kinder ist für 20 und 24 Jahre vielleicht nicht der richtige Ausdruck.«

Anette sah ihn mit großen Augen an.

Bernard erkannte sie fast nicht wieder, dieser bewundernde, beinahe anhimmelnde Blick … was war da bloß los?

»Soll das heißen ...« weiter kam sie nicht, als Franz einschritt und klarstellte »Jetzt mal langsam, meine Liebe! Im Moment heißt das noch gar nichts. Okay, ich mag sie sehr, aber ...«

»Du möchtest dich noch nicht allzu weit aus dem Fenster lehnen, das verstehen wir natürlich.«

Eine knisternde Pause trat ein.

Als sich alle wieder unter Kontrolle hatten, sprach Bernard: »Wisst ihr was, ich geh' jetzt eine neue Flasche Dingsbums holen« und Franz ergänzte nur »Kicherwasser« und Anette und er platzten vor Lachen heraus, dass die in den Nischen der Steinwand friedlich schlummernden Salamander mit aufgerissenen Augen die Flucht ergriffen.

Inge

Beinahe wäre das Hauptthema des Abends zu kurz gekommen, hätte nicht Ludo gerade noch rechtzeitig das Wort ergriffen.

»Monsieur Franz, ich freue mich sehr, dass Sie uns behilflich sein möchten. Ich kann und darf Ihnen natürlich nur manche Dinge mitteilen, aber Sie wissen ja bereits, um was es geht. Ich würde Sie bitten, dass Sie sich als normaler, unauffälliger Fischer vor Ort die Gegebenheiten mal ansehen. Haben Sie keine Angst, wir werden den Termin abstimmen und mein Kollege Philibert – er drückte auf seinem Handy herum, bis er das Bild des Kollegen gefunden hatte – wird ebenfalls vor Ort sein. Er wird ein Auge auf Sie haben.«

Franz' Französisch war schlecht bis unbrauchbar, deshalb blickte er Bernard fragend an, der dolmetschte. Dann sagte er: »Was ist es, das Sie versprechen sich davon, Monsieur Ludo? Sie haben jeden Stein bewegt, schon? Was ist es, das ich finde, das Sie nicht haben gefunden schon?«

»Ja, also«, begann Ludo etwas verwirrt. Er hatte gedacht, der Kerl würde gerne mal Detektiv spielen. Außerdem war sein Französisch merkwürdig. »Also, das ist schwer zu sagen. Ich denke einfach, einem erfahrenen Fischer wie Ihnen, der schon viel gesehen hat, fällt vielleicht etwas auf, das wir, ich nenne es jetzt mal betriebsblind, übersehen haben. Das muss gar kein Indiz, keine Spur, kein Gegenstand sein. Eher so etwas wie eine Ahnung, ein Gefühl. Verstehen Sie?«

Franz zuckte mit den Schultern. Bernard übersetzte, bis Franz kapiert hatte. Dann übermittelte er Ludo dessen Antwort: »Wie Sie wollen. Aber Begleiter brauche ich nicht. Wenn ich weiß, dass jemand beobachtet mich, werde ich unsicher.«

»Wir können Sie doch nicht ganz alleine ...«

»Doch, doch. Ganz alleine. Ganz alleine oder gar nicht.«

Ludo hatte sich die Sache einfacher vorgestellt, willigte jedoch ein, bestätigte, seine Leute zurück zu halten. Beschloss aber für sich, einen Beamten als Aufpasser abzustellen.

»Gut, haben Sie schon einen Plan? Am Sonntag ist der 21. September, da endet hier die Angelsaison für Kategorie 1 und 2. Wir haben nur noch wenige Tage Zeit.«

Da der wilde Franz völlig ratlos in die Runde blickte, übernahm Bernard: »Mein Freund hat vor, morgen hinzufahren. Gleich in der Früh'. Der Mord«, hier musste er schlucken, »ist unseres Wissens auch sehr früh geschehen, oder?«

»Das stimmt«, bestätigte Ludo.

Sehr gut, dachte er sich, dann schicke ich morgen in aller Herrgotts-Früh den Kollegen Philibert dorthin. Der scheint doch mehr auf dem Kasten zu haben, als ich dachte.
»Das ist sehr nett von Ihnen. Damit Sie auch wirklich fischen können und keinen Ärger bekommen, falls man Sie kontrolliert, sollten Sie sich unbedingt eine *carte de pêche* für das Département Aude organisieren. Das ist ein einfacher download. Die Kosten werden Ihnen natürlich erstattet. Ich schreibe Ihnen mal die Internetadresse auf.«

Ludo kritzelte *www.cartedepeche.fr* auf einen Zettel und gab ihn Franz, der ihn am Bernard weiter reichte. Bernard verklickerte ihm kurz die letzten Sätze und versprach, bei der Beschaffung der Fischerei-Karte zu helfen.

In diesem Moment kamen Anette und Giulia um die Ecke. Die beiden hatten mit Ricco einen Spaziergang rund um Saint-Joseph gemacht. Der junge Labrador war wie der Blitz hin- und her gerannt, hatte jede Ecke beschnuppern und an jeden zweiten Stein, Baum oder Pfosten pinkeln müssen. Deshalb hatte der Rundgang nicht die üblichen 15 sondern fast 30 Minuten gedauert.

»Na, die Herren, wie geht's, wie steht's?«, wollte Giulia wissen und Ludo erklärte ihr, was man besprochen hatte. Anette ließ sich in einen Stuhl fallen und meinte nur: »Bernard, wir brauchen einen Verdauungs-Schnaps! Aber einen doppelten!«

Bevor Bernard reagieren konnte, war der wilde Franz schon aufgesprungen und mit den Worten »Bleib mal sitzen, Château!« unterwegs ins Haus. »Ich hab' etwas Leckeres in deinem Gefrierschrank deponiert, das könnte jetzt gut passen.«

Er kam, geheimnisvoll tuend, mit vier bis zum Rand gefüllten Sherry-Gläsern zurück. Eine noch leicht angefrorene, goldgelbe Flüssigkeit bewegte sich träge, als er die Gläser abstellte. Alle hielten das Glas in der Hand und prüfend unter die Nase. Unterschiedlicher hätten die Reaktionen nicht ausfallen können.

»Scharf!«
»Uhh, was für eine feine Kräuternote!«
»Orangenschale und Vanille!«
»Rosmarin?«
»Pfui Teufel, Ingwer!«

Nachdem alle einen ersten, kleinen Schluck genommen hatten, glätteten sich die Züge. Allem Anschein nach war das Gebräu am Gaumen verträglicher als in der Nase.

»Super!«
»Gefriert das Zeug denn nicht?«
»Also meins ist es nicht!«
»Ahhh, lecker!«

Franz erklärte grinsend, es handele sich um einen bayerischen Ingwerlikör namens "Inge". 18% stark, mit Bourbon-Vanille,

Rosmarin und Cachaça, einem Zuckerrohrschnaps veredelt. Leicht scharf, aber fruchtig und am besten würde er eiskalt schmecken.

Essen wie Gott in Japan

Eigentlich mochten Anette und Bernard ihre Nachbarn sehr gern, aber genau genommen gab es doch ziemlich große Unterschiede. Steve und Priscilla, die aus Kalifornien zugezogenen Amerikaner, waren, wie sollte man sagen, seltsam. Warum verkauft jemand, für den die Devise "money is no object" galt, sein Haus in der teuersten Gegend Kaliforniens, um ausgerechnet ins Hinterland von Narbonne zu ziehen?

Mussten sie etwa das Land aus irgendeinem Grund verlassen? Ärger mit der Steuerfahndung? Sonstige Delikte? Oder waren sie tatsächlich nur blauäugige Amis, die Europa so supertoll fanden?

Oder Philippe und Alexandre, "the good and the bad son", wie Steve sie nannte. Seit ihr Vater ins Altenheim umgezogen war, kümmerten sich die beiden um das Anwesen. Wobei "kümmern" der falsche Ausdruck war. Eigentlich taten sie gar nichts. Aus dem Garten war ein Dschungel geworden, in dem – mehr oder weniger überwuchert – mehrere Schrottautos vor sich hin rosteten. Ein fünf oder sechs Meter langes Holzboot lag schief in den Agaven. Immer wenn Bernard einen Spaziergang um Saint-Joseph machte und hier vorbei kam, fragte er sich, warum das morsche Boot an einen Baum angekettet war.

Der Auspuff eines Motorrads ohne Sattel glänzte in den Brennnesseln, auf der Terrasse stand ein klappriger Klapptisch, auf ihm ein Topf mit eingetrockneten Essens-Resten. In einem Schuppen stapelte sich altes Geschirr.

Ein neu aussehendes Schiebetor war verstärkt und mit einem gigantischen Vorhängeschloss gesichert worden. Hier hatte sich Alexandre eine Schlosser-Werkstatt eingerichtet und verdiente sich mit zusammen geschweißten Dachträgern für die Autos anderer Handwerker oder zurecht gebogenen Vorhangstangen für die Nachbarn seinen Unterhalt.

Ihre einzigen, direkt angrenzenden Nachbarn, Ralf und Inge, die aus einer Kleinstadt zwischen Köln und Bonn stammten, besaßen das mit Abstand größte Grundstück. Drei Viertel der rund zehntausend Quadratmeter waren brach liegende Rebfelder, um die sie sich mangels Zeit nicht kümmern konnten, aber der Rest wurde akribisch gepflegt. Immer in Begleitung von zwei winzigen Hunden, die – wenn man ihnen die Gelegenheit gab – gerne mal ausbüxten.

Um sie wieder einzufangen, gab es einen einfachen Trick. Bernard wunderte sich schon länger, dass die Hunde ihn noch nicht durchschaut hatten, aber so schlau waren sie dann allem Anschein nach doch nicht.

Ralf ging auf der Suchen nach den zwei Kleinen das Grundstück auf und ab und rief immer wieder »Struppi! Oskar! Kommt! Lecker holen! Jetzt aber ganz schnell! Lecker, lecker, lecker!« und klatsche dabei pausenlos in die Hände. Oft folgte noch ein »Hopp, hopp, hopp!« Franz hatte das bei seinem letzten Besuch täglich mitbekommen und seitdem hieß bei ihm und auch bei Bernard Nachbar Ralf nur noch "Der Klatscher".

Und jetzt der Polizist mit Freundin und Hund. Bernard und Anette empfanden die neuen Nachbarn als anregende Bereicherung und dank verwandter Interessen hatte man schnell einen gemeinsamen Nenner gefunden.

Über den Besuch gestern hatten sie sich wirklich gefreut und auch Franz war sehr angetan von den beiden. Wobei mal wieder ein wenig vom wilden Franz zum Vorschein kam, als er mit leuchtenden Augen jeder Rundung, die sich unter Giulias eng anliegendem, schwarzem T-Shirt abzeichnete, aufmerksam folgte. Wie Anette aus den Augenwinkeln wahrnahm.

Bernard hatte sich für diesen Tag allerhand vorgenommen. Er wollte ein Ceviche vom Thunfisch zubereiten, dazu sollte es Wildfang-Garnelen mit Aioli geben. Als Krönung standen selbst gemachte Maki mit Avocado-Lachs-Karotten-Füllung auf dem Plan. Und zum guten Schluss wollte er feinen Ziegenkäse mit Baguette servieren.

Seit er mit einem Kumpel vor rund 40 Jahren in Südamerika gewesen war, sie hatten eine mehrwöchige Rucksack-Tour durch Kolumbien, Ecuador, Peru und Bolivien absolviert, hatte er ein Faible für Ceviche. Dieses einfache Gericht hatte es ihm angetan, verkörperte es doch absolut seine Vorstellung von "kochen können". Kochen können, hatte ihm vor vielen Jahren mal ein befreundeter Chef eines Sterne-Lokals gesagt, bedeute, in der Küche die großartige Qualität der Lebensmittel möglichst nicht zu verderben. Und da war Ceviche ein klassischer Meilenstein.

Frischester Fisch, scharfe, aber nicht allzu scharfe Chilischoten, Koriander, milde Zwiebeln, Limette, etwas Knoblauch.

Die Zutatenliste las sich eher einfach und das war sie auch. Es sollte keine Probleme bereiten, die genannten Sachen zu besorgen. Entscheidend war die Qualität. Mit Bonito del Norte-Thunfisch in Sashimi-Qualität, milden Zwiebeln aus den Cevennen, saftigen Limetten und Koriander aus dem eigenen Garten sowie frischem, rosa Knoblauch aus Lautrec war ein guter Anfang gemacht.

Er säuberte den rosafarbenen Thunfisch akribisch, schnitt ihn in mundgerechte Stücke und marinierte ihn mit dem Saft zweier Limetten. Dann schälte er eine kleine Zehe Knoblauch, schnitt sie mit einem schweren Kochmesser klein und gab sie dazu. Ebenso eine Handvoll vom gehackten Koriander.

Eine halbe, etwa Tennisball-große Zwiebel wurde geschält, gehackt und in Milch eingelegt. Die dunkelrote, dünne Chilischote schnitt er in hauchdünne Ringe.

Die Garnelen befreite er von der Schale und vom Darm, ließ aber das Schwanzsegment dran, die Aioli rührte er – er hätte es auch blind gekonnt – in kürzester Zeit aus einem Eigelb, einer halben, zerquetschten Knoblauchzehe und reichlich Olivenöl, das er zu Beginn nur tropfenweise zugab, zu einer sämigen Sauce. Mit einem Teelöffel Limettensaft, einem Spritzer Worcestershire-Sauce, Salz und weißem Pfeffer schmeckte er gekonnt ab.

Auf die Zubereitung der Maki hatte er sich schon lange gefreut. Anette hatte ihm zu Weihnachten einen Gutschein geschenkt. Gutscheine waren ja oft so eine Sache. Geschenkt, aber nie eingelöst ... das kam schon mal vor, aber dieser Gutschein sollte sich als Volltreffer erweisen.

Anette, die wesentlich mehr kleinere, interessante Shops kannte als er, hatte in Narbonne einen Laden entdeckt, in dem neben Bildern aus Moos, fliegenden Fischen, Essstäbchen, bunten Stoffen, teueren Messern und Teekannen auch Reis, Miso-Paste, Sake und vieles andere angeboten wurde. Außerdem konnte man bei der Inhaberin, einer in Tokio geborenen Französin, Kurse belegen. Es gab Maki-Kurse, eine Sushi-Werkstatt, Anleitungen zur Zubereitung verschiedenster Saucen und Kaiseki-Abende für Fortgeschrittene.

Anette hatte ihm einen Gutschein für einen Maki-Kurs geschenkt und er war voller Begeisterung dort erschienen. Neben Laure, der Gastgeberin, waren vier Damen und er die einzigen Neugierigen. Als ernsthafter Hobbykoch hatte er ein Küchentuch und sein frisch geschliffenes Kochmesser dabei, was schon zu Beginn ringsum für hochgezogene Augenbrauen sorgte. Als es dann darum ging, Karotten, Lachs und Avocados zu verarbeiten und er das in absoluter Turbogeschwindigkeit und auch noch stehend erledigte, war es endgültig vorbei mit dem Wohlwollen der Damen, die alle im Sitzen den armen Lachs malträtierten.

Er streifte die Erinnerungen ab und konzentrierte sich auf sein Gericht. Zuerst musste er den Sushi-Reis waschen. Zwei oder drei Mal in frischem Wasser schwenken, bis die Flüssigkeit klar blieb. Kurz aufgekocht, sollte der Reis eine Viertelstunde auf kleinster Flamme vor sich hin simmern und dann weitere zehn Minuten ohne

Hitze-Zufuhr fertig garen.

Mit einer Mischung aus Reisessig, Zucker, Salz und geröstetem Sesam vermischt, musste er jetzt abkühlen.

Bei den folgenden Schritten war es wichtig, oben und unten auseinander halten zu können. Die Bambusmatte zum Rollen musste mit der glänzenden Seite nach oben liegen, das Nori-Blatt, auf das der Reis gestrichen wurde, sollte mit der glänzenden Seite nach unten verwendet werden. Der Reis wurde nun mit nassen Fingern von unten nach oben, dünn und bis zum Rand auf das Blatt gedrückt, wobei das obere Viertel frei blieb.

Die vorbereiteten, dünnen Streifen gelber, lilafarbiger oder roter Karotte, dünn aufgeschnittene Avocado, feine Streifen vom rohen Lachs oder auch etwas Frischkäse wurden jetzt auf den ersten zwei Zentimetern übereinander auf den Reis gelegt und dieser dann mit ordentlich Druck und Hilfe der Bambusmatte nach oben gerollt. Bevor man oben ankam, feuchtete man den überstehenden Streifen des Nori-Blattes an, um die Rolle besser "zukleben" zu können.

Das Ergebnis war, im besten Fall, eine Rolle von etwa 20 cm Länge und etwa vier Zentimetern Durchmesser, die man in ein halbes Dutzend Makis schneiden konnte.

Etwas verlegen und ziegelrot angelaufen, hatte Chef Bernard die anschließenden Komplimente über sich ergehen lassen, musste im Stillen aber zugeben, dass seine Küche heute wieder einmal wirklich erstklassig gewesen war. Zum Ceviche gab es einen eiskalten Grenache Gris aus La Clape, zu den Garnelen einen griffigen Rosé aus Picpoul und zu den Makis hatte er einen duftenden Jasmin-Tee aufgetischt.

Blutspende

Auf Veranlassung ihres Chefs hatten sich mehrere Kolleginnen und Kollegen diverser Abteilungen zu einer Task-Force "Mathieu Sanchez" zusammen gefunden.

Man hatte das Fahrrad geborgen und in eine Abteilung gebracht, wo es genau untersucht worden war. Die interessanteste Erkenntnis war ohne Zweifel, dass es sich bei der angetrockneten Substanz am linken Gummigriff des Lenkers tatsächlich um Blut handelte. Und zwar um die eher seltene Blutgruppe *B-*. Die Spezialisten waren sich sicher, es noch genauer bestimmen zu können, aber das war erstmal zweitrangig.

Chef Ludo hatte den halben Vormittag mit Kolleginnen und Kollegen telefoniert und war auf den neuesten Stand gebracht worden. In seinem Gehirn rumorte es. Wie sollte man … was könnte man … wer sollte … auf welche Art und Weise sei es möglich, diesen Mathieu …

Ein Gedanke jagte den anderen, aber am Ende war er so schlau wie zuvor. Er nahm einen Zettel aus einer Schublade und begann, seine Erkenntnisse und Fragen aufzulisten. Listen machen, das hatte er von Giulia gelernt, war eine ausgezeichnete Möglichkeit, die umherirrenden Gedanken zu kanalisieren.

Am Ende blieb nur eine unbeantwortete Frage übrig: Wie können wir beweisen, dass es sich bei dem Blut am Lenker um das von Mathieu Sanchez handelt?

Weil ihm nichts besseres einfiel, funkte er mit einem Sammelruf alle Kollegen an, die in der Nähe waren und bat sie, so schnell wie möglich ins Büro zu kommen. Keine 15 Minuten später stürzte ein zerzauster Kerl mit nassen Hosenbeinen und schief sitzender Brille in sein Zimmer.

»Philippe, wie sehen Sie denn aus?«
»Philibert. Ich heiße Philibert!«

»Ja ja, schon gut, aber was haben Sie mit Ihrer Hose gemacht?«

»Also, das ist eine längere Geschichte. Sie kennen doch sicher den Brunnen vor der Kathedrale in Narbonne. Da sprudelt das Wasser hoch in den Himmel. Und als ich, äh, also wie ich, genauer gesagt als wir ... wir hatten uns gerade ein Eis in der Waffel geholt. Pistazie und Schokolade für mich, Zitrone und Erdbeere für Melanie, Nuss, Vanille, Pfirsich mit Sahne für ...«

Ludo, der hellrot angelaufen war, atmete geräuschvoll durch die Nase ein, unterbrach den Kollegen schroff und sagte nur: »Ich, wir, ganz egal, jetzt lassen Sie mal das blöde Eis beiseite – irgendwie haben Sie es geschafft, sich die Hose nass zu machen« – ein schlumpfiges Grinsen huschte über sein Gesicht – »was glauben Sie, wie Sie aussehen?.«

Eine betretene Pause trat ein.

»Hören Sie Philibert«, der Angesprochene registrierte mit einem kaum wahrnehmbaren Zucken der Augenbrauen, zum allerersten Mal korrekt genannt geworden zu sein, »wir haben da ein kleines Problem.«

Er schilderte den bisherigen Ablauf der Ermittlungen und schloss mit der Frage: »Haben Sie denn eine Idee, wie wir das Blut diesem Mathieu zuordnen könnten?«

Auf ein »Sorry, Chef, keine Ahnung« gefasst, blieb ihm der Mund offen stehen, als Philibert trocken erwiderte:

»Nichts leichter als das. Es gibt doch jährlich mehrere Aktionen, wo die Bevölkerung aufgerufen wird, Blut zu spenden. Wenn wir herausfinden, ob dieser Mathieu da mitgemacht hat – und ich würde wetten, er hat, gibt es doch gutes Geld dafür, wenn man sich einen halben Liter oder wieviel auch immer abzapfen lässt –, müsste es ein Leichtes für uns sein, an die Ergebnisse zu kommen.«

»Genau! Und wenn man uns Knüppel zwischen die Beine werfen sollte, drohen wir mit Staatsanwalt und Mordermittlung und so. Prima, Kollege! Dann übergebe ich Ihnen hiermit den Auftrag zur "Blutgruppen-Ermittlung"!«

Kollege Philibert war aufgesprungen und wollte mit einem »schon unterwegs!« in Windeseile den Raum verlassen, als das Telefon von *Commandant* Ludovic Serries vibrierte.

Er bedeutete Philibert, noch einen Moment zu warten, lauschte den Worten seines unsichtbaren Gegenübers und lief rot an. Er knallte das Handy auf den Tresen, sprang auf, stützte sich auf der Schreibtischplatte ab, kam dem Gesicht von Philibert bedrohlich nahe und blaffte ihn grantig an: »Habe ich Ihnen nicht gesagt, Sie müssen heute vor sieben Uhr an diesem Fischerei-Parcours sein? Was machen Sie eigentlich hier?«

»Au Scheiße, Chef. Das hab' ich völlig vergessen ...«

»Vergessen?« brüllte Ludo.

»... vergessen, Ihnen zu berichten. Kollege Vincent von der Abteilung 14/4 hatte mich gebeten, statt meiner dorthin fahren zu dürfen. Er erzählte mir, schon sein Vater und Großvater seien leidenschaftliche Angler gewesen und … äh«, Philibert stockte, suchte nach den richtigen Worten. »Er wisse, wie man sich an einem Angelgewässer zu bewegen habe. Außerdem habe er noch ein paar alte Gummistiefel und Anglerhosen im Keller. Ich wollte Sie natürlich fragen, ob das in Ordnung ist, aber dann kam dies und das dazwischen und ich hab's total vergessen. Sorry, Chef.«

Ludo, angenehm überrascht von dieser unerwartet ehrlichen Entschuldigung, wischte seinen Groll beiseite und fragte nur: »Wann ist dieser Vincent aufgebrochen?«

»Schon gegen fünf Uhr. Er wollte absolut rechtzeitig dort sein und sich ein Bild von der Situation machen.«

»Stehen Sie mit ihm in Kontakt?«

»Er hat das Handy im Auto gelassen, wollte sich aber melden.«

In diesem Moment betraten nach einem kurzen Klopfen Margaux und Nathalie das Büro vom Chef.

»Wir sind so schnell gekommen, wie möglich. Was gibt's, Chef?«

Commandant Ludovic Serries fasste rasch und ohne langes Überlegen die bisherigen Erkenntnisse zusammen und stockte die Equipe "Blutgruppen-Ermittlung" kurzerhand auf drei Personen auf.

»Was machst du überhaupt hier, Phili?« wollte Nathalie wissen, aber der Angesprochene fasste sie nur am Ellbogen, manövrierte sie in Richtung Türe und flüsterte, das würde er ihr lieber draußen erzählen.

»Phili« dachte sich Ludo und zog das erste "i" in die Länge, als die drei zur Tür hinaus gingen, »Phiiili, so so«!

Was kostet der Fisch?

Der wilde Franz hatte sich seinen Auftrag wirklich zu Herzen genommen. Am Vorabend hatte er zum wiederholten Male seine Ausrüstung kontrolliert und verschiedenste Sachen eingepackt. Einige der unverzichtbaren Gegenstände – zumindest in Bezug auf die Kleidung – waren Wathose und Schuhe mit griffiger Sohle. Dann natürlich die Fliegenruten, davon hatte er zwei Stück dabei. Eine 8' Rute der berühmten Firma Epic und eine kürzere 6' Rute von Sage. Beide zusammen lockere 1.000 Euro wert. Zwei hochwertige Rollen von KFT – natürlich aus einem Alublock handgedreht und hochwertige Schnüre, Fliegen und künstliche Larven.

Dazu kamen Kescher und weiteres Material, das er in einer kleinen Umhängetasche mit sich führte. Als Profi hatte er eine Kappe als Sonnenschutz dabei, eine Polarisationsbrille gegen das Spiegeln des Gewässers und er hatte eine Weste angezogen, die eine "Reißleine" hatte. An dieser kräftig angezogen, hätte zur Folge gehabt, dass sich zwei Kammern in Sekundenschnelle aufgeblasen und ihn vorm möglichen Ertrinken gerettet hätten. Er kannte die hiesigen Gewässer nicht und glitschige Ufersteine hatten ihm schon mehrfach ein unfreiwilliges Bad beschert.

Seinen Elektro-Flitzer hatte er an eine der Steckdosen im Hof von Bernard und Anette angesteckt und aufgeladen. Anette hatte ihm eine Kühltasche mit Kälteakku bereit gestellt. Darin zwei Flaschen Heineken, eine Flasche Wasser, Weintrauben und zwei Äpfel. Außerdem hatte sie ihm eine Chorizo und ein riesiges Baguette eingepackt.

Als sein Wecker um 6 Uhr schrillte, drehte er sich zunächst um, drückte auf "Schlummern" und stand 8 Minuten später, als die Höllenmaschine zum zweiten Mal klingelte, schlaftrunken auf. Er ließ sich einen Kaffee aus der Nespresso-Maschine von Bernard in eine riesige, gelbe Tasse laufen und bröselte, ein pain au chocolat verschlingend, ein Viertel davon auf den Küchentresen. Dann rieb er sich die Augen. Auf was hatte er sich da nur eingelassen? Urlaub – so weit man seinen Aufenthalt so nennen konnte – und dann saufrüh aufstehen? Schöner Scheiß!

Er hatte die Müdigkeit abgeschüttelt, war in seinen kleinen Flitzer gestiegen und um Narbonne herum auf die A61, die Autobahn Richtung Toulouse gebraust. Nach zwanzig Minuten hatte er Narbonne hinter sich gelassen und vierzig Minuten später die Ausfahrt bei Carcassonne erreicht. Über Limoux ging es jetzt weiter nach Alet-les-Bains und Epéraza. Eine Viertelstunde später erreichte er Quillan.

Er hatte sich die Karte und den Verlauf des *no-kill-parcours* genau eingeprägt, wollte aber zuerst den örtlichen Presse/Tabak-Laden aufsuchen, der auch die Tageskarten für die Petrijünger verkaufte. Petrijünger nannte man allgemein in Anglerkreisen die "Fischerei-Begeisterten". Er parkte sein Auto auf dem offiziellen Parkplatz und nach dem Abstecher zu jenem Laden, der gerade erst geöffnet hatte, wollte er keine Zeit mehr verlieren und startete seine Tour, an der nördlichen Begrenzung der ausgewiesenen Fischerei-Strecke beginnend, flussabwärts.

Als erfahrener Fischer hatte er online recherchiert und jede Menge Beiträge über gut fängige Fliegenmuster und selbst gebaute, unschlagbare Nymphen gelesen. Dem entsprechend hatte er sich von einem Freund ein halbes Dutzend Fliegen binden lassen, denen er sehr gute Fangresultate zutraute. Er näherte sich vorsichtig dem Flüsschen und beobachtete die Umgebung. So früh am Morgen war alles ruhig. Das Wasser plätscherte an einer kleinen Stufe munter über die Felsen und die Natur schien absolut intakt zu sein. Er registrierte einige braune Fliegen und jede Menge Moskitos.

Auch wenn man sich mit dem giftigsten Zeug, das man kaufen konnte, eingesprüht hatte, flogen einem die blöden Typen bis auf wenige Zentimeter vor die Augen. Vom enthaltenen Wirkstoff DEET, den offiziellen Namen Diethyltoluamid konnte er sich beim besten Willen nicht merken, abgeschreckt, kamen einem die Stechmücken zwar nahe, drehten dann glücklicherweise aber wieder ab.

Er begann mit Nachbauten von Heuschrecken und kleinen Käfern, wechselte dann auf Goldköpfchen, das waren Nymphen mit glänzenden Köpfen, und schließlich auf Bachflohkrebse, aber die Fische verschmähten auch die saftigsten Köder. Er ging langsam flussaufwärts, passierte, ohne es zu wissen, die Stelle, nahe der Jules ermordet worden war und beschloss leicht frustriert, an einem riesigen Felsen eine Pause einzulegen. Ein eiskaltes Heineken, fünf Zentimeter Chorizo und ein ordentliches Stück vom Baguette brachten ihn wieder in die Spur. Er schlich sich an kleine Gumpen heran, wechselte – je nach Gelände – die Fliegenruten, tauschte hellbraune Köcherfliegen gegen schwarze und hatte schließlich mit einem rötlich-braunen Streamer Erfolg. Eine prächtige, aber zu kleine Forelle hatte nicht widerstehen können und zugepackt. Er holte sie vorsichtig ans Ufer, stieg an einer nicht allzu tiefen Stelle ins Wasser und hob sie mit einem Holzkescher aus den Fluten. Er schoss ein Bild mit seinem Handy, löste den winzigen Haken und ließ sie wieder ins Wasser gleiten.

Er setzte sich auf einen umgefallenen Baumstamm, trank Wasser und aß einen Apfel. Er betrachtete seine Umgebung. Hier konnte man es aushalten. Der leise plätschernde Bach, die in der Sonne sirrenden Insekten, die kühle, sauerstoffreiche Luft, die Stille. Ein schöner Ort. Doch obwohl er alle seine Antennen aufgestellt hatte, er empfing nichts Interessantes. Nichts, das er dem Herrn Polizisten hätte erzählen können.

Er überlegte, ob ihm zum Thema "Fisch" eine gute Asterix-

Frage einfallen würde. Das sollte eigentlich kein Problem sein. Die Auseinandersetzungen zwischen Verleihnix, dem Fischhändler, und Automatix, dem Schmied, waren legendär, ein Running Gag in fast allen Geschichten. Oder die berühmten Fisch-Schlachten, wo sich das halbe Dorf mit denselben bewarf oder verprügelte. Eine der schönsten Szenen, an die er sich gut erinnern konnte, war die große Schlacht im Band "Asterix in Spanien", die damit begann, dass der kleine Pepe, der Asterix und Obelix anvertraut worden war, kein Wildschwein, sondern Fisch essen wollte.

Obelix, schwer genervt, weil sein Essen kalt wurde, ging zu Verleihnix, um Fisch zu kaufen, konnte aber den geforderten Preis nicht bezahlen. Zweiteilige Frage: Was kostete der Fisch? Wie löste Obelix das Problem?

Hihi, dachte Franz, dass der Dicke mit einem Hinkelstein bezahlt, errät Freund Château womöglich, aber dass der Fisch drei Sesterzen kosten sollte, weiß er sicher nicht mehr.

Schmugglerpfade und Hinkelsteine

Eine Spezialabteilung der Drogenfahndung hatte Tag und Nacht gearbeitet und mindestens zwei Dutzend Kopien detaillierter, topographischer Karten voll gekritzelt. Die Übergabepunkte konnten sie nicht wissen, genau so wenig die Strecken, die die Motorradkuriere nahmen, aber der Geländewagen musste mal auf eine befestigte Straße abbiegen, ob sein Ziel jetzt Toulouse, Narbonne, Carcassonne oder wie auch immer hieß. Wenn es ausgebuffte Typen waren, würden sie jedoch die Ware vorher auf mehrere unauffällige Kleinwagen verteilen, die auf Forststraßen im Wald warteten.

Jeder würde eine andere Richtung einschlagen, um möglichst spät und weit entfernt vom Treffpunkt auf eine normale Landstraße zu wechseln. Und welchem betagten, weißen, verschrammten Renault Kangoo oder Citroën Berlingo könnte man eine verbotene Fracht schon ansehen? All das berücksichtigend, hatte man beschlossen, weit oben im Gebirge an mehr als einem Dutzend Stellen winzige Infrarot-Kameras zu installieren, die auf Bewegung reagierten. Tag und Nacht.

Die kommenden Tage oder auch Wochen würden hoffentlich den Erfolg bringen und vorbei fahrende Gelände-Maschinen einfangen. Dann konnte man, wenn man schnell genug war, die Gegend relativ gut eingrenzen, in der die Übergabe stattfinden musste und talwärts gelegene Wege und Forststraßen kontrollieren.

Auch die hiesige Polizei unter *Commandant* Ludo war nicht untätig gewesen. Dieser hatte Franz mehrfach angerufen und ausgefragt, wenn auch die Ergebnisse ernüchternd waren. Ludo raufte sich die Haare. So eine gute Idee und so ein Scheiß-Ergebnis. *Merde alors!*

Da waren die Recherchen der Equipe "Blutgruppen-Ermittlung" etwas vielversprechender. Philibert, Margaux und Nathalie hatten die Einrichtung in Narbonne besucht, wo man sich zum Blutspenden anmelden konnte und erfahren, dass es ringsum in so gut wie jedem Ort eine vergleichbare Stelle gab. Sollte die gesuchte Person dort Blut gespendet haben, könne man das anhand der registrierten Namen nachprüfen. Allerdings werde das Blut dann anonymisiert weiter gegeben. Doch die weitere Aufbereitung, bis hin zu gefrorenem Frischplasma, interessierte die Polizei nicht. Name und Blutgruppe waren wichtig. Sie hatten aber kein Glück, ein Mathieu Sanchez war in Narbonne nicht als Blutspender registriert.

»Moment noch«, hörten sie die Mitarbeiterin der Einrichtung gerade noch sagen – sie hatten sich abgewandt und steuerten auf den Ausgang zu – »wissen Sie, ob die gesuchte Person regelmäßig Blut spendet?«

»Nein, wissen wir nicht«, antwortete Margaux. »Aber wir gehen davon aus«, behauptete Philibert. Die anderen sahen ihn erstaunt an, doch bevor sie etwas erwidern konnten, sagte das Mädchen am Empfang nur: »Wenn das so ist, dann besitzt diese Person sicher einen Blutspende-Ausweis und in diesem sind alle Angaben notiert, die sie benötigen.«

»Und wie kommen wir an ...«, weiter kam Philibert nicht, denn Nathalie hatte ihn mit Nachdruck aus der Schusslinie bugsiert. Alle drei hatten nur noch wenige Meter bis zum Ausgang. »Halt die Klappe, Phili«, raunzte sie ihn flüsternd an, »das kriegen wir schon raus mit unseren connections.«

Der wilde Franz war auf die Domaine Saint-Joseph zurück gekehrt, hatte seine Fischerei-Utensilien ausgepackt, seine Stiefel und die Wathose gereinigt und beides zum Trocknen in die Sonne gelegt. Nach einem beherzten Sprung in den immer noch warmen Pool und einer anschließenden Dusche samt Rasur, kam er, wie aus dem Ei gepellt, in Anettes und Bernards Küche gestiefelt.

»Hallo Leute, kann ich was tun?« fragte er.

»Äh, sicher«, antwortete Bernard, »du könntest mir ein bisschen zur Hand gehen. Ich habe vor, zum Auftakt einen kleinen Tomatensalat mit knusprigen Weißbrot-Speck-Käse-Röllchen zu machen, anschließend Spaghetti Carbonara und zum Abschluss ein Brombeer-Sorbet.

Franz lief schon bei den Namen der Gerichte das Wasser im Mund zusammen und er meinte nur: »Gib mir ein anständiges Messer und los geht's!«

Er hatte zwei große dunkelrote, zwei gelbe und zwei kleinere grüne Tomaten gewaschen und abgetrocknet. Mit einem schweren Messer schnitt er sie jetzt in dünne Scheiben. Neben ihm hantierte Bernard mit Bacon, weichem Toastbrot und Schmelzkäse. Es war höchste Zeit für das Asterix-Rätsel.

»Pass mal auf, Château, passend zum Thema "Fisch" eine zweiteilige Frage. Du kennst ja ebenso gut wie ich das Heft "Asterix in Spanien". Asterix und Obelix befreien den kleinen Pepe aus einem Römerlager und bringen ihn in ihr Dorf. Als Asterix ein gebratenes Wildschwein auf den Tisch stellt, nennt Pepe es Schweinerei und weigert sich, zu essen. Stattdessen will er Fisch haben. Obelix macht sich grummelnd auf den Weg zu Verleihnix, um Fisch zu kaufen. Was kostet der Fisch und wie löst Obelix, der kein Geld hat, das Problem?«

Der wilde Franz war absolut baff, als Bernard wie aus der Pistole geschossen antwortete: »Der Fisch soll drei Sesterzen kosten und Obelix bezahlt, wie immer, mit einem Hinkelstein.«

»So und jetzt bin ich dran. Das selbe Heft, die selbe Szene. Wie heißt das Römerlager, aus dem Pepe befreit wird? Was macht Verleihnix mit dem Hinkelstein, den er von Obelix als Bezahlung erhält?«

Aber Franz kannte das Heft auch sehr gut. Deshalb konnte er mit "Babaorum" die erste Frage schnell beantworten. Und auch zu zweitens wusste er die richtige Antwort.

»Er transportiert ihn, wie alle anderen, mit denen er entlohnt wird, auf ein Stück Land bei Carnac in der Bretagne, das er geerbt hat, um es auszugestalten.«

Mit diesem Unentschieden wandten sie sich wieder der Arbeit zu. Franz schälte eine Zwiebel aus den Cevennen, schnitt sie in hauchdünne Scheibchen und legte diese in eine Schüssel mit Milch, um ihr jede eventuell noch vorhandene Schärfe zu nehmen. Bernard hatte auf ein Stück Frischhaltefolie nebeneinander drei Streifen Bacon und obendrauf eine weiche Scheibe Toastbrot gelegt. Mittigquer platzierte er jetzt einen dünnen Streifen Mozzarella, dann drehte er alles zu einer Rolle. Er würzte mit Salz und Pfeffer und legte vier dieser Rollen in eine Pfanne mit heißer Butter/Olivenöl-Mischung.

Die Rigatoni-ähnliche Pasta mit dem schönen Namen *mezze maniche*, so viel wie "halbe Ärmel", lag bereit, gesalzenes Wasser stand dampfend auf dem Herd. Der wilde Franz hatte sein Holzbrett gesäubert und schnitt *guanciale*, Schweinebacke, zuerst in etwa Zentimeter-starke Scheiben, dann in grobe Würfel, während Bernard *pecorino* rieb.

»Sag mal, Château«, begann Franz, »du bist doch so ein alter Kreuzworträtsel-Freak. Nicht die stinknormalen Rätsel, sondern "Um die Ecke gedacht" oder "Das Kreuz mit den Worten" und ähnliche. Ich habe gelesen, dass dein Freund CUS tödlich verunglückt ist. Was hältst du davon, wenn wir ihm zu Ehren mal eine Zeit lang Asterix sein lassen und uns mit solchen Fragen herausfordern?«

Bernard musste schlucken und antwortete dann mit belegter Stimme: »Schöne Idee. Wie funktioniert das dann?«

»Ganz einfach. Wir legen eine Wortlänge fest. Zum Beispiel sechs Buchstaben. Ich suche mir einen Begriff aus und gebe dir die Definition. Solltest du es auf Anhieb wissen – Chapeau! Nach ein paar Minuten Bedenkzeit nenne ich dir den letzten Buchstaben, dann den ersten, dann den vorletzten, dann den zweiten usw. Wer weniger Hilfe braucht, gewinnt.«

Bernard wiegte den Kopf hin und her, dann sagte er: »Bin einverstanden. Jeder überlegt sich was bis zum Nachtisch, okay?«

»Jawoll, Chef!«

Bernard hatte die knusprigen Röllchen aus der Pfanne genommen und im Backofen warm gestellt. Jetzt ließ er in der sauber gewischten Pfanne die Schweinebacke aus. Ganz ohne Öl, da aus dem *guanciale* genügend Fett austrat. Als die Stückchen begannen, knusprig zu werden, nahm er die Pfanne vom Herd, gab die Schweinebacke in ein Schüsselchen und stellte sie ebenfalls in den Backofen. Das heiße Fett goss er sogfältig in eine kleine Tasse. In einer großen Schüssel verquirlte er fünf Eigelb mit Salz, Pfeffer und einer Spur Kurkuma, das eine goldgelbe Farbe bringen würde. Er öffnete eine Flasche Weißwein und gemeinsam trugen sie die knusprige Vorspeise, Wein und Tomatensalat zum Esstisch.
Bernard würzte den Salat noch mit diversen Kräutern, aber dann ging es los. Schon der erste Biss in die Knusperröllchen entlockte Anette ein »Ohh, göttlich« und Franz ergänzte, den Mund voller Tomatensalat mit »in der Tat, in der Tat!«

So schnell konnte man gar nicht schauen, wie die Vorspeise vertilgt worden war, und die beiden Küchenchefs machten sich flugs auf den Weg zurück an den Herd.

Die Pasta kam ins sprudelnd kochende Wasser, die Eigelbe wurden mit etwas Pecorino und dem inzwischen abgekühlten Fett der Schweinebacke vermischt. Bernard würzte noch etwas nach und gab esslöffelweise Kochwasser zu, um die Mischung flüssiger zu machen.
»Und wann kommt die Sahne rein?« wollte Franz wissen, was

ihm einen ungnädigen Seitenblick von Bernard einbrachte.

»Die Zugabe von Sahne, auch wenn es nur ein Fingerhut sein sollte, ist im ursprünglichen Rezept nicht vorgesehen. Basta!«

»Ja, aber ich kenne Carbonara nur mit Sahne?«, warf Franz ein und Bernard, ihn mit einem schrägen Blick strafend, sagte nur: »Mit der Zugabe von Sahne entfernst du dich vom Originalrezept, genauso wie mit der Zugabe von Wein, Muskatnuss oder weiß der Teufel was sonst! Probier' erst mal, dann reden wir weiter!«

Die Pasta war al dente, wurde abgegossen und kam mit etwas Salz und einem Stich Butter zurück in den Kochtopf. Bernard verteilte auf drei Teller gleichmäßig die cremig-flüssige Mischung aus Eigelb, Fett und Pecorino. Dann gab er die heiße Pasta dazu und vermischte alles. Zuletzt gab er einen Esslöffel der knusprigen Schweinebacke obendrauf.

Das Ergebnis auf den Tellern war göttlich. Pasta al dente, mit goldgelb glänzender Sauce überzogen. Ein paar Pfefferkörner hier, etwas geschmolzener Käse dort. Kross gebratener Speck obenauf. Bernard hatte angeboten, obwohl er sich damit natürlich ebenfalls vom 1945 erstmals niedergeschriebenen Rezept – so die Legende – entfernt hatte, mit einem kräftigen Schuss Noilly Prat Extra Dry nachzuwürzen, was alle begeistert annahmen.

Anette wischte sich etwas goldgelbe Sauce von der Oberlippe und meinte nur: »Wow, so könnt ihr gerne weitermachen! Das war ganz großes Kino, also wirklich!«

Kollege Zufall

Das Brombeer-Sorbet, das es als Abschluss des großartigen Essens gab, hatte Bernard mit links zubereitet. Während der sonstigen Vorbereitungen hatte er aus Wasser, Zucker und Zitronenschale mal schnell einen Zuckersirup gekocht. Abgekühlt kam er in einen hohen Mixer, dazu ein Gläschen Blanquette de Limoux. Die tiefgefrorenen Brombeeren hatte er, als die Pasta serviert wurde, aus dem Gefrierschrank genommen und leicht angetaut in den Mixer gegeben. Unter Zugabe von einem oder eineinhalb weiteren Gläsern Schaumwein wurde aus der Mischung ruckzuck so etwas wie ein wässriges Eis. Er füllte drei Sektkelche aus Metall, trug sie an den Tisch und goß sie dort mit einem weiteren Schlückchen Blanquette auf. Einige frische Beeren obendrauf vervollständigten das Dessert.

Zufrieden lagen sie in den Stühlen und rieben sich die Bäuche. Anette hatte irgendeine hochwichtige WhatsApp einer Freundin bekommen, die unbedingt umgehend beantwortet werden musste, und unsere Freunde konnten sich ungestört ihrem Spielchen zuwenden.

»Okay, also ich hätte was«, begann Franz und Bernard erwiderte »ich auch.«

»Dann mal los!« Franz legte sich seine Frage oder Definition bzw. Umschreibung zurecht und begann: »Läuft auch im Winter über die Zugspitze.«

Bernard konterte mit: »Wo sprechen die rund neun Millionen Hauptstädter hauptsächlich Portugiesisch?«

Nach einigen Minuten mussten beide zugeben, nicht den Hauch einer Ahnung zu haben. Franz hatte als Länder immerhin Portugal und Brasilien ausgeschlossen – die Hauptstädte waren deutlich zu klein. Bernard grübelte über Winter, Sommer und Ötzis nach, hatte aber keine brauchbare Idee. Die Hilfestellungen mussten her. Franz nannte mit einem "E" den letzten Buchstaben seines Begriffs, Bernard zog mit einem "A" gleich.

Bernard hatte schon mindestens Tausend solcher Rätsel gelöst und sich eine Denkweise à la CUS angeeignet. Denke nie eindimensional! Folge nie deiner ersten Idee! Wo ist die Gemeinheit in der Definition? Welche Doppeldeutigkeit könnte sich in einem Wort verstecken? Trotzdem wusste er nicht weiter.

»Okay, den ersten Buchstaben bitte!«

Franz gab ihm grinsend ein "G".

Ein Wort mit sechs Buchstaben, also G . . . . e!

Auch Franz benötigte Hilfe und Bernard nannte ihm mit "L" den ersten Buchstaben. Damit war es für Franz klar. Vor einigen Monaten, er war in eine bildhübsche Bantu verknallt, eine Schwarze aus Kamerun, die in seiner Kanzlei angefangen hatte, hatte er gelernt, dass es Bantu-Frauen in vielen Ländern Mittel- und Südostafrikas gab. Portugiesisch sprechende allerdings nur in Angola, Mosambik, Äquatorialguinea und einigen weiteren, kleineren Ländern. Und die Hauptstadt Angolas, Luanda, müsste mit der Größe hinkommen.

Er bekam einen anerkennenden Blick von Bernard, der sichtlich erstaunt war.

Bernards Gehirn rauchte. Als er schließlich die zündende Idee hatte, nämlich das "laufen" nicht wörtlich zu nehmen, war plötzlich auch ihm alles sonnenklar. »Grenze natürlich!«

Franz drehte den Zettel, auf dem beide vorher ihre Lösungen notiert hatten, um und meinte achselzuckend: »Luanda und Grenze. Zwei Richtige. War wohl zu einfach.«

Die folgende, knapp halbstündige, erregte Diskussion, wer sich was und warum gedacht und dann wieder verworfen hatte, nervte Anette so sehr, dass sie sich – unbemerkt von den beiden

Streithanseln – ins Schlafzimmer zurückzog, um sich ausgiebig weiter mit WhatsApp und Instagram zu beschäftigen.

Nach einer ruhigen Nacht – der Wind hatte weiter abgeflaut und war schließlich völlig eingeschlafen – brach ein warmer, sonniger Freitag an. Franz, dessen Ehrgeiz geweckt worden war, hätte liebend gerne etwas zur Aufklärung des Verbrechens beigetragen – schließlich war ein Fischer-Kollege von ihm ermordet worden –, wusste aber nicht, was er tun sollte. Als ihn schließlich gegen halb sechs zum wiederholten Mal die Blase drückte, stand er auf, besuchte die Toilette und packte ohne groß nachzudenken, kurz entschlossen seine Ausrüstung zusammen. Er hinterließ Anette und Bernard einen Zettel, mit dem er sie informierte, nochmals schnell an den parcours zum Fischen gefahren zu sein. Am frühen Nachmittag sei er wieder zurück. Morgen ist Samstag, dachte er sich und am Montag fahre ich wieder nach Hause. Sonntag wollten wir noch zu dritt eine Runde Golf spielen, also ist heute so ziemlich meine letzte Chance.

Da er die Strecke schon kannte, fuhr er entspannt bis zum Parkplatz in Quillan, stellte seinen kleinen Flitzer im Schatten einer Pinie ab und packte seine Sachen zusammen. Freitag Morgen um halb acht stand außer seinem nur ein einziges weiteres Auto auf der Kiesfläche.

Auch Bernard war früh aufgestanden, irgendwie hing ihm die Pasta schwer im Magen. Er stolperte zum Kühlschrank und schüttete einen viertel Liter Coke Zero in sich hinein, rülpste krachend und sah zum Fenster hinaus. Die aufgehende Sonne fiel um diese Jahreszeit recht schräg auf Pool und Rasen, der größte Teil des Gartens lag noch nass glänzend im Schatten. Im Gegensatz zu ihrem früheren Wohnort nahe Münchens, wo regelmäßig Mitte August das Wetter umschlug und ein Frühherbst begann, änderte sich hier das Wetter langsam und fast unmerklich. Ein Grad kühler in der Nacht, eineinhalb Grad weniger am Mittag waren die

Anzeichen des beginnenden Spätsommers. Er schlüpfte in seinen leichten Bademantel, nahm ein Handtuch und wollte eine frühmorgendliche Rund schwimmen, als er den Zettel auf dem Sideboard liegen sah: »Bin nochmals zum Fischen gefahren, komme am frühen Nachmittag zurück. Gruß, F.«

Bernard kratzte sich am Kopf, überlegte kurz, ob oder ob nicht, entschloss sich dann aber dazu, Ludo Bescheid zu sagen und verfasste eine kurze WhatsApp, um ihn zu informieren.

Commandant de police Ludovic Serries wurde vom quäkenden Ton seines Handys, das den Eingang einer Nachricht anzeigte, geweckt. Er befreite sich vom Arm Giulias, der auf seinem Brustkorb lag, stellte voller Erstaunen fest, dass Ricco im Bett zwischen ihnen lag und blinzelte schlaftrunken auf das Display.
»Salut Ludo, wollte dir nur sagen, dass Franz heute nochmals zum Fischen nach Quillan gefahren ist. Bis dann, Bernard«.

Ludo verfasste eine ebenso kurze Nachricht an Philibert und erklärte ihm, er müsse umgehend an den Fisch-Parcours fahren, dieser deutsche Superangler sei wieder vor Ort. Und zwar ruckizucki. Wehe ihm, wenn irgendwas passieren sollte!

Franz hatte sich langsam flussaufwärts bewegt und an mehreren Stellen sein Glück versucht. Aber heute war nicht sein Tag. Sonnig und windstill war eigentlich ganz gut, aber es war gleichzeitig kalt und trocken. Sehr kalt und sehr trocken. Kein optimales Wetter zum Fliegenfischen. Außerdem war es schon sehr spät in der Saison, umherschwirrende Fliegen gab es kaum und mit der Nassfliegenfischerei hatte er es nicht so. Darunter verstand man die Technik, den Fischen künstliche Larven, die so genannten Nymphen in den unteren Wasserschichten anzubieten. Trotzdem versuchte er es immer wieder und hatte auch vereinzelt einen zögernden Biss, falls er das Rucken des Vorfaches richtig interpretierte.

Kurz bevor er die Stelle des Mordes passierte, das Gelände war immer noch weitläufig abgegrenzt, glaubte er, einen Verfolger zu spüren. Es lief ihm kalt den Rücken hinunter und er beschleunigte seine Schritte. Blieb hinter einem schmalen Baum stehen, der ihm kaum Deckung bot und lauschte. Dort ein Knacken, dann ein Rascheln. Warten. Ins Dunkle hinein hören. Nichts. Oder doch? Was war das für ein seltsames Scharren? Bildete er sich jetzt schon Gespenster ein? Er hetzte zum nächsten Baum, spähte über die Schulter. War da was? Er sah nichts. Seine Knie gaben nach, sein Kopf brummte.

Er machte sich aus dem Staub. Machte sich, ohne über die Schulter zu blicken, rasch davon, schlug einen Haken nach rechts, nach links. Nach zwanzig Metern bog er plötzlich scharf nach links – er erinnerte sich an eine Staustufe mit geringer Wassertiefe –, stapfte durchs Wasser und hockte sich am gegenüber liegenden Ufer hinter einen umgestürzten Baum, der ein großes Stück Erde mit den Wurzeln aus dem Boden gerissen hatte. Er versuchte, gleichmäßig zu atmen. Er zwang sich, ruhig zu bleiben. Es dauerte nicht lange und er sah auf der anderen Seite einen Mann durchs Gebüsch schleichen. Das gibt's doch nicht, dachte er sich. Das war doch sicher einer dieser Trottel von der Polizei. Bernard hatte ihm von Ludo und seinen Handlangern erzählt. Da gab es einen besonders blöden Typen, Philippe oder Philippino, Philadelphia oder wie auch immer. Hatte man ihm also tatsächlich einen Aufpasser hinterher geschickt. Na warte, Freundchen, du wirst dich noch wundern.

Er nahm einen Stein und warf ihn im hohen Bogen nach drüben. Er schlug etwa fünf Meter rechts vor dem Verfolger ein, der sich augenblicklich auf den Boden warf und unbeweglich liegen blieb. Ha, so ein Zipfel, dachte sich Franz und musste grinsen. Du bist jetzt sicher verwirrt. Und mich hast du auch aus den Augen verloren. Da wird dein Chef begeistert sein …

Er schlich geduckt im Schutz des umgestürzten Baumes weg. Sollte der sich auf der gegenüber liegenden Seite doch dumm und dämlich suchen! Er beschloss, das Beste aus der Situation zu machen und hier und da fischend zum Parkplatz zurück zu gehen, aber schon nach knapp 50 Metern war Schluss, denn hier floss ein kleinerer Bach fast rechtwinklig in die Aude. So weit er erkennen konnte, war er zwar schmal, aber tief, außerdem war die Uferböschung steil und der Untergrund schlammig. Er ging ein Stück gegen die Fließrichtung, da der Bach weiter oben breiter und flacher zu werden schien. Die Gegend war wunderschön, er genoss das Plätschern des Gewässers und den Blick auf ferne Berggipfel. Die Landschaft veränderte sich stetig, wurde felsiger und schroffer. Der Bach schlängelte sich jetzt zwischen teilweise großen Felsblöcken hindurch, floss über rund gewaschene Steine und bildete ab und zu ein kleineres Becken.

An einer Stelle mit wasserumspülten Felsen wechselte er die Seite, wäre beinahe auf einem glitschigen Stein ausgerutscht, konnte sich aber noch fangen. Er stützte sich an einem großen Felsen ab und machte sich auf den Rückweg. Er wusste nicht, ob der Teil des Gewässers noch zum parcours gehörte, deshalb ließ er das Fischen lieber bleiben. Außerdem sah er weiter weg einen Kiesweg, der allem Anschein nach zum Parkplatz zurück führte und einladender aussah als der schmale Pfad am Bach entlang. Als er ihn erreicht hatte, warf er einen letzten Blick zurück und zuckte zusammen.

Mit offenem Mund stand er regungslos da und kniff die Augen zusammen. Da war eine Frau gewesen, die in den Bach stieg. Eine nackte Frau, soweit er in der Viertelsekunde erkennen konnte. In die Ferne sah er nicht mehr so gut und die Distanz schätzte er auf mindestens 70 Meter. Jetzt war sie nicht mehr zu sehen. Wahrscheinlich untergetaucht. Er rieb sich die Augen und blinzelte gegen die Sonne. Hatte er nur geträumt?

Forelle surprise

Anette und Bernard hatten einen ihrer faulen Lieblings-Vormittage verbracht. Sie saßen in den Deckchairs, ein großer, weißer Marktschirm spendete ihnen Schatten. Anette hatte ihr Strickzeug in Griffweite, dazu eine Tasse Earl Grey mit viel Milch und ihr Handy. Natürlich. Bernard blätterte in einem dicken Schinken mit dem Titel "Die Greifvögel". Außerdem hatte er eine französische Grammatik, ein SZ-Magazin, Bleistift und Block sowie sein iPad auf einem kleinen Tischchen gestapelt. Er stand auf, um sich die zweite Tasse Kaffe zu holen, als Anette sagte: »Wollt ihr heute wieder eine Rätselrunde einlegen?«

Bernard wunderte sich zunächst, hatte er doch das Gefühl gehabt, seine Liebste habe der letzten Runde nichts abgewinnen können. Diese Art, verquer zu denken, war überhaupt nicht ihr Ding.

»Äh, ja, vielleicht. Warum?«

»Weil ich dann eine geniale Frage für dich habe. Falls die Anzahl an Buchstaben passt.«

»Oh, wir haben uns noch nicht festgelegt. Was ist es denn?«

»Hol' du dir erst mal deinen Kaffee. Und bring mir noch einen Tee mit, bitte!«

Bernard schlurfte in die Küche und kam zehn Minuten später mit zwei Tassen zurück.

»Okay, schieß los, ich bin gespannt.«

Anette setzte sich gerade hin, legte das Handy weg und sagte:

»Der gesuchte Begriff hat 12 Buchstaben. Das ist das längste Wort, das in CUS' Quadrat passt. Er hatte nie Begriffe mit mehr als maximal 12 Buchstaben. Ich formuliere jetzt mal die Beschreibung und du kannst dir dann den Kopf zerbrechen. Ja?«

Bernard nickte.

»Heftig am Nachmittag – hängt Bude an den Nagel«, lautete

Anettes Einfall.

»Uff«, dachte sich Bernard im Stillen.

»Da muss ich erst mal in Ruhe nachdenken.«

»Ja, mach das ruhig, mein Lieber.«

Anette hatte sich wieder ihrem Pullover zugewandt und ließ Bernard genüsslich schmoren.

Philibert war zerknirscht. Hatte er den Kerl doch tatsächlich aus den Augen verloren. Was würde der *Commandant* wohl dazu sagen? Er wollte es sich nicht ausmalen. Er beschleunigte seine Schritte und hoffte, ihn wieder einzuholen.

Der wilde Franz war zum Parkplatz zurückgekehrt, hatte sein Auto entriegelt, seine Utensilien verstaut, bequemere Sachen angezogen und war mit seiner Olympus Kamera bewaffnet zum Feldweg gelaufen. Hier hatte er die Nackte gesehen – glaubte er zumindest – und richtete das 400er Tele aus. Als er einen krummen Baum wiedererkannte, wusste er, dass er an der richtigen Stelle war. Aber badende Damen waren keine zu sehen, so sehr er den Fotoapparat auch hin und her schwenkte – nichts. Absolut nichts. Nothing. Nada. Rien. Er kickte mit aller Kraft einen Stein ins Gebüsch. Scheiße, aber auch.

Bernard sah auf seine Armbanduhr. Viertel nach zwölf. Es würde nicht mehr allzu lange dauern, bis Franz zurück kam. Wenn er ihm die Frage servieren wollte, musste er erst mal selbst auf die Lösung kommen.

"Hängt Bude an den Nagel". Einer verkauft einen Schuppen? Oder gibt ihn komplett auf? "An den Nagel hängen" hieß schließlich so viel wie endgültig sein lassen, verwerfen, weggeben, oder? Aber das mit dem Nachmittag?

Er gab nach und bat Anette um den letzten Buchstaben, ein E und gleich drauf um den ersten , ein H.

Da die Erleuchtung immer noch nicht kommen wollte, musste er auch noch nach dem vorletzten Buchstaben, einem B und dem zweiten, einem A fragen. Ha . . . . be? Mit der dritten Hilfestellung war es dann so weit. Das drittletzte A und der dritte Buchstabe, ein U, brachten ihn auf die Siegerstraße. Allerdings erst, als er das Wörtchen "heftig" so lange hin und hergedreht hatte, bis er bei "etwas mit Heft" landete. Hau . . . . . abe am Nachmittag, konnte nur Hausaufgabe sein. Und die schrieb man bekanntlich ins Heft. Und "die Bude an den Nagel hängen" sei ebenfalls die Haus-Aufgabe, oder etwa nicht?

Anette gratulierte, meinte aber, sechs Buchstaben von 12 zu benötigen, sei keine großartige Leistung. Bernard schmollte, gab klein bei und bedankte sich für die tolle Idee.

Um mal ein wenig auf die Bremse zu treten, hatte Bernard für den Abend keine aufwändige Kocherei vorgesehen. Er wollte Anette und Franz mit lecker arrangierten Resten begeistern. Sein Speiseplan war folgender:

Würfel von der Honigmelone.

Gorgonzola, Birne und Serrano-Schinken.

Burrata von eigenen Tomaten, Chili und Basilikum.

Falafel mit scharfem Mango-Chutney.

Die Raterei, um welchen Wein es sich wohl handelte, war eine Art Ritual zwischen den beiden. Alle Fragen waren erlaubt, aber nach drei "Nein" hatte der Ratende verloren. Aus diesem Grund waren negative Fragen beliebt, wie beispielsweise: »Der Wein kommt nicht aus Südamerika«. Die Wahrscheinlichkeit, ein Nein zu bekommen, war deutlich geringer als bei der direkten Frage »Der Wein kommt aus Portugal« oder ähnlich. Allerdings waren diese Fragen verpönt und nach drei negativen Fragen musste man damit aufhören.

Bernard, ein Liebhaber regionaler Weine, hätte einige durchaus interessante Flaschen im Weinkühler gehabt, aber er wollte es Franz auch nicht zu einfach machen. Deshalb hatte er nicht nur die Region, sondern gleich das Land gewechselt und einen Roten aus Portugal für das Spielchen vorgesehen.

Philibert hatte völlig zerknirscht seinen Chef angerufen und gebeichtet, dass er den Angler aus den Augen verloren habe. Er wisse nicht, wie das zugegangen sei, aber der Kerl sei plötzlich, wie vom Erdboden verschluckt, weg gewesen.

Ludo strafte seinen Untergebenen mit zweiminütigem Schweigen. Er malte sich aus, wie Philibert der Schweiß auf der Stirn stand, er sich aber nichts zu sagen traute. Dann lachte er plötzlich laut los und blaffte ein »Machen Sie sich nichts draus, was hätte uns der Kerl schon einbringen können. Schönen Freitag noch!« Und schon hatte er aufgelegt.

Franz hatte seinen Elektro-Flitzer in der Hofeinfahrt geparkt, das Ladekabel angeschlossen, seine Utensilien verstaut, bzw. zum Trocknen ausgebreitet und war in sein Refugium verschwunden, um eine heiße Dusche zu nehmen. Frisch gekleidet erschien er in der großen Halle im Erdgeschoss und blickte erwartungsvoll in die Küche.

»Na, Leute, alles klar?«

Bernard erwiderte ein trockenes »Logisch« und gestikulierte, Franz möge sich an den großen Esstisch setzen. Keine zwei Minuten später erschien er mit einer Platte, auf der sich Würfel süßer Honigmelone, hauchdünn aufgeschnittener Serrano, frische, harte, portugiesische Birne und ein großes Stück perfekt gereifter Gorgonzola stapelten.

»Na, Monsieur Fliegenfischer«, eröffnete Anette das Gespräch, »wie lief's denn heute. Welche Strecke kann uns der große Meister präsentieren?«

Franz überhörte die Anzüglichkeiten, nahm sich das dritte Stück Birne mit Gorgonzola und konterte mit einem trockenen: »Zwei Forellen liegen in deinem Spülbecken in der Küche. Zwei weitere sind mir leider entkommen. Aber dafür hatte ich fast eine bezaubernde Nackte vor der Linse, hähä.« Dass er extra zu einem *poisonnier*, einem Fischhändler in Limoux gefahren war, um zwei Forellen zu erstehen, verschwieg er geflissentlich.

Bernard hatte die Stirn in Falten gezogen, während Anette versuchte, die richtigen Worte zu finden, um diesem Angeber mal richtig Kontra zu geben. Als sie sich gefasst hatte, meinte sie nur: »Und du hast natürlich jede Menge Bilder geschossen, oder? Dann zeig mal her, Newton!«

Der wilde Franz schmollte ein wenig und gab zu, dass er zwar eine Nackte gesehen habe. Allerdings auf größere Entfernung. Und als er den Fotoapparat geholt hatte, war sie verschwunden gewesen. »Sorry, no pics«.

Bernard kratzte sich am Ohr und lachte: »Ich glaube, du siehst auch dort nackerte Damen, wo gar keine sind!« Er nahm sich die letzte Scheibe Serrano und verschwand in der Küche.
Aber Franz bestand darauf, jemanden gesehen zu haben. »Das waren mindestens 70 Meter. Details kann ich euch keine nennen, aber sie war nackt, als wollte sie unbeobachtet baden gehen. Und lange dunkle Haare hatte sie.«

Anette beschloss, das Gespräch in eine andere Richtung zu lenken und bugsierte Franz am Ellenbogen in die Küche. »Zeig mir lieber, wie man die Fische weiter versorgt!«
Franz ließ sich nicht zweimal bitten, nahm eine der Forellen – die Eingeweide waren bereits entfernt worden – und deutete auf die dunkle Färbung unter einem Häutchen an der Wirbelsäule. »Das ist die Niere. Man kann sie am besten mit einem scharfkantigen Teelöffel herauskratzen.« Er griff nach dem gefährlich aussehenden Löffel. »Den habe ich mir auf beiden Seiten scharf geschliffen. Schau zu!«

Er kratze kurz die Wirbelsäule entlang, entferne die Niere und wusch den Rest der Bauchhöhle mit kaltem Wasser aus. »Ist eigentlich ganz einfach. Und wenn du keinen Löffel hast, nimmst du ein spitzes Messer, das geht auch.«

Er spülte noch sorgfältig Blutreste aus den Kiemen, wiederholte die Prozedur beim zweiten Fisch und legte beide Forellen auf ein großes Schneidbrett. »Ich schätze sie so auf 500 bis 600 Gramm, das gibt morgen ein unvorhergesehenes, feines Abendessen.«

Adieu Mathieu

Dank guter Beziehungen war es für das Team "Blutgruppen-Ermittlung" ein Leichtes gewesen, Einblick in die Datei der registrierten Blutspender zu erhalten. Nach etwas Hin und Her konnten sie Mathieu Sanchez Karte einsehen und dort war seine Blutgruppe angegeben: *B -*

Die Blutspuren am Lenker des Bikes, das Margaux gefunden hatte, konnte man also prinzipiell Herrn Sanchez zuordnen. Das beauftragte Labor lieferte nach kurzer Zeit den eindeutigen, noch fehlenden Beweis: Die Blutspuren waren identisch. Kein Zweifel.

Commandant de police Ludovic Serries, seit jeher ein Freund direkter Konfrontationen, war in Begleitung von Margaux, Philibert und Natalie in Mathieus Barbershop aufgetaucht. Zu viert lümmelten sie sich in abgewetzten Ledersesseln und blätterten in Hairstylist-Magazinen. Mathieu musterte sie öfters mit einem skeptischen Seitenblick, ließ sich aber nichts anmerken. Als sein letzter Kunde bezahlt und den Laden verlassen hatte, stellt sich Philibert demonstrativ vor die Eingangstür. Margaux und Natalie hielten sich aufmerksam und zum Eingreifen bereit im Hintergrund. Ludo baute sich vor Mathieu auf und blaffte diesen lauter als es nötig gewesen wäre, an: »Herr Sanchez, wir haben Beweise, dass Sie den Überfall und Raub Ihres teuren Bikes nur vorgetäuscht haben. Ich gebe Ihnen jetzt genau zwei Minuten Zeit« – Ludo blickte auf seine Omega Seamaster, ein äußerst großzügiges Geschenk seines Vaters zur letzten Beförderung – »dazu Stellung zu nehmen. Mitnehmen werden wir Sie anschließend sowieso, es stellt sich nur die Frage, wie Sie es haben wollen. Entweder Sie kooperieren und wir versuchen, etwas für Sie zu tun, oder eben nicht. Und dann ziehen wir alle Register, das können Sie mir glauben!«

Mathieu stand der Schweiß auf der Stirn. Das Rasiermesser in seiner Hand zitterte, als er es behutsam auf den Tresen legte. Nur keinen falschen Verdacht erregen, dachte er sich wohl. Weg mit dem sauscharfen Ding!

Er schluckte. Wischte sich mit der Hand über die Stirn. Holte Luft.

Ludo sah ihm in die Augen und wusste, dass er gewonnen hatte. Dieses unstete Flackern in den Augen, dieser nervöse Blick zur Seite. Rote Flecken am Hals. Er kannte die Zeichen.

In memoriam

Nach einer Burrata mit Tomaten aus dem Gemüsegarten von Anette, mit etwas Chili und Petersilie gewürzt, dazu frisch zerstoßener Pfeffer, grobes Meersalz und reichlich bestes Olivenöl, hatte Franz die Forellen zubereitet. Ruckzuck filetiert, hatte er sie mit Zitronensaft beträufelt, dezent bemehlt und in schaumiger Butter und Olivenöl gebraten. Dazu gab es in der Schale gegarte, winzig kleine Kartoffeln und knusprige Mandelblättchen.

Der von Bernard ausgewählte Weißwein, ein reinsortiger Bourboulenc von 42 Jahre alten Rebstöcken des Betriebes *Sarrat de Goundy*, der in 950-Liter-Steingutbehältern gereift war, harmonierte mit seiner Frische und cremigen Frucht hervorragend mit dem zarten Fisch.

Sie lehnten sich zufrieden zurück, wischten sich einen Rest Buttersauce aus den Mundwinkeln und leerten zufrieden ihre Gläser. Bernard holte den Brie aus dem kühlen Keller, bat Anette, ein Baguette aufzuschneiden und genehmigte sich einen winzigen Schluck vom Roten, den er vor zwei Stunden in eine schwere Karaffe umgefüllt hatte. Mehr als zufrieden mit dem Ergebnis, goß er ihn in drei edle Gläser und grunzte glücklich.

Anette hatte sich ihr Glas und das Strickzeug geschnappt und überließ den beiden Kontrahenten das Schlachtfeld. Franz schnupperte begeistert an seinem Glas und begann: »Meine lieben Freunde, erstmal vielen Dank für euere Gastfreundschaft.«
Er ging über eine abwinkende Handbewegung von Bernard hinweg.

»Leider ist morgen mein letzter Tag hier auf Saint-Joseph, aber wir werden, wenn nichts dazwischen kommt, noch einen schönen Golftag erleben. Ihr seid natürlich zur 18-Loch-Runde und zum anschließenden Essen eingeladen. Aber jetzt werde ich mich der Herausforderung stellen und versuchen, diesen feinen Tropfen zu erraten. Ich habe übrigens eine Startzeit in Carcassonne gebucht. Tee-off ist um 15.00 Uhr.«

Damit lehnte er sich entspannt zurück und begann. »Meine erste Einschätzung: ein Wein aus Europa.«

Bernard nickte stumm.

»Gut, dann will ich mal was ausschließen und sage, dass dieser Tropfen aus keinem deutschsprachigen Gebiet kommt.«

Bernard nickt wiederum stumm, inzwischen leicht nervös und etwas blass um die Nase.

Franz schlürfte einen weiteren kleinen Schluck, kaute darauf herum, sog durch die Nase Luft ein und schmatzte.

»Die intensive, feine Stilistik, die weichen Tannine und diese überraschende, gelbe Frucht lassen mich einen fetten spanischen Wein ausschließen.«

Bernard nickte kaum wahrnehmbar.

»Jede Menge rote und schwarze Früchte, dazu Erde, Tabak und Teer, im Abgang aber auch Grapefruit und salzige Noten, das muss ein Wein aus dem Douro sein!«

Bernard saß mit offenem Mund da. Alle Farbe war aus seinem Gesicht gewichen.

»Dein dämliches Gegrinse interpretiere ich als Ja«, lachte Franz und fuhr siegessicher fort. »Wenn ich also richtig liege, dann ist das ganz ohne Zweifel ein 2015er Quinta do Vale Meão, stimmt's?«

Bernard schluckte. Er wollte etwas sagen, aber aus seiner Kehle kam nur ein krächzender Laut. Nach einem kleinen Schluck ging es besser und er gab schwer beeindruckt zu, dass sein Freund den Wein perfekt erraten hatte. Wenn man mal vom Jahrgang absah, denn es war ein 2016er und kein 2015er.

Siegesgewiss setzte Franz noch einen drauf und forderte

Bernard zum ultimativen CUS-Gedächtnis-Quiz heraus. Er habe sich diverse Gemeinheiten mit 12 Buchstaben ausgedacht, da habe der Möchtegern-Franzose sowieso keine Chance.

Bernard hatte die Fassung wiedergewonnen, gratulierte Franz aufrichtig zu dieser beeindruckenden Leistung, schenkte sich sein Glas halb voll und erwiderte, er sei bereit. Und dass seine eigene Umschreibung ebenfalls eine harte Nuss sei. Da werde er mal staunen.

Franz sagte nur »Okay, dann lass uns mal die gesuchten Begriffe auf die Rückseiten unserer Servietten schreiben. Nicht, dass es anschließend Unklarheiten gibt.«

Bernard durfte beginnen und nannte seine Idee - "Heftig am Nachmittag – hängt Bude an den Nagel".

Franz konterte mit "Liefert, woran der Finger mit zwei Gliedern rüttelt und schüttelt".

Bernard war bei diesem Spiel aufgrund seiner Übung im Vorteil, hatte jedoch noch keine zündende Idee. Franz war völlig platt und bat um den letzten Buchstaben, ein E.

Auch Bernard musste passen, er bekam ein M. Sie grübelten, tranken andächtig und aßen vom hervorragenden Brie de Meaux. Bernard dachte laut mit und meinte »der Finger mit zwei Gliedern muss der Daumen sein, wenn ich mir meine Hand so ansehe. Es muss also etwas geben, woran dieser rüttelt oder schüttelt ...« und Franz ärgerte ihn mit »ganz ausgezeichnet kombiniert, Miss Marple.«

Da Bernard nicht weiter wusste, bat er um den ersten Buchstaben. Es war ein P.

Franz – immer noch absolut ahnungslos – bekam ein H. So ging es weiter und als feststand, dass sein gesuchter Begriff mit PF begann und mit UM endete, rief Bernard siegessicher aus: »Pflaumenbaum. Es ist der Daumen, der schüttelt die Pflaumen oder so ähnlich«!

»Gratuliere Château«, murmelte Franz und bemühte sich, seine Niederlage zu verdauen. »Jetzt sag' mir aber, was das sein soll, mit HA vorne und BE hinten?« »Hausaufgabe, was sonst. Na, kommst endlich drauf? Haus – Aufgabe zum einen, immer nachmittags, ins Heft – heftig zum anderen, capito?«

Golf Carcassonne

Anette wälzte sich nervös im Bett hin und her. Alle möglichen Gedanken schossen ihr durch den Kopf. So intensiv, dass an Schlaf nicht zu denken war. In ein paar Stunden würden sie nach Carcassonne aufbrechen. Wie würde das werden, wenn sie eines Tages einen Hund hätten? Seit einiger Zeit besprachen Bernard und sie die Vor- und Nachteile, überhaupt die Möglichkeit, einen Vierbeiner anzuschaffen. Bei der Rasse waren sie sich einig, es sollte ein Vizsla sein. Ein rehbrauner, kurzhaariger Vorstehhund, durchaus familiengeeignet. Hündinnen erreichten maximal 60 cm Widerristhöhe, waren anhänglich, sanftmütig, loyal, intelligent, kinderlieb. Allerdings auch recht lebhaft und hatten einen hohen Bewegungsbedarf.

Für Bernard kein Problem, hatte er im Gegensatz zu ihr doch eine gewisse "Hunde-Vergangenheit". Auf die Vierbeiner seiner Großmutter, die mehrere Spaniel besessen hatte, folgte ein Kurzhaardackel, "Wienerle" genannt, und schließlich ein aus Slowenien eingeschmuggelter Bayerischer Gebirgs-Schweißhund, den sein Vater, ein passionierter Jäger, zur Suche nach angeschossenem Wild mit sich führte.

Schon öfter hatten sie lebhaft darüber diskutiert, wie Hund und Unternehmungen zu vereinbaren seien. Drei oder vier Tage Kurzurlaub in Helsinki zum Beispiel. Den Wauwau mitnehmen? Nein. Das wäre für alle, auch für den Hund kein Spaß. Aber wer sollte sich hier um das Tier kümmern. Bernard hasste Hunde-Pensionen und irgendeine wildfremde Person ins Haus lassen, damit sie sich kümmerte, niemals!

Wie konnte man dieses Problem lösen? Sie drehte sich auf die andere Seite und ihr Blick streifte den Wecker, der Viertel nach sieben anzeigte. Obwohl es eigentlich viel zu früh war, um aufzustehen, rutschte sie an die Bettkante, stellte die Füße auf den kalten Steinboden – allmählich spürte man den Herbst und dass es nachts öfters mal auf 15 Grad und darunter abkühlte – und schlurfte ins Bad.

Während der wilde Franz tief und fest schlief, reihte sich bei Bernard ein seltsamer Traum an den anderen. Nach einem Festmahl mit gebratenen Wildschweinen und jeder Menge Augustiner Edelstoff, bei dem sein Freund in blau-weiß-gestreiften Shorts auf dem Tisch tanzte, wartete eine gespenstische Szene voller gesichtsloser Gestalten, die versuchten, ihn eine Kellertreppe hinunter zu werfen. Immer wieder unterbrochen durch kurze Szenen einer Unbekannten, die – von Anglern begafft – in einem Tümpel badete.

Die drückende Blase erlöste ihn von seinen Albträumen und als er ins Bad wackelte, waren die Gedanken schon wieder verblasst. Ein klackendes Geräusch aus der Küche ließ ihn kurz die Luft anhalten. Klang so nicht der Schalter des Wasserkochers?

Er beschloss, der Sache auf den Grund zu gehen und staunte nicht schlecht, als er in der Küche seine Liebste vorfand.

»Was machst du denn da?«, lautete seine spontane Frage. »Mein Gott, was werd' ich schon machen, Schweinebraten, Knödel, Krautsalat?« Bernard hatte den Gesichtsausdruck einer wenig intelligenten Kokosnuss und stammelte ein langgezogenes »ähh?«.

»Ich mach mir einen Tee, was dachtest du denn?«
»Aha. So so.«
»Ja, und jetzt?«
»Nix.«
»Was nix?«
»Nix halt.«
Bernard hatte sich – leicht angepisst – weggedreht und stapfte

157

entschlossen zurück in sein Bett. Sollte sich seine Alte doch fünf Tees hintereinander aufgießen! Ohne ihn. Blöd anreden lassen morgens um halb acht musste jetzt echt nicht sein. Er schlüpfte unter die Decke und beschloss, hier die nächsten Stunden beleidigt zu verbringen. Sollten sie ihn doch alle mal …

Wie nicht anders zu erwarten, machte ihm der wilde Franz einen Strich durch die Rechnung. Immer äußerst zeitig dran, hatte er Freund Château um 10.30 Uhr aus dem Bett geworfen. Hatte die Verriegelung der schweren Fensterläden geöffnet, die quietschend zurück schwangen, den Sender *Grand Sud FM* auf dem kleinen Internetradio eingestellt und lautstark den heutigen Wetterbericht zum besten gegeben.

»Jetzt komm' mal endlich aus den Federn, du Schnarchsack!«
»Ach, leck mich doch!«
»Das hättest du wohl gerne.«
»Depp!«
»Selber!«

Drei oder vier Grummelminuten später erschien Bernard im Bad und drückte sich missmutig einen halben Zentimeter Zahnpasta auf die Zahnbürste. Franz, der ihn schon eine Ewigkeit kannte, stellte ihm eine Tasse frisch zubereiteten Cappuccino und ein warmes Croissant vor die Nase und entfernte sich pfeifend.

Er war sich absolut sicher, in Kürze einen bestens aufgelegten Freund vorzufinden.

Mit Müh und Not hatten sie es geschafft, die Golf-Ausrüstung im klapprigen R4 von Bernard zu verstauen. Anette hatte sich noch eine Flasche Wasser mitgenommen, der wilde Franz biss herzhaft in eine würzige Montbéliard-Wurst, zu der er in weniger als fünf Minuten locker 25 Zentimeter Baguette verspeiste. Bernard war – der zweite Kaffee drückte schnell und unerwartet heftig auf die

Blase – nochmals schnell zurück ins Haus gestapft, um dem Druck nachzugeben. Aber dann, endlich, hatten sie alles beieinander und konnten starten. Franz hatte sein Handy gezückt und verkündete, es seien 52 Minuten bis zum Golfplatz, ETA sei 13.07 Uhr. Das würde perfekt passen, man könne in Ruhe einchecken und einige Probebälle schlagen, die Driving-Range sei zwar ein gutes Stück entfernt ... »aber um einen Eimer Bälle raus zu hauen wird die Zeit ja locker reichen«, konterte Bernard, der kein Freund von Einschlag-Orgien auf der Driving-Range war.

Da alle Startzeiten zwischen 14 und 16 Uhr ausgebucht waren, bat man sie im Sekretariat, pünktlich am ersten Abschlag zu sein und zügig zu spielen. Man wünschte ein »schönes Spiel«, händigte die Score-Karten und kleine Bleistifte aus und schob Franz einen Stapel Token für die Ballmaschine über den Tresen, nachdem er bezahlt hatte. »Ach übrigens«, rief ihnen die Mitarbeiterin noch nach, »es könnte sein, dass sich ihnen noch ein einzelner Spieler anschließt, Sie sind ja nur zu dritt.«

Franz grummelte ein »das wird hoffentlich nicht wieder irgend so ein Zipfel sein« vor sich hin, während Bernard und Anette es sportlich nahmen.

»Nimm's locker, Franz!«

»Dann spielen wir halt zu viert.«

Doch Franz war in diesem Punkt eigen. Mit fremden Mitspielern hatte er meistens Probleme. Der eine spielte zu langsam, der andere quasselte zu viel, der nächste daddelte endlos mit irgendeiner Entfernungs-App herum. Ganz schlimm fand er die Typen, die alle fünfzig Meter einen Witz erzählten, einen schlechten noch dazu.

Umso fassungsloser sein Gesicht, als sie nach den üblichen Übungsschlägen am ersten Abschlag eintrafen. Sie war groß und schlank, hatte lange, dunkelbraune Haare, die nach hinten zusammen gebunden waren, Sommersprossen und eine schicke Sonnenbrille auf der Nase. »Enchantée, je m'apelle Marion«, sagte sie und lachte sie freundlich an.

»Isch glaube, sie sind ein wenisch überrascht, aber isch würde misch freuen, mit Ihnen schpielen su dürffen.«

Franz verfluchte sich für sein dürftiges Französisch, hatte diese Schönheit doch unverwechselbar Ähnlichkeit mit der großartigen, jungen Marion Cotillard.

»Non, non, nous serions heureux d'avoir un coéquipier. Bienvenue dans notre groupe!« kam ihm Bernard zuvor und sagte damit so viel wie »schön, dass Sie mit uns spielen, herzlich willkommen in unserer Gruppe«.

Da die Herren deutlich weiter hinten abschlugen, teilweise bis zu 70 Meter – Fairness war im Golf nicht nur ein Schlagwort –, begann Franz, der das geringfügig bessere Handicap hatte und legte sich seinen Ball zurecht. Diese Situation war allen Freizeit-Golfern ein Horror. Als Erster abschlagen zu müssen - auf einem fremden Platz noch dazu – die Blicke der anderen im Rücken – die Angst zu versagen … doch der wilde Franz traf gut und beförderte seinen Ball gute 200 Meter mitten aufs Fairway. Grinsend machte er den Abschlag für Bernard frei und konnte sich ein »na dann, gut Schlag«, gefolgt von einem Fantomas-ähnlichen, idiotisch blöden »Hehehe« nicht verkneifen.

Doch Bernard, der heute allem Anschein nach Nerven aus Stahl hatte, ließ sich nicht im mindesten beeindrucken und übertraf den wilden Franz um gute 20 Meter. Alle vier marschierten leicht nervös zum Damenabschlag und als Anette etwas unschlüssig in die Runde blickte, nahm Marion ihren Driver und ging mit einem »isch beginne, wenn es dir Recht ist« und legte einen Ball auf ihr Abschlags-Tee.

So graziös hatten weder Bernard noch Franz jemals eine Golferin den Driver schwingen sehen und als sie noch versuchten, den Abschlag einzuordnen, hatte Marion schon für Anette Platz gemacht, deren Schlag gut, aber nicht überragend ausfiel.

Ihre Golfwägen hinter sich her ziehend, bzw. vor sich her schiebend oder wie Franz, dank Motor und Fernsteuerung in seinem High-End-Teil, vor sich her fahren lassend, gingen sie das Fairway entlang, um ihre Bälle zu identifizieren und um den nächsten Schlag zu machen. Marion, die den mit Abstand längsten Drive hingelegt hatte, schlug als letzte und platzierte ihren Ball auf dem Grün, während Franz und Bernard sich mit mittelmäßigen Schlägen ins Rough oder in den Bunker beförderten. Entsprechend desillusioniert, notierten sie ein Bogey und ein Doppelbogey. Anette schaffte das Par, Marion sogar ein Birdie.

Ab der dritten Spielbahn wurde die Stimmung lockerer, man verstand sich zunehmend besser und unterhielt sich in einem lustigen Mix aus Französisch und Deutsch. Was Anette schon am ersten Abschlag geahnt hatte, trat ein. Der wilde Franz begann, Marion mit Blicken zu verschlingen und mit Komplimenten zu überhäufen. Erstaunlicherweise schien sie nicht abgeneigt zu sein und lachte herzlich bei jeder noch so vorhersehbaren Bemerkung von Monsieur Franz.

Als sie nach viereinhalb Stunden die 18 Löcher gespielt, geduscht und sich umgezogen hatten, nahmen sie auf der großen Terrasse mit Blick auf den ersten Abschlag Platz. Franz hatte es sich nicht nehmen lassen, Marion zum Abendessen einzuladen und freute sich, neben ihr sitzen zu können.

»Du spielst schon mehr längere Zeit hier drin im Club, ist es nicht?«, begann Franz in holprigem Französisch.

»Isch abe angefangt als isch atte sechs Jahren«, erwiderte Marion, »isch schpiele am Golfe seit quarante-deux Jahren jetzt.«

»Seit 42 Jahren«, übersetzte Bernard.

»Hui, das ist aber lange«, staunte Franz »und welches hast du inzwischen für ein Handicap?«

»Oups, das nischt ist in Fronkreische wischtisch, meine Papier sagt 5,2.«

Franz war baff, Bernard lauschte mit offenem Mund. Ihre

eigenen Handicaps, an denen sie jahrelang – Turnier für Turnier – gearbeitet hatten, lauteten auf 18,8 bzw. 22,3. Und da waren sie ganz schön stolz drauf. Aber 5,2! Teufel auch!

Franz schmolz regelrecht dahin. Hübsch, eloquent, sehr gute Golferin, witzig ... uiuiuiuiui. Die könnte ihm gefährlich werden!

Bernard hatte es geahnt, der wilde Franz kannte bei der Weinkarte keine Limits und orderte für die Vorspeisen – Zwiebelsuppe, Lachs mit Wakame, Garnelen und Austern einen grandiosen weißen Burgunder, für die Hauptgerichte, zwei mal Kalbskotelett mit Kartoffelbrei, zwei mal Entenbrust mit Ratatouille den seiner Meinung nach besten Bordeaux, der angeboten wurde. Verzückt schlürften und kauten sie alle vier auf dem 2010er Château Le Tertre-Roteboeuf herum, der mit 490 Euro laut Franz zu einem äußerst fairen Preis auf der Karte stand. Absolut!

Auch Marion war wirklich beeindruckt und meinte, so einen großartigen Wein habe sie bisher nur äußerst selten im Glas gehabt. Doch auch die beste Flasche ist irgendwann leer, das süßeste Dessert verspeist, der cremigste Espresso getrunken. Franz war im Innenraum verschwunden, hatte die Rechnung beglichen und damit das Ende einer schönen Golfrunde eingeläutet. Gemeinsam schlenderten sie zum Parkplatz hinter den Gebäuden, um sich zu verabschieden. Franz drückte Marion an sich, die sich dies gerne gefallen ließ, drückte ihr einen Kuss auf die linke und einen auf die rechte Wange, bedankte sich für den wunderschönen Nachmittag und reichte ihr eine Karte mit seinen Kontaktdaten. Man wisse ja nie ... vielleicht treffe man sich mal wieder ... er würde sich wahnsinnig freuen ...

Im Auto hing dann jeder seinen Gedanken nach und so vergingen die 50 Minuten Rückfahrt schnell und schweigsam.

Anwalt Chakri lässt es krachen

Sédami Armando Chakri war ein lausiger Rechtsanwalt. Seine Prüfungen hatte er, zum Erstaunen seiner Studienkollegen, zwar gerade so geschafft, aber schon auf der Uni waren ihm "Geschäfte" wichtiger als das schnöde Anwalts-Dasein. Einerseits feige, andererseits skrupellos, begann er früh, ein Netzwerk nach dem Motto "eine Hand wäscht die andere" aufzubauen. Immer gut geschützt von mehreren Muskelprotzen, bevorzugt Ex-Boxer.

Ob Drogenhändler, Zuhälter oder Schläger – ganz egal, Chakri schaffte es irgendwie, die Kerle rauszuhauen oder zumindest ein erträgliches Mindeststrafmass für sie auszuhandeln. Natürlich nicht, ohne hinterher von seiner Arbeit zu profitieren. Seit Jahren hatte er kein Problem damit, besten Stoff geliefert zu bekommen, unliebsame Konkurrenten schlagkräftig einschüchtern zu lassen oder Orgien mit zahlreichen, hemmungslosen Damen zu feiern, zu denen er gerne neue Mandanten einlud. Diese wurden, gekonnt abgefüllt, in den Séparées heimlich gefilmt und dann entsprechend ausgenommen.

Alles lief bestens, nur dieser Trottel, der seine Wohnung nicht freiwillig räumen wollte, war ihm ein Dorn im Auge. Im Auge gewesen, korrigierte er sich, denn der Kerl war ja praktischer Weise beim Angeln einem bösen Verbrecher über den Weg gelaufen. Einer Modernisierung des Wohnblocks mit daran anschließender Neuvermietung zu horrenden Preisen stand also nichts mehr im Weg. Zeit, ein Fass aufzumachen.

Die Lokalität nannte sich *Lieux Coquins*, was man mit *unartige Orte* einigermaßen treffend übersetzen konnte und bot auf einer Menükarte die verschiedensten *plans cul* an, Sex-Fahrpläne. Wie in einem Restaurant hatte man die Wahl zwischen Vorspeise plus Hauptspeise, Hauptspeise plus Dessert oder dreigängiges Menü.

Anwalt Chakri hatte noch nie etwas anderes als das komplette Menü gebucht, schließlich bekam er aufgrund vergangener, anwaltschaftlicher Hilfestellungen 20% Rabatt.

Er hatte drei seiner Lieblings-Bodyguards eingeladen, die sich an den halbnackten Mädchen nicht satt sehen konnten, während sie den Champagner, den der Boss geordert hatte, in sich hinein kippten. Während sich die Handlanger die Lippen leckten, besprach sich ihr Chef mit einem vierschrötigen Typen, den er vom Tresen heran gewinkt hatte. Das Gespräch schien wichtig zu sein, denn er scheuchte sogar eine dralle Blondine weg, die sich ihm an den Hals werfen wollte.

Aber nach mehreren Gläsern Champagner war die Unterhaltung zu seiner Zufriedenheit beendet worden und er konnte sich erneut dem erfreulichen Anblick nackter Tatsachen zuwenden. Auf ein Zeichen hin kamen zwei dunkelhaarige Schönheiten auf ihn zu, flüsterten ihm mit rauher Stimme Dinge ins Ohr, von denen sie wussten, dass er sie gerne hören wollte, ließen nicht locker, bis er eine weitere Flasche Schaumwein geordert hatte und verschwanden schließlich eingehakt, kichernd und mit klirrenden Gläsern in Richtung Whirl-Pool.

Der außergewöhnliche Stundenlohn ließ die Girls über die stark behaarte Wampe hinwegsehen, aber das warme Wasser sprudelte zu Pink Floyd und Geschäft war schließlich Geschäft.

Departure cancelled

Nach dem Sonntag kam, wie sollte es anders sein, ein alltäglicher Montag. Ludo und Giulia waren schon gegen halb acht in der Früh zum Arbeiten gefahren, der Klatscher kam mit seinen beiden winzigen Hunden von einer frühen Gassi-Runde zurück, Bernard gönnte sich den zweiten Café crème. Anette, die am Vorabend noch bis fast zwei Uhr früh gestrickt hatte, schnarchte leise vor sich hin und der wilde Franz ... der wilde Franz packte seine sieben Sachen, denn um 13.10 ging sein Flieger in Richtung Heimat.

Als er am Küchentresen neben Bernard Platz genommen hatte und dieser ihm einen Cappuccino zubereitete, schrillte ein "Pling" durch die Küche. Der wilde Franz zückte sein Handy und las – zunächst stirnrunzelnd, dann begeistert:

»Bonjour Franz, je sais que tu dois rentrer chez toi aujourd'hui. Mais si tu veux, on m'a donné la clé de la maison de vacances de mon frère pour m'en occuper pendant les prochains jours. Je pourrais avoir l'aide de quelqu'un d'autre pour arroser les plants d'agrumes, ratisser les feuilles, etc. Hein? Bisous, Marion«.

So schlecht konnte sein Französisch gar nicht sein. Er begriff im Großen und Ganzen sofort, was mit dieser Nachricht gemeint war und beschloss, seinem alten Freund reinen Wein einzuschenken. »Ähm, Château, das wirst du jetzt nicht glauben, aber ich fliege heute nicht.«

»Hä?«, Bernard konnte man die Fragezeichen an den Pupillen ablesen. »Warum? Wieso? Was ist passiert?«

Bevor Franz antworten konnte, kam die Erleuchtung. »Marion!?«

»Ja einerseits, aber ...«, weiter kam er nicht, als Bernard laut heraus prustete »so ein Wahnsinn, ich fass' es nicht!«

Er nahm seinem Freund das Handy aus der Hand und las den kurzen Text. Der wilde Franz versuchte, die Ereignisse zurecht zu rücken und wies mehrmals darauf hin, ebenfalls absolut überrascht zu sein. Nie im Leben habe er mit so etwas gerechnet, das sei ja wirklich absolut unvorhersehbar und so weiter und so fort.

Während Franz gleichzeitig – erstaunlicherweise funktionierte alles so, wie er sich das vorstellte – Marion begeistert zusagte und seinen Flug stornierte, weckte Bernard seine Anette, um ihr die Neuigkeiten zu erzählen.

Kopfschüttelnd saß sie kurz darauf in der Küche, in der Hand eine Tasse Tee und stellte Bernard immer wieder die gleichen Fragen, doch er konnte ihr nur vage Antworten geben. Als schließlich Franz auftauchte, wurde dieser mit Fragen bombardiert: »Und deine Neue?«, »Was wird jetzt aus ihr?«, »Wie findest du sie denn eigentlich? Marion natürlich«, »Du fährst jetzt mit ihr in das Ferienhaus ihres Bruders, oder was?«

Bernards Bemerkung »im Ferienhaus, da pfeift der Straps« kommentierte Anette mit hochgezogenen Augenbrauen und einem lautlosen »Halt die Klappe, du Depp!«, wenn er die Lippen-Bewegungen richtig deutete.

Der wilde Franz ließ das alles erstaunlich gelassen über sich ergehen und sagte schlußendlich nur: »Ich warte noch auf die Wegbeschreibung zu diesem Ferienhaus, dann bin ich weg. Macht euch mal nicht so viele Gedanken, schließlich bin ich schon groß.«

Montag

Der restliche Montag schleppte sich so dahin. Zumindest kam es Bernard so vor. Franz war kurz vor Mittag wie ein zwanzigjähriger Hürdenläufer in seinen Flitzer gesprungen und davon gebraust, Anette hatte sich in den ersten Stock zurück gezogen, um aufzuräumen und Bernard hatte sich – zu sinnvollen und notwendigen Arbeiten hatte er keine Lust – in seinen Lieblings-Sessel geworfen und Golf Rival auf dem Handy gestartet.

Nach den üblichen, täglich zu erledigenden Aufgaben, begann er, im so genannten Königreich zu spielen. Das war eine eigene Spielstufe, in der man als Ritter startete, um es irgendwann zum König, neuerdings sogar Kaiser zu bringen. Man spielte live Eins gegen Eins und wenn man Glück hatte, bekam man schwächere Gegner zugelost, wenn man Pech hatte stärkere.

Bernard hatte heute keinen Glückstag erwischt und nach drei Niederlagen in Folge drückte er das Spiel wütend weg. »So eine Scheiße aber auch«, grummelte er vor sich hin, wechselte auf Instagram, um ein paar Dachshund- und ein paar Vizsla-Videos anzusehen, beendete dies aber auch schnell wieder.

Schließlich fand er eine Vorschau zur neuen "Reacher-Staffel", an der er begeistert hängen blieb. Jack Reacher, ein ehemaliger Militärpolizist, groß, breitschultrig und absolut Kampfsport-erprobt, knockte schon in der ersten Folge sechs oder sieben Halbstarke aus, die ihm wegen irgendeines erfundenen Grundes am Parkplatz aufgelauert hatten. Vor allem der Schauspieler hatte es ihm angetan. Während in den Kino-Verfilmungen Tom Cruise als Jack Reacher herhalten musste, hatte man diesmal einen Typen verpflichtet, der dem Bild, das man nach der Lektüre einiger Bände im Kopf hatte, absolut entsprach. Er speicherte die Serie in seiner watchlist und scrollte weiter.

Als er in den Videos auf Instagram eines fand, in dem sich zwei finster dreinblickende, japanische Köche mit riesigen Messern und Stirnbändern mit japanischer Flagge, einen kiloschweren Thunfisch gegenseitig zuwarfen und ihn Stück für Stück in absoluter Perfektion zerteilten, beschloss er spontan, heute Fisch auf den Speiseplan zu setzen.

Und zwar wollte er ein *Tataki de thon* zubereiten, also mehr oder weniger rohen Fisch mit etwas Salat oder Gemüse. Der Check des Kühlschranks förderte ein paar übrig gebliebene Cocktailtomaten, zwei Limetten, Wasabi, Gurke, Avocado und Ingwer zutage, der Wandschrank steuerte Sojasauce und gerösteten Sesam bei. Das sah doch schon ganz gut aus. Als noch nie da gewesene Beilage dachte er an getrocknete, mit Speck umwickelte und angebratene Pflaumen. Hmmm, ihm lief bereits bei dem Gedanken das Wasser im Mund zusammen. Er schnappte sich den Autoschlüssel und rief Anette zu, er sei mal schnell weg. Fisch kaufen.

Solche Genüsse blieben *Commandant de police* Ludovic Serries heute verwehrt, der hungrig in einen viertel Meter Baguette mit Schinken und Käse biss. Das *Sandwich Jambon et Emmental* war immerhin frisch zubereitet und je herzhafter er hineinbiss, umso mehr bröselte er Hemd, Hose und Autositz voll. Vor zwei Stunden hatte er einen Anruf von Kollegen der Drogenfahndung erhalten, die ihn zu einer Besprechung baten und so musste er schweren Herzens auf sein tägliches, knapp zweistündiges Mittagessen verzichten. Dabei hätte es heute im *Chez Simone*, wo immer ein Platz für ihn reserviert war, als Mittags-Menü eine hausgemachte Terrine, anschließend gegrillte Entenbrust mit Pommes frites und zum Nachtisch Pavlova gegeben. Und das alles für 22 Euro!

Er seufzte. Stattdessen stand er jetzt auf einem Rastplatz, aß ein Sandwich und trank eine Cola. Bis Carcassonne waren es noch rund 30 Kilometer, er wäre immerhin pünktlich um 14 Uhr da.

Bernard hatte in einer winzigen Seitenstraße gegenüber des *Palais de Justice* in Narbonne geparkt, denn da gab es – wenn man Glück hatte – ein paar kostenlose Parkplätze. Er hatte den R4 in eine Lücke bugsiert und sich zu Fuß auf den Weg zu den Hallen, einem wahren Einkaufsparadies gemacht. Er pfiff vor sich hin, genoss die spätsommerliche Sonne und warf einem *clochard* einen Euro in den Hut, worauf dieser breit grinste und ein »Merci, Monsieur« durch die Zahnlücken quetschte.

Er betrat *Les Halles* durch einen Seiteneingang und schlug den Weg, weg von Fleisch und Wurst, hin zu Fisch- und Krustentieren ein. Als er den Stand der immer fröhlichen Verkäuferin aus Bouzigues erreichte, konnte er nicht widerstehen und erwarb ein Dutzend mittelgroße Austern. Wenige Meter weiter lachte ihn der erste Thun an, aber er wollte das Karree der Fischhändler umrunden, um vergleichen zu können. Tatsächlich fand er um die Ecke ein prächtiges Stück hellroten Thunfisch, der seine hohen Ansprüche erfüllte, blätterte aber auch 16 Euro für 300 Gramm hin.

Ludo hatte sich die Brösel von der Kleidung gewischt und aufs Gas getreten. Die Beschränkung auf 130 km/h waren ihm egal, er war schließlich im Dienst. Als er vor dem imposanten Gebäude in Carcassonne parkte, zeigte die Uhr 13:59.

Bernard hatte noch ein dickes Stück Hartkäse namens *Laguiole*, Trauben aus Italien und ein knuspriges Baguette erstanden, bevor er sich auf den Rückweg machte.

Die Besprechung bei den Kollegen empfand Ludo – wie sollte er sagen – etwas seltsam. Er dürfe dort hinten Platz nehmen. Wenn er einen Kaffee wolle, dann gebe es drüben auf dem Tischchen einen Automaten. Der Chef der Truppe käme gleich. Habe er sonst irgendeinen Wunsch …
Als man dann vollzählig war, wurde er kurz und schnörkellos darüber in Kenntnis gesetzt, dass die wahnsinnig aufwändige und

extrem schwer durchzuführende Aktion schließlich zum erhofften Erfolg geführt habe. Tag und Nacht seien Kollegen im Einsatz gewesen, Gefahr für Leib und Leben ignorierend … bla bla bla.

Er räusperte sich, stand auf und fragte – eventuell eine Spur zu laut und zu aggressiv: »Das klingt ja wirklich supertoll, liebe Kollegen, aber gibt's vielleicht auch ein paar Fakten? Ich komme extra von Narbonne hierher, weil man mich gebeten hat, an dieser Besprechung teilzunehmen. Also, hier bin ich. Was wollen Sie von mir?

Der Chef der Gruppe funkelte ihn zornig an, erklärte, man komme später zu den Details, die es ermöglicht hätten, einen Schmuggler-Ring hochzunehmen und er möge sich etwas gedulden. Aber er könne, jetzt wo er wisse, worüber man ihn in Kenntnis hätte setzen wollen, ja auch wieder nach Hause fahren.

Ludo schob mit seinem Hinterteil seinen Stuhl so vehement zurück, dass dieser polternd umkippte, griff sich die dünne Mappe, die vor ihm lag und drehte sich um. Auf dem Weg zur Tür blieb er kurz stehen, blickte den leitenden Kollegen an und meinte nur: »Gute Arbeit, Kumpel. Wirklich gute Arbeit. Ganz ausgezeichnete Arbeit« und feuerte die Tür ins Schloss.

Bernard hatte öfters verstohlen auf sein Handy geblickt, aber vom wilden Franz war keine Nachricht gekommen. Dabei hätte er so gerne gewusst … »Bist du wieder zurück?«, wollte Anette wissen, die in der großen Eingangshalle saß und strickte. »Ja, ich hab' uns ein prächtiges Stück roten Thun gekauft, den ich für mein Rezept heute Abend brauche.«
»Mmh«, kam von Anette, »ich freu' mich schon. Was gibt's denn genau?«
»Wirst schon sehen.«

Coole Socke

Bernard hatte alle Register gezogen. Das Stück Thunfisch hatte er mit etwas Pfeffer, einer Prise Salz, einem Esslöffel dunkler Sojasauce, dem Saft einer halben Limette in einen Gefrierbeutel gesteckt. Gut verschlossen und ordentlich geschüttelt, kam dieser in den Kühlschrank.

Er fischte acht Pflaumen aus einer Schachtel, es waren Backpflaumen aus Agen. Zweifellos die berühmtesten überhaupt. Die dunkelvioletten Pflaumen werden immer Ende August geerntet. Vollreif, begeistern sie mit feiner Süße und saftigem Fleisch.
Er umwickelte sie mit einem Streifen geräuchertem Speck, der mit Hilfe eines Tropfens Olivenöl gut haftete. Zum gegebenen Zeitpunkt kämen sie in die Pfanne, wo sie sanft gebraten würden bis der Speck anfing, knusprig zu werden.
Doch zuerst kam der edle Thun an die Reihe. Er nahm das Filet aus dem Beutel, wischte überflüssige Soße ab, tupfte das Stück mit den breiten Seiten in gerösteten Sesam und legte es in die Pfanne, in der er Traubenkernöl erhitzt hatte. Nach 30 Sekunden wendete er das Stück, das er anschließend nochmals 15 Sekunden pro Schmalseite röstete.

Er ließ den Fisch auf einem großen Brett etwas abkühlen, würzte mit Limette und schwarzem Sesam nach und schnitt ihn dann mit seinem besten Messer in fünf Millimeter starke Scheibchen. Er hatte den Garpunkt perfekt getroffen. Außen etwa vier Millimeter knusprig, dann ein halber Zentimeter rosa und innen roh. Er arrangierte auf zwei Tellern abwechselnd Scheiben vom Thunfisch und von der Avocado, gab einen Hauch gehackten Ingwer darüber und mischte in winzigen Schüsselchen Wasabi mit heller Sojasauce.

Der Speck, der um die Pflaumen gewickelt war, hatte eine

knusprige Struktur erreicht. Er nahm die Pflaumen aus der Pfanne, gab auf jede ein Blatt frischen Koriander und eine halbe Cocktailtomate, die er mit einem Zahnstocher befestigte. Zusammen mit einem frisch aufgebackenen Baguette und einem kernigen Weißwein aus dem Roussillon servierte er seine Kreation.

Anette war sichtlich beeindruckt. Es war ja nicht so, dass Bernard nichts Neues mehr eingefallen wäre, aber diese Kombi. Wahnsinn. »Also Chef, ich bin platt. Die Pflaumen zusammen mit dem knusprigen Speck, dazu Koriander und ein Hauch Tomate – irre! Die absolute Geschmacksexplosion am Gaumen. Und dann der Thunfisch erst. Weich, saftig, angenehm salzig und würzig. Mit der Avocado einfach unschlagbar. Über den Weißen brauchen wir erst gar nicht zu reden. Ein Traum!«

Bernard freute sich natürlich, ließ sich aber nichts anmerken. Versuchte es zumindest. Mister coole Socke. Musste dann aber doch grinsen und prostete seiner Liebsten mit einem »na, dann lass es dir schmecken!« zu.

Sie hatten mit Bedacht und großem Genuss gegessen, nach einer halben Flasche Weißwein einen erstklassigen Roten geöffnet und sich ein Brett mit Käse, Granatapfelkernen und Weintrauben zubereitet. Bernard hatte die Mandeln, die er nahe ihres Hauses gepflückt hatte, in eine große Schüssel gefüllt und eine riesige, uralte Rohrzange dazugelegt. Nur mit ihr konnte man seiner Meinung nach die Mandeln perfekt öffnen.

Anette war in der Küche verschwunden, um eine Flasche Wasser zu holen, kam aber mit dem Müllsack in der Hand zurück.

»Ich bring' den Müll schnell weg, der stinkt.«
Bernard grummelte: »Ist in Ordnung, das sind wahrscheinlich die Garnelenschalen von gestern.«
Das war auch eine Sache, an die sie sich erst hatten gewöhnen

müssen. Hier im ländlichen Okzitanien gab es keine Mülltonnen pro Haushalt. Dafür wurden von den Gemeinden an gut erreichbaren Stellen Sammelbehälter mit verschiedenfarbigen Einwurf-Schlitzen aufgestellt, um die Leute zum Mülltrennen zu bewegen. Einzig für Restmüll gab es auf Saint-Joseph zwei graue Container. Gerade als Anette ihren Müllsack hineinwerfen wollte, kam Giulia mit dem kleinen Labrador um die Ecke.

»Bonjour, Anette«.
»Bonjour, Giulia, bonjour Ricco«.

Sie unterhielten sich über dies und jenes. Giulia hatte einen neuen Friseursalon ausprobiert und war total begeistert, Anette schwärmte von Steinpilzen, die Bernard in den Hallen von Narbonne gekauft hatte. Giulia hatte sich schon weggedreht, fragte dann aber noch: »Euer Freund mit dem Cinquecento ist schon wieder *en route*«?

»Ja, Monsieur Franz ist auf dem Rückweg. Nein, genauer gesagt, er hat hier beim Golfen eine Französin kennen gelernt und trifft sich noch mit ihr … ».

»Ohlalalala, das klingt interessant.«
» Allerdings. Wenn er halt manchmal nicht so ein Arsch wäre.«
»Wieso?«
»Ach, das würde zu lange dauern, dir alles zu erzählen. Aber stell' dir vor. Kommt er doch von seiner Anglerei zurück und behauptet, eine Nackte beim Baden gesehen zu haben. Als der dann ein Foto schießen wollte, war die Dame natürlich verschwunden … solche Geschichten kennen wir zur Genüge.«

Giulia nickte, als würde sie solche Männer ebenfalls kennen, zog Ricco an sich und schlug den kurzen Weg zu ihrem Gartentor ein. »Bis morgen, Anette.«
»Bis morgen, Giulia.«

Fußball? Rugby?

Giulia war mit Ricco ins Haus gegangen, hatte den Hund noch mit ein paar Leckerli gefüttert und sich dann zu Ludo auf die Couch gesetzt. Gemeinsam verfolgten sie interessiert einen Bericht auf *France1*, einem der französischen Standard-Sender, über die alltäglichen Konflikte in Israel und amüsierten sich anschließend über die zweiminütige Zusammenfassung des Länderspiels Deutschland - West-Samoa, das die Polynesier, kein vernünftiger Mensch hätte auch nur 50 Cent drauf verwettet, mit 5:4 gewonnen hatten.

»Hat dir Bernard, beziehungsweise dieser Franz, eigentlich das mit der Nackten erzählt?«

»Hä? Welche Nackte?«

»Na, als er beim Angeln war.«

»Du meinst, beim Fliegenfischen.«

»Ja, schon gut. Angeln oder fischen ist doch egal. Anette hat mir erzählt, er habe eine Frau gesehen, eine Nackte, die im Begriff war, zu baden.«

»Nö. Hat er nicht. Der spinnt doch!«
Damit war für Ludo das Thema erledigt. Er wandte sich wieder dem Fernseher zu und meinte nur: »Jetzt quassle mal nicht so viel, gleich kommt Rugby!«

Anette und Bernard hatten sich einen behäbigen Abend gegönnt. Anette strickend und Bernard lesend. Hier ein Pullover in hellblau für die Tochter, dort der erst kürzlich erworbene Band "*Tintin au Congo*". Mit Brille und dickem Handwörterbuch Französisch von Langenscheidt. Dazu eine dicke Tafel Milka Vollmilch Schokolade und ein Glas Single Malt.

Bernard hatte Mühe, der Geschichte zu folgen. Gleich zu Beginn, als sich Tintin, seines Zeichens Reporter bzw. Journalist, mit *Milou*, seinem Hund, nach Afrika einschifft, kommt diesem ein *perroquet* in die Quere, der ihn schmerzhaft in das kleine Stumelschwänzchen zwickt. Nur das Wörterbuch konnte helfen: *perroquet* = Papagei. Aha! So ging es weiter. Der Papagei hatte schlechte Manieren und fluchte gerne: *Sapristi, Zut!, ce sale cabot ...* was er nach längerer Recherche schließlich mit "Sapperlott, Verdammt!, dieser dreckige Köter" übersetzen konnte.

Als er nach sechs Seiten genug hatte, trank er sein Glas aus, gab Anette einen Kuss auf die Stirn und schlurfte mit schmerzendem Rücken ins Bett.

Da war bei Ludo und Giulia mehr los. Aufgeregt und angespannt saßen sie vor dem Fernseher und verfolgten das Rugby-Spiel Frankreich - Neuseeland, eine enge Kiste. Die beiden National-Mannschaften waren spielerisch gleichwertig, es ging hin und her. Ludo hatte sich schon das fünfte Heineken geholt, so regte ihn das Spiel auf. Als es endlich mit einem hauchdünnen Sieg für Neuseeland zu Ende gegangen war, fluchte er laut und warf die letzte leere Dose krachend in den Müll.

Der Wetterbericht hatte für mehrere Tage Sturmböen angekündigt und leider recht behalten. Mit Geschwindigkeiten bis zu 50 Stundenkilometern fegte der Tramontane ums Haus. Bernard fragte sich immer wieder, wie die zarten Palmen diese Stürme aushalten konnten, aber irgendwie hatten sich die Pflanzen an Hitze, Trockenheit und Starkwind gewöhnt. In der Hoffnung auf einen milden und windstillen Morgen drehte er sich um und war auf der Stelle eingeschlafen. Anette hier – strickend, Giulia dort – auf dem Handy herumdrückend, genossen die stillen Minuten, während die jeweiligen Göttergatten in die Kissen schnarchten.

04.28 Uhr. Ludo war wie vom Blitz getroffen hochgefahren. Er riss die Augen auf, konnte in der absoluten Dunkelheit aber nichts erkennen. Was hatte er da geträumt? Eine Nackte beim Baden? Er kniff die Augen fest zu. Es fiel ihm schwer, sich zu erinnern, die dünnen Traumfäden lösten sich blitzschnell in Wohlgefallen auf. Er sah sich selbst ohne Badehose am Bach stehen und als er sich umdrehte, stand dieser Franz hinter ihm. Eine Angel in der Hand und blöde grinsend. Aber wo war die Nackte jetzt abgeblieben? Er sah aufs Wasser, das so stark spiegelte, dass er sich die Hand schützend vor die Augen halten musste. Er blickte nach links und rechts. Nichts. Er wachte endgültig auf und knipste eine kleine Lampe an. Sein Herz hämmerte. Er hatte eine trockene Kehle.

Er musste unbedingt nochmals mit dem Kerl sprechen. Wenn er diese angebliche Nackte vom Parkplatz aus gesehen hatte, wäre das in unmittelbarer Nähe vom Tatort gewesen. Und es ging hier höchstwahrscheinlich um Mord. Er drehte sich hin und her, konnte aber lange nicht wieder einschlafen.

Als sein Wecker um 06.50 Uhr klingelte, sprang er aus dem Bett, drehte das Wasser der Dusche auf heiß und zapfte sich einen ersten Kaffee aus der Nespresso-Maschine. Mit frischem Hemd und dezent nach *Bleu de Chanel* duftend, sprang er ins Auto und fuhr zur Arbeit.

Giulia tat es ihm wenig später gleich und um 08.00 Uhr war der arbeitende Teil von Saint-Joseph aus dem Haus.

Da war Bernard noch gar nicht wach. Seit er nicht mehr aufstehen musste, Betonung auf musste, stand er einfach auf, wenn er wach war. Das konnte – je nachdem wann es draußen hell wurde – um halb neun, manchmal auch um zehn sein. Nur im Hochsommer bewegten ihn die ab acht Uhr rapide steigenden Temperaturen öfters dazu, schon um halb acht aufzustehen und schwimmen zu gehen. Doch jetzt, im Spätherbst, noch dazu pfiff draußen der West-Nordwest-Wind gewaltig, hatte er keinen Grund, früh aufzustehen. Anette schlief meistens noch länger aus als er, Lieferanten kamen eigentlich erst später, die Post sogar erst am Nachmittag. Er drehte sich um und beschloss, noch eine Runde zu dösen.

Ludo war ziemlich aufgekratzt in seinem Büro angekommen, hatte seiner Sekretärin auf die Frage nach »*Café crème?*« ein »*bien sûr, mais vite*« folgen lassen, ein *pain au chocolat* ausgepackt – da gab es auf dem Weg zum Büro einen hervorragenden Bäcker – und sich sein Notizbuch geschnappt. Nach wenigen Sekunden hatte er die Notiz gefunden:

Franz Wild. Tel. portable: +49. 1520. 39.77.20.18

Es piepte eine Zeit lang im Hörer, dann meldete sich eine deutschsprachige mailbox.

Ludo fluchte. Warum ging der Kerl nicht ans Telefon?

Er konnte ja nicht wissen, dass Franz, gar nicht so weit weg von ihm, in den weichen Kissen eines ihm bisher unbekannten Bettes lag. Links Marion, rechts ein riesiges Fenster mit Blick auf die Pyrenäen. Auf dem Hocker neben dem Bett seine Uhr und sein Handy. Zwei Mal ließ er es vibrieren und dachte sich, der Anrufer könne ihn mal, aber beim dritten Mal nahm er das Gespräch dann doch an.

Sein Englisch war schlecht, das von Ludo noch schlechter. Franz konnte kaum Französisch, Ludo hatte, wie die meisten Franzosen im Gymnasium Deutsch gehabt, aber davon war nicht viel hängen geblieben. Deshalb stockte die Unterhaltung. Nach einer gewissen Zeit hatten sie sich an ihren Kauderwelsch gewöhnt und Ludo erfuhr, was er wissen wollte. Als Franz schließlich anbot, ihm die Stelle zu zeigen, war er platt.

»I thought, you are in Germany?«

»No, I'm still in France. But this is a long story.«

»Can we meet today? Late afternoon?«

»Sure. See you at the parking place. 5 pm?«

»Okay.«

Er stand leise auf, marschierte in die Küche und schaltete den Wasserkocher ein. Bis zum Nachmittag war ja noch viel Zeit. Als es hinter ihm knackte, erschrak er und drehte sich um. Marion. Mit zerzausten Haaren stand sie da in ihrem schwarz-weiß-gepunktetem Schlafanzug und lachte ihn an.

»Während eine Moment habe isch geglaubt, du würdest disch flüchten. Du sagst so?«

»Nein, äh. Also ja. Ich meine, man sagt eher "sich aus dem Staub machen", aber ich habe nicht vor, zu verschwinden ...«.

»Isch liebe auch, eine Kaffee.«

Ihr Französisch gefärbtes Deutsch war hinreißend. Franz goss eine zweite Tasse Instant-Kaffee mit heißem Wasser auf – etwas anderes gab es nicht im kleinen Ferienhaus – Marion holte zwei Croissants aus dem Gefrierschrank und hantierte an der Mikrowelle herum.

Franz nahm sie in die Arme und drückte sie fest an sich. Deutschland war weit weg, unendlich weit weg.

Als Bernards Handy um 10 Uhr klingelt, klingeln konnte man eigentlich nicht sagen, denn er hatte *Shake your hips* von den Stones als Ton eingestellt, fiel ihm wieder ein, dass sie für heute ja einen Ausflug geplant hatten. Er verzog sich ins Bad, putzte die Zähne und trabte in die Küche, um Anette einen Tee zuzubereiten.

Eine knappe Dreiviertelstunde später saßen sie im Auto und nahmen die 85 Kilometer in Richtung Mèze/Bouzigues unter die

Räder. Die Sonne lachte und die Anzeige auf seinem Handy kündigte für den Mittag 18 Grad an.

Anette hatte den ganzen Sommer mit der Trockenheit gehadert und sich über die von oben angeordneten Einschränkungen, was das Bewässern betraf, geärgert. Im Prinzip wussten sie, dass die Gemeinde im Recht war – wenn es acht Wochen keinen Tropfen regnet, wo soll dann das Wasser herkommen. Sie hatten diskutiert, überlegt, Pläne gemacht. Ein Artikel in einer Gartenzeitschrift verhalf den beiden Hobbygärtnern schließlich zur zündenden Idee: *Jardin sec*. Trockengarten oder auch "ein Garten der nicht bewässert werden muss". Bernard hatte die Fläche, für die Günter Grass, der Mähroboter zuständig war, um ein Drittel verkleinert und mehrere Flächen neben den Oliven, wo das Gras sowieso kaum wuchs, ausgegrenzt. Gemeinsam hatten sie eine 20 Quadratmeter große Fläche neben einer weiteren Olive, wo sie sich einen lauschigen Sitzplatz angelegt hatten, vom Unkraut befreit, mit groben Steinen eingerahmt und mit hellem Kies aufgefüllt. Es waren neue Bereiche entstanden, die jetzt mit Findlingen verschönert und mit entsprechend unempfindlichen Sträuchern und Büschen bepflanzt werden sollten.

Anette hatte eine Gärtnerei ausfindig gemacht, die sich genau darauf spezialisiert hatte und Bernard hatte in unmittelbarer Nähe ein Meeresfrüchte-Restaurant entdeckt und für 13.00 Uhr einen Tisch reserviert.

Im geräumigen R4 fanden Feuerwerkstrompete, Mastixstrauch, Steinlinde, Wolfsmilch, Fetthenne, kriechender Rosmarin, Thymian und verschiedene Allium-Sorten leicht Platz. Dabei hatte Anette ordentlich zugelangt. Alleine acht falsche Pistazien standen in ihren hohen Gefäßen nebeneinander in einer Schüssel hinter den Vordersitzen.

Das Auto hatte ein- oder zweihundert Meter vom Lokal entfernt einen schattigen Parkplatz gefunden und bestens aufgelegt waren sie den Kiesweg entlang marschiert. Mehrere, auf Meeresfrüchte ausgerichtete Restaurants lagen hier nebeneinander. Alle direkt am Étang mit großen Terrassen und Sonnensegeln.

Sie hatten nur einen Blick auf die kurze Karte geworfen, da war ihnen schon klar, was sie bestellen wollten. *Formule Petite Découverte* nannte sich eines der Menüs, das für sehr faire 23 Euro folgendes anbot: 6 Austern, 4 gratinierte Austern, Brasucade, Café, dazu Baguette, Butter und stilles Wasser. Vor allem die *brasucade* hatte es ihnen angetan. Bernard hatte eine Karaffe Weißwein geordert, der eiskalt an den Tisch kam. Sie prosteten sich lachend zu und konnten kaum erwarten, dass es losging. Die frischen Austern waren erstklassig, die gratinierten ein Gedicht. Ruckzuck war die Karaffe leer. Eine neue musste her!

Die authentische *brasucade* ist eine Herausforderung für jedes Restaurant, denn wer etwas auf sich hält, bereitet sie vor den Augen der Gäste auf einer riesigen *plancha* zu. Und zwar in einem Schwung. Man muss also warten, bis die meisten Gäste bestellt haben, um die passende Menge Miesmuscheln abschätzen zu können.

Ein jüngerer Mitarbeiter des Lokals begann damit, unter der etwa zwei Quadratmeter großen Platte ein ordentliches Feuer zu entfachen. Als die Platte knisterte, schüttete er aus Eimern mehrere Hundert Muscheln auf die Fläche, die er mit einem riesigen Schaber hin und her bewegte. Er drehte an einem Hebel, die plancha neigte sich etwas und aus einem angeschweissten Rohr flossen einige Liter Wasser, die aus den Muscheln ausgetreten waren, in einen Eimer.

Als die Platte wieder waagrecht war, übergoss er die dampfende Pracht mit einer Mischung aus Weißwein und Zitronensaft. In ihr schwammen Stückchen von Tomaten, Zwiebeln, grüner und gelber Paprika. Wieder wurde gut gemischt und zuletzt kamen Salz, Pfeffer, Thymian und eine Karaffe Wein zu den Miesmuscheln.

Er schob immer wieder einen kleinen Berg genau in die Mitte, wo anscheinend die Hitze am größten war und schaufelte diesen dann in eine große Schüssel.

Ein Mädchen hatte in der Zwischenzeit allen Gästen, die das Gericht bestellt hatten, einen tiefen Teller vor die Nase gestellt, so dass ihre Kolleginnen, die mit den Schüsseln herumgingen, sofort wussten, wem sie etwas austeilen sollten.

Die *brasucade* war unbeschreiblich gut. Die Miesmuscheln nicht zu klein und nicht zu groß, von leuchtend maisgelber Farbe, heiß und mit festem Biss. Das Gemüse knackig, der Sud angenehm zart.

An allen Tischen wurde geschmatzt, geschlürft, Brot eingetunkt und Wein getrunken. Da die zubereitete Menge großzügig bemessen war, gingen die jungen Mitarbeiterinnen nach einiger Zeit mit zwei weiteren Schüsseln umher und verteilten einen Nachschlag, wenn er gewünscht war. Anette und Bernard nickten begeistert, als sie an der Reihe waren. Hier wären sie sicher bald wieder zu Gast.

Drei Damen

Franz hatte Ludo, der in Begleitung von Philibert und Margaux erschienen war, wie verabredet am *no-kill-parcours* getroffen. Man hatte sich höflich begrüßt, war dann aber schnell zur Sache gekommen. Franz hatte sein Auto ziemlich genau dort abgestellt, wo er auch am bewussten Tag geparkt hatte. Er schlug vor, den Weg abzugehen, den er vor wenigen Tagen genommen hatte.

Sie schlugen sich durchs Dickicht und versuchten zu begreifen, wie die Situation für Franz gewesen war. Als er den Bach überquerte – die Tatsache, dass er Philibert damals erkannt und in die Irre geschickt hatte, ließ er gnädig unter den Tisch fallen – stapften sie hinter ihm her, inzwischen skeptisch, irgendetwas Brauchbares herauszufinden.

Als Franz schließlich den winzigen Bach erreicht hatte, der fast rechtwinklig in die Aude floss, erklärte er, auch an jenem Tag genau hier gewesen zu sein. Anschließend sei er flussaufwärts gegangen und habe an einer flacheren Stelle das Rinnsal überquert. Er habe, nicht weit weg, den Kiesweg erkannt, der zurück zum Parkplatz führen musste und sei ihm gefolgt, als er, mehr aus den Augenwinkeln, die besagte Nackte erblickt habe.

Er zeigte den anderen den Abschnitt, deutete in die Richtung, die sie gehen müssten, um die Stelle zu erreichen, an der er sie gesehen hatte und wartete auf die Fragen, die gleich auf ihn einprasseln würden.

Doch Ludo, Margaux und Philibert steckten die Köpfe zusammen, beratschlagten leise und entschieden schließlich, erst einmal die Badestelle zu suchen. Franz war leicht verunsichert, trottete jedoch hinterher.
Aber schon nach wenigen Metern gaben sie ihm zu verstehen,

er solle in entgegengesetzter Richtung zum Kiesweg gehen, möglichst an den Platz, an dem er damals gewesen war.. Sie würden langsam weiter marschieren und er solle sich bemerkbar machen, wenn sie den Punkt erreicht hätten, wo er die Frau gesehen hatte.

Er kapierte, was sie wollten, wartete kurz ab, ging dann ein gutes Stück zurück. Als er sicher war, dass die drei an der richtigen Stelle waren, rief er es ihnen zu.

Als sie ihm mit Handzeichen zu Verstehen gaben, er solle kommen, stapfte er los. Der Platz hatte nicht Besonderes an sich. Der Bach schimmerte kalt-graublau. Margaux hielt vorsichtig ihre Hand ins träge fließende Wasser. Eiskalt. Sie standen auf einem Streifen mit grobem Kies. Am Ufer und im Wasser lagen Felsen.

Sie hatten sich freundlich bei Franz für dessen Hilfe bedankt, ihm dann aber schnell zu verstehen gegeben, dass er nicht mehr gebraucht werde. Nur eine Beschreibung der Dame hätten sie gerne nochmals gehabt. Margaux notierte die wenigen Stichpunkte, die sie eigentlich schon kannten: Groß und schlank, längere glatte, dunkle Haare. Schätzungsweise um die 30 Jahre alt. Bei dem Alter sei er unsicher – bei der Entfernung könne er sich auch täuschen.

Sie standen beisammen und sahen zu, wie Franz zu seinem Auto zurückging und wegfuhr.

»Na Kollegen, wie finden wir jetzt heraus, wer die Unbekannte ist?« begann Margaux.

»Ganz einfach« erwiderte Philibert, »wir montieren hier einfach ein Dutzend Kameras, die tags und nachts aufzeichnen ...«. Weiter sprach er nicht, denn er spürte Ludos vernichtenden Blick im Rücken.

»Jetzt lasst mal den Firlefanz beiseite. Konstruktive Vorschläge bitte!«

Wieder war es Margaux, die als Erste das Wort ergriff: »Ich

würde vorschlagen, wir gehen im Ort in ein Café, bestellen uns drei *café crème* und denken logisch nach. Der Chef zahlt.«

Ludo musste grinsen, strich sich über den Drei-Tage-Kinnbart und stimmte zu. Philibert guckte etwas verdattert.

Er hatte sich aber schnell wieder im Griff und als sie beieinander saßen, begann er unerwartet logisch: »Eine Frau, die hierher, also an die Stelle, an der wir vorher waren, zum Baden geht, muss in der Nähe wohnen. Ich kann mir nicht vorstellen, dass sie mit dem Auto zum Bach fährt. Außerdem hat dieser Franz nichts von einem Auto oder Fahrrad erzählt. Die Tatsache, dass sie nackt badet, spricht dafür, dass sie das Gelände gut kennt. Sie war sicher nicht zum ersten Mal an Ort und Stelle. Sie weiß, dass man sie nicht oder nur sehr schwer sehen kann. Ich würde vermuten, dass sie alleine lebt, denn eine verheiratete Frau, die alleine an eine total abgelegene Ecke zum Baden geht, kann ich mir nicht vorstellen.«

Margaux wollte ihm widersprechen, aber Ludo hob die Hand und bedeutete ihr, Philibert weitersprechen zu lassen.

»Wir könnten unsere Suche also mit den Filtern "Alter", "aus der Umgebung", "alleinstehend" einschränken. Wenn wir voraussetzen, dass sie zu Fuß unterwegs war, würde mir ein Umkreis von maximal zwei Kilometern logisch erscheinen, eher weniger.«

Ludo gab diese Kriterien telefonisch an seine Abteilung weiter und keine 15 Minuten später – er hatte vor Nervosität bereits den dritten Kaffe getrunken – kam die Rückmeldung. Im genannten Umkreis wohnten gerade einmal drei alleinstehende Frauen, auf die die Beschreibung einigermaßen passte. Kurz darauf kündigte ein "Pling" den Eingang einer Nachricht an. Die Kontaktdaten!

Dank Google Maps hatten sie in kurzer Zeit eine Route zusammengestellt, auf der die Adressen lagen. Es konnte losgehen! Da es dämmrig wurde, mahne Ludo zur Eile und wenige Minuten später hatten sie Punkt 1 erreicht. Weitere 20 Minuten und drei Gespräche später war die Stimmung allerdings im Eimer. Einmal passte die Beschreibung nicht, denn die rundliche Dame mit kurzen roten Locken passte überhaupt nicht ins Bild. Einmal war der Zeitpunkt unmöglich, denn die nächste Dame war an jenem Wochenende bei ihrer Tochter in Straßburg gewesen. Dame Nummer drei öffnete ihnen mit Krücken und geschientem Bein.

Auch die Frage, ob eine von ihnen eventuell eine Frau kenne, die – sie beschrieben die Stelle so gut sie konnten – am nahe gelegenen Bach gerne baden gehe, verneinten alle drei.

»So ein Scheiß aber auch!« Ludo war angefressen. »Und jetzt? War wohl doch keine so gute Idee!«

Philibert hatte den Mund im Zickzack verzogen und schnaufte laut. »Jaa, äh, also.«

»Schon gut, Phili. Denk dir nichts. Einen Versuch war es wert«, tröstete ihn Margaux.

Reinsemmeln

Margaux und Nathalie hatten sich im Aufenthaltsraum des Kommissariats verabredet und standen, eine links, die andere rechts vom Tipp-Kick-Tisch und hauten sich die Bälle um die Ohren.

»Ha, jetzt knall ich dir einen rein!«
»Spinnst du, oder was?«
»Wieso?«
»Na ja, das ist doch eher Männer-Vokabular!«
»Hihi.«

»Vorne ist aber nix los bei dir!«
»Erst mal konzentrieren.«
»Komm schon, komm schon!«
»Pass auf, gleich knallt es.«
»Schön von hinten reingesemmelt.«

Nur gut, dass kein männlicher Kollege in Hörweite war.

Bis zur Besprechung mit dem Chef war noch eine Viertelstunde Zeit. Als ein Kollege nach dem anderen dazukam, ließen sie das Tischfußball-Spiel links liegen und diskutierten die bisherigen Erkenntnisse.

Commandant Ludovic Serries trat aus dem Aufzug und schritt mit kommissarischer Grandezza in sein Büro. Dabei wedelte er hinter seinem Kopf mit der Hand, was wohl so viel bedeuten sollte wie »folgt mir, Schäfchen, folgt mir!«

Als sich alle in den Fall eingeweihten Mitarbeiter versammelt hatten, begann er kurz und präzise, den Stand der Ermittlungen zu skizzieren:
»Liebe Kolleginnen und Kollegen. Vor nicht allzu langer Zeit

hatten wir uns hier getroffen. Drei komplizierte Fälle gab es zu lösen. Ich darf euch heute zumindest zwei Erfolgsmeldungen weitergeben. Da ich nicht alle Details wiederkäuen möchte, findet jede bzw. jeder von euch eine Mappe vor sich auf dem Tisch, wo die gesamte Ermittlungsarbeit nochmals zusammengefasst wurde.

Aber lassen wir die Fälle "Mountainbike" und "Schmuggler" mal außer Acht! Der dritte und wichtigste Fall ist leider noch ungelöst, obwohl wir auf einem guten Weg sind.«

Ins allgemein zustimmende Gemurmel hinein bat er den Kollegen Philibert, den Stand der Erkenntnisse zusammenzufassen.

Dieser ließ sich nicht zwei mal bitten und erklärte ausführlich, wo sie in der Sache "Erschossener Angler" standen.

»Das gibt's doch nicht, dass niemand diese Nackte kennt«, kam es von links hinten.

»Und wenn euch dieser deutsche Fischerkönig einen Blödsinn erzählt hat? Ein Wichtigtuer vielleicht?«

Vorne links hatte so seine Zweifel.

Aus der Mitte: »Wenn wir dem Kerl die Geschichte glauben, dann muss diese ominöse Badende doch zu finden sein.«

»Ja klar. Und wie?«, fragte einer hinten rechts.

»Ich finde, Phili – hier grinsten manche Kollegen recht breit – hat das schon gut zusammengefasst, verteidigte Margaux ihren Kollegen. Vielleicht sollten wir ...«

»... die Filter anders setzen.«

Ludo sah hoch. Das war doch einer dieser Jérémies gewesen, oder?

»Was meine Sie damit?«

»Na ja, heißt alleinstehend unverheiratet oder heißt es ganz allein lebend? Könnte sich die Dame inzwischen eine andere Frisur zugelegt haben. Ich würde sagen, da liegt die Wahrscheinlichkeit bei mindestens 50 Prozent und ist sie möglicherweise keine 30 mehr? Es soll ja MILFs geben, die ...«.

Der Schlag in die Nieren, den er von Nathalie erhalten hatte, nahm ihm den Atem.

»Jetzt ist's aber gut. Gewöhn' dir mal vernünftige Ausdrücke an! MILF, paah!«

Ludo wollte sich keine Blöße geben und beschloss, die Abkürzung in einem ungestörten Moment nachzuschlagen, sagte aber mit fester Stimme: »Da gebe ich Ihnen Recht. Lasst uns doch einfach nach Damen zwischen 25 und 55 suchen, die im Umkreis von, sagen wir mal, zwei oder drei Kilometer vom Tatort entfernt gemeldet sind. Verfeinern können wir dann immer noch. Also, an die Arbeit!«

Kaum hatte er sich in seinem Büro in den bequemen Sessel fallen lassen, als auch schon Jérémie und Jérémy vor ihm standen.

»Chef, wir haben einfach mal den Filter "Alter" verändert und siehe da: 75 Treffer. Wenn man den Eintragungen glauben darf, sind davon allerdings nur 13 alleinstehend. Minus die drei, die wir ja schon vernommen haben, bleiben zehn Damen übrig. Die aufzusuchen, sollten wir heute Nachmittag hinkriegen!«

Ludo nickte zufrieden und bekundete leise knurrend sein Einverständnis.

Auf Zack war sie, die liebe Belegschaft, total auf Zack!

Claudine

Ludo hatte sich JJ, den beiden Jérémies angeschlossen, während Nathalie, Margaux und Philibert die zweite Gruppe bildeten. Leider waren die Erkenntnisse, hier wie dort, so wenig zufriedenstellend wie bei der ersten Tour.

Immer wenn man eine Adresse abgehakt hatte, berichtete man der anderen Gruppe.

Es war zum Verzweifeln. Irgendein Detail passte grundsätzlich nicht ins Bild. Als Ludo auf die Klingel eines von außen eher schäbigen Hauses drückte – die vorletzte Adresse, die sie auf ihrem Plan stehen hatten – machte er sich keine großen Hoffnungen mehr.

Nach schier endlosem Warten bewegte sich ein Vorhang hinter dem einzigen Fenster im Erdgeschoss und eine blasse Frau blickte sie verwundert an. Ludo hielt seinen Ausweis in die Luft, gestikulierte und formte mit den Lippen die Wörter Polizei, Aufmachen und Bitte. Endlich erschien eine ältere Dame und fragte nach ihren Wünschen.

Sie saßen im winzigen Wohnzimmer des kleinen Hauses, in das sie die Seniorin gebeten hatte und sahen sich um. Holzboden, Steinwände, ein kleiner Kaminofen, ein Tisch, vier Stühle.

»Ich bin *Commandant de police*, Ludovic Serries und das sind meine Kollegen Jérémie und Jérémy. Wir würden Madame ...«, Ludo blätterte in seinen Notizen bis er den Namen gefunden hatte, »Madame Dubarry gerne ein paar Fragen stellen.«

»Sie wollen also mit meiner Tochter sprechen? Das wird nicht möglich sein, fürchte ich«, entgegnete die kleine Dame resolut, die sie hereingebeten hatte.

»Ihre Tochter? Warum das?«, wollte Ludo wissen.
»Ach, wenn das so einfach zu erklären wäre!«
Die ältere Dame seufzte.

Meine Tochter Claudine – Claudine also, ja wie soll man sagen, ist krank.«

»Krank?«

»Ziemlich krank. Sie wird nicht mit Ihnen sprechen wollen.«

»Das würde ich gerne selbst herausfinden.«

»Wie Sie meinen.«

Sein Gegenüber erhob sich aus dem durchgesessenen Fauteuil und verschwand im Gang. Ludo, Jérémie und Jérémy schauten sich fragend an.

Kurz darauf erschien Claudine, Arm in Arm mit ihrer Mutter – sie hatten irgendwie vergessen, die Dame nach ihrem Namen zu fragen – sah aber stur zu Boden. Ludo, geschult in Verhörtaktik und vorsichtig abwartend, hob den Blick. Bislang hatte noch jeder oder jede was gesagt, wenn man nur lange genug schwieg. Doch nach fünf Minuten, Ludo kam es so vor, als sei es eine halbe Stunde gewesen, konnte er nicht mehr, gab das Spiel auf und schloss die Augen.

Aus dem Augenwinkel registrierte er, dass Claudine völlig starr da stand, nur ihr Kopf bewegte sich seltsam kreisend.

Dazu nestelte sie an einer schmutzigen Stelle ihrer Hose in Kniehöhe herum. Irgendwie kamen ihm ihre Bewegungen stereotyp vor. Und ihm fiel auf, dass sie es vermied, irgend jemanden anzusehen.

»Claudine«, begann er, »wir würden uns gerne mit Ihnen über den Tag unterhalten, als Sie das letzte Mal im Bach beim Baden waren.«

Keine Reaktion.

»Sie wissen sicher, dass an diesem Tag, nicht weit von der Stelle, an der sie waren, ein Mord passiert ist?«

Keine Reaktion.

»Haben Sie irgendetwas gesehen oder gehört?«

Die einzige Reaktion, die zu erkennen war, war ein seltsames

Hin- und Her-Schaukeln der Angesprochenen.

»Claudine«, ich kenne Ihr Problem nicht, aber Sie würden uns sehr helfen, wenn Sie ...« weiter kam er nicht, denn Claudine hatte sich ab- und Jérémie zugewandt. Sie fuhr sanft über Jérémies Hemd und fühlte den Stoff in ihrer Hand. Ihre Finger marschierten über seinen Brustkorb. Plötzlich hielt sie inne und schlug unerwartet heftig auf seine Brust. Jérémie zuckte zusammen.

Die ältere Dame nahm Claudine bei der Hand, flüsterte ihr etwas ins Ohr und führte sie aus dem Zimmer.

Als sie zurück gekommen war, erklärte sie, Claudine leide am Asperger-Syndrom und habe große Schwierigkeiten, soziale Kontakte zu knüpfen. Sie spreche so gut wie nie und vermeide es strikt, andere anzusehen. Manchmal sei sie sehr schreckhaft. Überhaupt werde diese Krankheit nicht so richtig ernst genommen. Es sei schlimm. Man habe wenig Verständnis, gerade in einem Dorf wie hier.

Ludo konnte und wollte nicht so schnell aufgeben. Er befragte die Mutter, wie und auf welche Art er denn mit Claudine eventuell ins Gespräch kommen könne, erhielt aber nur vage Antworten. Selbst mit ihr spreche sie kaum. Da solle er sich mal lieber keine Hoffnungen machen!

Die Polizisten fragten noch nach einigen Details und notierten, dass Claudine tatsächlich an besagtem Tag beim Baden gewesen war. Ihre Mutter bestätigte, dass sie das sehr gerne tat und tatsächlich immer ganz alleine zum Bach und zurück gehe.

Mit den gut gemeinten Hinweisen, sie sollten es vermeiden, falls sie denn wiederkämen, Blickkontakt erzwingen zu wollen und einfache, kurze Sätze formulieren, verließen sie Mutter und Tochter.

»Das war ja seltsam«, begann Jérémie, wie ferngesteuert lief die hin und her.«

»Allerdings«, pflichtete ihm Jérémy bei.

»Das ist aber auch zum Kotzen«, fluchte Ludo. »Da haben wir endlich die Person gefunden, die am Tag des Verbrechens relativ nahe am Tatort war, wenn auch nur, um im Bach zu baden. Die möglicherweise irgendetwas gehört oder gesehen haben könnte. Und dann spricht sie nicht mit uns.«

»Es ist ja nicht so, dass sie nicht kann, sie will halt nicht.«

Jérémy versuchte, seinen Chef zu beruhigen.

»Außerdem ist ja gar nicht gesagt, dass sie tatsächlich was gehört oder gesehen hat. Wär schon ein ziemlicher Zufall, oder?«

»Kann nicht, will nicht, Scheiße aber auch!«

Ludo war angefressen.

»Und jetzt?«

Die Frage blieb unbeantwortet in der Luft hängen, als die drei zu ihrem Auto stapften.

Käsebrot

»Hast du eigentlich noch was vom wilden Franz gehört?«, wollte Anette wissen und biss in ein Baguette mit Avocado und geräucherter Forelle.

»Nein, nichts«, entgegnete Bernard und leckte sich über die Lippen. Er nahm einen ordentlichen Schluck aus seinem Weinglas.

»Wann ist er nochmals von hier weg?«

»Montag.«

Es war ein unverhältnismäßig milder Abend und sie hatten spontan beschlossen, ein letztes Mal draußen zu Abend zu essen. Draußen war nicht ganz richtig, denn sie saßen bequem und windgeschützt in ihrem Poolhaus. Allerdings hatten sie die drei Schiebetüren des kleinen Hauses komplett aufgeschoben und konnten den Blick in den Nachthimmel genießen.

»Jetzt musst du Armer übers feuchte Gras ins Haus und in die Küche laufen, um uns das Essen zu bringen.« Ein nicht unbedingt bedauernder Unterton mischte sich in Anettes Grinsen.

»Da kannst du gleich eine neue Flasche Wein mitbringen!«

»Aber sehr gerne, meine Liebste!«

Bernard hatte eine neue Flasche Rotwein und zwei kleine Schüsseln mit Tomaten und Mozzarella dabei, als er zurückkam.

»Dabei hat er doch von einer neuen Bekanntschaft erzählt.«

»Wer?«

»Na, Franz halt.«

»Ach so.«

Sie hingen ihren Gedanken nach und malten sich aus, was aus Franz und Marion wohl geworden war. War er überhaupt noch in Frankreich? Hatte es am Ende heftig gefunkt? Während Anette die beiden Verliebten durchs hohe Gras hüpfen sah, malte sich Bernard aus, wie sie nackt vor dem Kamin lagen.

Als es klingelte, stöhnten sie beide leise auf.

»Ich schau mal nach«, flüsterte Bernard im Weggehen. Wer auch immer da an der Türe war, er wollte erst mal nicht gesehen werden. Also schlich er um eine Olive herum und warf einen schnellen Blick auf das Eingangstor.

Ludo!

Als er den Nachbarn erkannt hatte, ging er normalen Schrittes auf das Tor zu. »Hallo Ludo, was gibt's?«

»Ich störe euch ja wirklich ungern, aber ich brauche jetzt mal eueren Rat.«

Bernard hatte den Nachbarn hereingelassen und zum Poolhaus geschickt. Er selbst war im Haus verschwunden, um ein weiteres Weinglas zu holen. Mit diesem und einer riesigen Salami kam er zurück.

»Was gibt's denn so Dringendes?«

»Also, entschuldigt. Wirklich. Es ist mir ja unangenehm, aber ich komme mit meinem Fall nicht weiter. Vielleicht hat von euch jemand eine zündende Idee.«

Ludo erzählte recht detailliert, was in den letzten 24 Stunden passiert war. Er endete mit der Schilderung des seltsamen Verhaltens der "fremden Badenden".

Seine Abteilung habe sich wirklich Mühe gegeben, deshalb könne er die Situation jetzt etwas besser beurteilen.

Er zog ein Blatt aus der Tasche, faltete es auseinander und las vor:

"Autistische Patienten können viel Zeit mit Wiederholungen von immer gleich ablaufenden Bewegungen (Stereotypien) wie z.B. Drehen/Flackern der Finger vor den Augen, auf der Stelle schaukeln oder merkwürdigen Verdrehungen verbringen. Die Betroffenen lieben zudem Rituale im Alltag, haben ein hohes Bedürfnis nach Gleichförmigkeit ihrer Umwelt und besitzen meist eine ausgeprägte Veränderungsangst.

Für fließendes Wasser können sich fast alle autistischen Menschen begeistern. Zusätzlich zeigen gut begabte Personen mit Autismus-Spektrum-Störung häufig ausgeprägte Sonderinteressen, die einerseits das Lernen anderer Inhalte stören, die aber teilweise auch gewinnbringend beruflich eingesetzt werden können.

Die intellektuelle Begabung autistischer Personen kann sehr unterschiedlich sein: Sie können geistig behindert sein, aber auch normal intelligent mit erstaunlichen Fähigkeiten, z.B. besonderer Merkfähigkeit in Teilgebieten (Inselbegabung) wie Mathematik, Musik, fotografisches Gedächtnis oder in anderen Bereichen, in denen das soziale Verständnis keine Rolle spielt."

Anette und Bernard schwiegen lange. Als sie das Vorgelesene verdaut hatten, schüttelten sie nur stumm die Köpfe.

»Ich wüsste nicht, wie du die Frau dazu bringen könntest, mit dir Kontakt aufzunehmen«, war von Anette zu hören. »Ich würde noch einen letzten Versuch starten«, warf Bernard ein. »Versuche doch irgendwie, ihr Vertrauen zu gewinnen!«

»Ja, ich weiß«, kam es etwas resigniert von Ludo, »aber da sie ja nicht spricht ...«.
»Hast du denn das Gefühl, dass sie etwas weiß, dass sie etwas sagen könnte?«
»Dass sie sich nicht traut?«, ergänzte Bernard.
»Wenn ich das wüsste.«
Ludo seufzte, trank sein Glas aus und entschuldigte sich nochmals für die späte Störung. Keine Minute später war er verschwunden.

»Da steckt er aber schön in der Klemme«.
»Aber sowas von!«

Sie säbelten noch gute 15 Zentimeter von der Salami in dünnen

Scheiben ab und verspeisten diese während der Mond am Himmel hing wie ein angebissenes Käsebrot.

Ricco

Commandant Ludovic hatte schlecht geschlafen und total verworrenes Zeug geträumt. Bei der ersten Tasse Kaffe am frühen Morgen hatte er noch dazu Giulia angeblafft, da er unaufmerksam und fahrig war. Obendrein hatte er vergessen, dass sie heute mehrere wichtige Termine wahrnehmen musste und erst spät abends wieder zu Hause sein würde.

»Du weißt aber schon noch, dass ich heute um 10 Uhr bei dem Chef der Niederlassung sein muss, dass wir anschließend gemeinsam mit den Abteilungsleitern zum Mittagessen gehen und dass ich anschließend meine Präsentation habe? Oder hast du das auch vergessen?«

Ludo hatte das Gefühl, dies alles heute zum ersten Mal zu hören, nickte aber eifrig und murmelte mehrfach »Ja, klar, sowieso, wie könnte ich das vergessen haben?«

Sein Gesichtsausdruck sagte jedoch eher »hä, was, hast du mir nicht erzählt«.

Er atmete auf, als Giulia kurz darauf davongebraust war und goss sich eine zweite Tasse Kaffee ein. Er versuchte, Struktur in seine Gedanken zu bringen, plante den Tagesablauf, wurde aber durch das penetrante Anstupsen seines Oberschenkels darauf aufmerksam gemacht, dass Ricco auch noch da war. Der junge Labrador wedelte so heftig mit dem Schwanz, dass er fast das Gleichgewicht verloren hätte, knurrte gutmütig und sabberte ihm das Hosenbein voll.

»Ja, schon gut Ricco. Bist ja ein Braver. Was machen wir denn heute mit dir?«

Da er den Nachbarn nicht schon wieder auf die Nerven gehen wollte, beschloss er kurzerhand, den Hund heute mit zur Arbeit zu nehmen. Da würde sich schon jemand kümmern. Margaux war doch so eine Hundenärrin.

Als er sein Büro ansteuerte, kam ihm Philibert entgegen und informierte ihn gut gelaunt, dass Margaux Migräne habe und heute zu Hause bleiben würde.

Er hätte ihm eine reinhauen können.

Also nahm er Ricco an der Leine mit in sein Büro und erlaubte ihm großzügig, sich auf einem Ledersessel zusammen zu rollen. Dann machte er sich auf die Suche nach einer Schüssel, um ihm Wasser hinzustellen. An das Trockenfutter hatte er wenigstens gedacht.

Dass der Chef heute seinen Hund dabei hatte, sprach sich in Windeseile herum. Als Erste kam Nathalie in sein Büro, die Ricco geschlagene 15 Minuten hinter den Ohren kraulte. Dann tauchten J und J auf, die sich einen Tennisball zuspielten während der Labrador hin und her flitzte, um ihn sich zu schnappen.

Den Vogel aber schoss Philibert ab. Wer sonst? Er kam mit einer Plastikbox voll Rote Beete Salat, behauptete, das sei eine der Leibspeisen von Labrador-Hunden und zudem gut für das Gehör und sah verzückt zu, wie Ricco die Portion in einer Minute verputzt hatte.

Ludo konnte es kaum glauben und machte sich daran, die roten Saucenreste vom Boden zu wischen.

Nach zwei weiteren Tassen Kaffee und mehreren Telefonaten musste Ricco raus und Ludo ging mit ihm zweimal um den Block. Als sie einem schüchternen kleinen Mädchen begegneten, das sich hinter seiner Mutter versteckte, dann aber Ricco die Hand hin hielt, die dieser ableckte, kam ihm eine Idee. Vielleicht konnte ja Ricco das Eis brechen. Das Eis zwischen Claudine und ihren Mitmenschen..

Im Auto dachte er angestrengt darüber nach, was Claudines Mutter zu ihm gesagt hatte. Keinen Blickkontakt erzwingen, einfache, kurze Sätze formulieren!

Entsprechend vorbereitet klingelte er wieder bei Mutter und

Tochter Dubarry. Die ältere, kleine Dame öffnete diesmal schneller und bat ihn herein. Als sie den Hund sah, stutzte sie, lächelte aber.

»Clo, schau mal wer hier ist!«

Zaghaft kam Claudine zur Türe herein. Es war eindeutig Liebe auf den ersten Blick. Ricco wedelte wie verrückt mit dem Schwanz und sprang an Claudine hoch. Ludo registrierte zufrieden, dass sie es sich gefallen ließ. Im Gegensatz zu vielen anderen hatte sie nicht die geringsten Probleme damit, dass ihr der Labrador übers Gesicht leckte.

Claudines Mutter gab Ludo ein Zeichen und er setzte sich zu ihr. Sie forderte ihn auf, zu fragen, was er wissen wolle und machte ihm dabei ein Zeichen, er solle langsam und laut sprechen.

Ludo verstand sofort.

»Madame Dubarry, geht es Ihnen gut?«

Claudine sah ihn für den Bruchteil einer Sekunde fragend an.

»Ich habe noch eine Frage.«

Sie hatte sich zu Ricco auf den Boden gesetzt und wackelte mit dem Oberkörper vor und zurück.

»Haben Sie am Bach etwas gesehen oder gehört?«

Claudine strich über Riccos Pfote.

»Ein Geräusch? Eine Person?«

Die Pfote schien interessanter zu sein, als der Herr Kommissar.

Ludo sah ihre Mutter an, die leicht mit den Schultern zuckte.

»Lassen Sie ihr Zeit. Sie hat schon begriffen, um was es geht.«

Das Kennzeichen

Ludo war noch auf dem Rückweg ins Büro, als sein Mobiltelefon summte. Er meldete sich und war erstaunt, dass Madame Dubarry, Claudines Mutter, anrief.

»Haben Sie etwas zum Schreiben?« fragte sie heiser.

Ludo fuhr rechts ran. Zum Glück gab es einen Kiesstreifen, auf dem er stehen bleiben konnte. Er fummelte einen Kugelschreiber aus der Tasche und drehte eine alte Parkquittung um, die in der Ablage lag.

»Hat sie mit Ihnen gesprochen?«, wollte er wissen.

»Sie war aufgewühlt und hat pausenlos »Ricco« gemurmelt, dann plötzlich »Korken« und »Motorsäge«. Dann hat sie einen Stift genommen und "CN-965-TE" auf eine Serviette geschrieben.«

Ludo lief es eiskalt den Rücken hinunter. Das war eindeutig eine Buchstaben-Zahlen-Folge wie auf Autokennzeichen.

Er bedankte sich, versprach bald mit Ricco wieder zu kommen und raste unter Missachtung aller Geschwindigkeitsbegrenzungen zurück.

Zu fünft saßen sie im Büro des *Commandant de police* und warteten ungeduldig auf das Ergebnis. Ludo hatte das Kennzeichen zur Überprüfung an die zuständige Stelle weitergeleitet.

»Was hat sie denn genau gesagt?«

»Das ist ja der Hammer!«

»Wie kommt sie denn auf das Kennzeichen?«

»Haben Sie mit ihr gesprochen?«

»Und das alles wegen Ricco?«

Ludo zuckte zusammen. Ricco. Wo war der überhaupt? Als er ihn zusammengerollt im Ledersessel liegen sah, atmete er erleichtert auf.

Als das Telefon läutete, stellte er auf Lautsprecher, so dass alle mithören konnten.

»Guten Abend, *Commandant de police* Serries. Ich habe das Kennzeichen überprüfen lassen. Es gehört zu einem Motorrad. Genauer gesagt zu einer Geländemaschine Marke Yamaha, Modell TDR 250. Ein Zweitakter mit 50 PS. Sehr gesucht und nicht ganz billig. Die meisten Besitzer stehen vor allem auf den kernig-metallischen Auspuff-Sound, hat man mir gesagt.

Der Halter ist ein gewisser Jacques Komarov. Vor 21 Jahren aus Weißrussland eingewandert. Arbeitslos gemeldet seit knapp zwei Jahren. Saß von 2019 bis 2021 wegen verschiedener Delikte im Gefängnis, unter anderem wegen Zuhälterei, Körperverletzung und unerlaubtem Schusswaffenbesitz. Er wurde aber von einem spitzfindigen Anwalt vertreten, der ihm einige Monate, wenn nicht Jahre, an Haft erspart hat. Seine aktuelle Adresse ist laut einer aktuellen Rechnung des Mobilfunk-Anbieters *Orange* …

Weiter kam er nicht, denn Ludo unterbrach ihn barsch und fragte: »Wie heißt dieser Anwalt?«

Es dauerte. Man hörte Papier rascheln. Der Kollege hustete leise, blätterte mehrfach um, räusperte sich. »Also, das müsste ein gewisser Monsieur Chakri gewesen sein, die Adresse ist …«.

»Die kennen wir. Vielen Dank, Kollege. Erstklassige Arbeit.«

Es knallte laut. Alle zuckten zusammen. Ludo hätte sich beinahe auf den Boden geworfen.

Er starrte Philibert an, der seine Kaugummiblase hatte platzen lassen. Dünne Fäden klebten an seiner Nase.

»Sie, Sie …!«, Ludo sog lautstark die Luft durch die Nase ein.

»Entschuldigung, Chef.«

Der Kollege war in sich zusammengesackt. Er wusste selbst, dass es eine saublöde Aktion gewesen war.

Als sich Ludo wieder im Griff hatte, sah er in die Runde.

»Leute, wisst ihr, was das bedeutet?«

»Das bedeutet, Claudine schreibt plötzlich das Kennzeichen

eines Motorrades auf. Vorher artikuliert sie die Worte "Korken" und "Motorsäge".«

»Mit ersterem könnte das "Plopp" des schallgedämpften Schusses gemeint sein, mit "Motorsäge" eventuell das Geräusch des Geländemotorrades«, ergänzte Nathalie.

»Das Kennzeichen könnte sie von ihrer Badestelle aus kurz gesehen haben, falls das Motorrad auf dem Kiesweg Richtung Parkplatz unterwegs war.«
»Und dank ihrer besonderen Fähigkeiten konnte sie es wie ein Foto abspeichern.« Auch Jérémie und Jérémy steuerten begeistert ihre Erkenntnisse bei.

»Wenn das alles so zutrifft, wie wir uns das vorstellen, hat dieser Jacques Komarov den Angler erschossen und ist anschließend mit seiner Maschine davon gebraust«. Auch Ludo spürte man die Aufregung an.
»Nicht ahnend, dass er dabei gesehen wurde. Also beim Wegbrausen«, schloss Jérémy.

Jetzt hatte sich auch Philibert wieder unter Kontrolle.

»Aber warum sollte dieser Jacques unseren harmlosen Angler erschießen? Welchen Grund sollte er dafür haben?

»Gute Frage, Philibert, gute Frage!« Ludo hatte sich wieder hingesetzt. Die anderen taten es ihm gleich. »Wir müssen als Erstes alles über diesen Komarov herausfinden. Nathalie, Sie kümmern sich um seine Personenstandakte. Dann sollten wir überprüfen, welche Verbindungen es zwischen ihm und Anwalt Chakri gibt. Das ist ein Job für JJ. Außerdem wird es höchste Zeit, diesem Anwalt auf den Zahn zu fühlen. Philibert, ich möchte so schnell wie möglich alles über den Kerl wissen!«

Als er schließlich alleine hinter seinem Schreibtisch saß und in Ruhe nachdenken konnte, setzten sich die Puzzleteile plötzlich wie von selbst zusammen. Er strich Ricco, der während der aufregenden, vergangenen Viertelstunde von einem zum anderen getigert war, über den Kopf und beschloss spontan, ihn mit einem Paar Elsässer Knackwürste zu belohnen. Wer weiß, wie weit er ohne den Vierbeiner gekommen wäre!

Roter Libanese

Schon sehr früh am folgenden Morgen trafen sich alle, die mit dem Fall "Erschossener Angler" zu tun gehabt hatten, in einem der größeren Besprechungszimmer. Knisternde Spannung erfüllte den Raum. Cola- und Wasserflaschen wurden aufgehebelt, Stühle knarrten. Margaux, die Migräneattacke war endlich abgeklungen, biss in ein Croissant, Philibert tunkte seines in einen Café au lait.

Ludo räusperte sich und begann: »Nathalie, was können Sie uns zu diesem Komarov sagen?«

Nathalie setzte sie darüber in Kenntnis, dass Jacques Komarov, wenn man seiner Strom- bzw. seiner Mobilfunkrechnung glauben durfte, eine Wohnung in Capestang bewohnte. Sie habe Kollegen vor Ort zurate gezogen und erfahren, dass der Gesuchte immer wieder mal Mädchen als Prostituierte beschäftige. Die *Route Nationale* zwischen Capestang und Béziers sei sehr beliebt bei Damen diese Gewerbes, denn es gebe alle paar Hundert Meter Abzweigungen und Seitenstreifen, die wegen neu angepflanzter Büsche und Hecken kaum einsehbar seien. Allem Anschein nach würde er seine Schäfchen aber gut behandeln, möglicherweise aber auch brutal einschüchtern, das wisse sie nicht, denn bisher sei er noch von keinem einzigen Mädchen angezeigt oder auch nur angeschwärzt worden.

Sie habe eigentlich vorgehabt, mit früheren Zellengenossen, Mithäftlingen, Aufsehern oder Freunden zu sprechen, aber in der Kürze der Zeit …

Ludo wandte sich Jérémie und Jérémy alias JJ zu und sah die beiden fragend an.

Nachdem sich die beiden zugenickt hatten, begann Jérémy:

»Hey Leute, seid mal still! Also, wir haben in der kurzen Zeit einiges herausgefunden. Im allerersten Fall ging es um ein Rauschgift-Delikt. Bei Monsieur Komarov wurden bei einer stichprobenartigen Kontrolle zwei Gramm Haschisch gefunden.«

»Wann war das?«

»2010. Auf Grund der geringen Menge glaubte man ihm, er habe es zum eigenen Gebrauch dabei und klagte ihn nur wegen des Besitzes, nicht wegen des Handels mit illegalen Substanzen an. Die Geldstrafe in Höhe von 3.750 Euro bezahlte er, ohne mit der Wimper zu zucken. 2011 wurde er allerdings schon wieder auffällig. Zivile Fahnder griffen ihn auf, als er 100 Gramm Roter Libanese erwarb.«

»Roter was?« kam es von Margaux.

»Roter Libanese. Das ist eine hochwertige Sorte. Die Pflanzen, aus denen er gewonnen wird, bleiben länger auf den Feldern. Wenn sie sehr reif sind und eine rote Farbe angenommen haben, werden sie geerntet. Aber zurück zu Komarov. Er handelte sich wegen der Geschichte eine Anklage bezüglich des Handels mit Cannabis ein. Ich wußte es selbst nicht, aber unsere Gesetze sind verdammt streng. Die Strafen gehen bis zu 10 Jahren Haft und 7,5 Millionen Geldbuße.«

Erstauntes Gemurmel ringsum.

»Hier kommt unser Anwalt zum ersten Mal ins Spiel. Was er genau gedreht hat, entzieht sich meiner Kenntnis, aber er hat es geschafft, eine Bewährungsstrafe plus Geldstrafe auszuhandeln.«

Ludo hatte atemlos gelauscht und dabei gar nicht registriert, dass er vier Tütchen Zucker in seinen Café gerührt hatte. Nach dem ersten Schluck verzog er angewidert das Gesicht.

»Es folgten Verhaftungen wegen Körperverletzung – man spricht von gewalttätigen Auseinandersetzungen im Zuhälter-Milieu – und schließlich eine Anklage wegen des unrechtmäßigen Besitzes einer Schusswaffe. Jedes Mal war Anwalt Chakri zur Stelle und vertrat Komarov mit allen Tricks, die er auf Lager hatte.

2019 war dann jedoch das Maß voll und Komarov wanderte ins Gefängnis. Dass er bereits 2021 wieder frei kam, hatte er wem zu verdanken? Anwalt Sédami Armando Chakri natürlich, der einen Verfahrensfehler nachweisen konnte und erreichte, dass ein Teil der Strafe aufgehoben wurde.«

Sein Namensvetter fasste zusammen: »Man kann davon ausgehen, das sich die beiden sehr gut kennen und Chakri einiges bei Komarov gut hat. Wenn Komarov einen Mord begeht, dann könnte das im Auftrag gewesen sein. Im Auftrag Chakris möglicherweise.«

Das Gemurmel wurde lauter, plötzlich redeten alle aufgeregt durcheinander. Ludo musste eingreifen. »Leute! Seid doch mal leise! Wir wollen schließlich noch hören, was Philibert zu sagen hat.«

Philibert informierte die anderen darüber, dass Anwalt Chakri vorzugsweise in zwielichtigen Milieus arbeite. Die von ihm Vertretenen seien durchwegs unangenehme Kerle, die einiges auf dem Kerbholz hätten. Er selbst mache keinen Schritt ohne seine zwei Gorillas vom Typ Fremdenlegionär. Sein Engagement zahle sich allem Anschein nach aber trefflich aus, da er in kurzen Abständen mehrere Mietshäuser erworben habe. Hier müsse er noch genauer recherchieren, aber in mehreren Akten gebe es Berichte von Mietern, die massiv bedrängt, wenn nicht sogar bedroht worden waren.

Man sah förmlich, wie einem nach dem anderen ein Licht aufging. Anwalt Chakri – Komarov – Jules Jovanovic – die E-Mail-Korrespondenz die Mietwohnung betreffend …

Philibert schloss seinen Bericht ab: »Wir müssen Komarov finden und ihm ordentlich auf die Füße treten. Vielleicht hat er ja die Hosen voll und fürchtet den Anwalt und dessen Beziehungen, vielleicht verpfeift er ihn aber auch, wenn ihm der Staatsanwalt entsprechend entgegen kommt.«

Der Raum vibrierte. Jérémy knallte einen Stapel Blätter dermaßen auf die Tischplatte, dass Nathalie vor Schreck zusammen zuckte, Margaux saß stumm da und starrte ins Nichts, Philibert leckte sich die Finger und schob dann seinen Krawattenknoten zurecht. Jérémie und Ludo standen am Fenster und gestikulierten.

»Ausgezeichnete Arbeit, Kolleginnen und Kollegen! Wirklich ausgezeichnete Arbeit! Dann wollen wir uns mal auf Herrn Komarov stürzen!«, appellierte Ludo, riss die Türe auf und preschte davon.

Troisgros

Auf einem kleinen Tischchen in der Küche stand eine Tasche voller Köstlichkeiten. Bernard und Anette waren in Narbonne in den Hallen gewesen und hatten für das Abendessen eingekauft. Bei ihrem Lieblings-Fischhändler hatten sie zwei herrliche Stücke Lachsfilet erstanden, an einem der Obststände eine Tüte mit Pimientos de Padrón, zwei milde Zwiebeln aus den Cevennen und eine große Papiertüte mit Spinat. Und zwar die jungen Triebe, die Blätter waren nicht größer als eine halbe Handfläche.

An weiteren Stationen kamen zwei Baguettes, ein großer Becher dickflüssige Sahne und eine mittelscharfe Chorizo dazu. Der Käse-Onkel, wie Anette den immer gut gelaunten, rundlichen Herren mit gezwirbeltem Schnurrbart nannte, steuerte schließlich ein perfekt gereiftes Stück Brie de Meaux bei. Der edle Camembert war kurz davor, auseinander zu laufen, also exakt *à point*.

Vom wilden Franz hatten sie, seit er abgereist war, nichts mehr gehört, Nachbar Ludo hatte, wie es schien, alle Hände voll zu tun und die restliche Nachbarschaft war wie vom Erdboden verschluckt.

Bernard und Anette hatten sich noch nie daran gestört, dass sie das Leben in einem fremden Land ganz alleine auf die Reihe bekommen mussten. Ganz im Gegenteil, sie fühlten sich inzwischen wie halbe Franzosen. Das wurde ganz besonders beim Essen deutlich. Statt Semmel und Schinken gab es zum Frühstück Café crème und Croissant. Kaum bot sich die Gelegenheit, ein Sandwich zu erwerben, sei es in der kleinen Bäckerei, sei es im riesigen Supermarkt, wurde zugeschlagen. Kaffee und Kuchen am Nachmittag kam nicht in Frage. Und abends wurde ordentlich reingehauen. Halb Frankreich saß ab 20 Uhr im Restaurant, der Rest stand am Herd und kochte mit Hingabe.

So auch Bernard, der Chef der Küche auf Saint-Joseph. Er hatte als Vorspeise die Pimientos de Padrón, das waren kleine, grüne, noch unreife Pfefferschoten aus Galicien, in der Pfanne angeröstet. Als sie anfingen, Blasen zu werfen, kam die in dünne Scheiben geschnittene Chorizo dazu. Ein paar Tropfen Olivenöl und zuletzt grobes Meersalz, das war's. Zusammen mit ein paar Scheiben Baguette ein feiner Gruß aus der Küche.

Die Hauptspeise "Lachs mit Sauerampfer nach Troisgros" erforderte eine gute Logistik. Bernard begann damit, den Spinat – für Sauerampfer war es definitiv die falsche Jahreszeit – zu waschen und zu verlesen. Trockengeschleudert stand er zur weiteren Verwendung bereit. Eine milde Zwiebel wurde fein gehackt, in einem viertel Liter heißem Wasser löste er pulverisierten Kalbsfond auf. Weitere Ingredienzen wie trockener Vermouth, Weißwein und Zitrone waren immer in Reichweite.

Er kümmerte sich um edle Weißweingläser und Besteck, dann drehte er den Regler des Backofens auf 100 Grad, um die Teller vorzuheizen. Die Lachsfilets, Stücke von ca. zehn mal vier Zentimeter und drei Zentimeter Dicke, schnitt er großzügig aus der Haut, um jegliches Fett zu entfernen, dann würzte er mit Salz, Pfeffer und Zitronensaft.

Die Zwiebel kam ohne Fett in eine große Pfanne und wurde vorsichtig angeschwitzt. Nach wenigen Minuten löschte er mit zwei Gläsern Weißwein ab und reduzierte die Flüssigkeit auf die Hälfte. Er goß den Kalbsfond und ein halbes Glas Noilly Prat Extra Dry, den seiner Überzeugung nach besten trockenen Vermouth, an und wartete wieder, bis die Flüssigkeit um die Hälfte eingekocht war. Mit 200 g dickflüssiger Sahne wurde die Reduktion schlussendlich vervollständigt. Gut verrührt und aufgelöst, galt es nochmals, alles um die Hälfte zu verringern. Er zog den Topf vom Herd, gab den Spinat dazu und vermengte ihn vorsichtig mit der Sauce.

Eine kleine, beschichtete Pfanne wurde, auch hier ohne Fett oder Öl zuzugeben, kurz und kräftig erhitzt, dann setzte er die Lachsstücke hinein. Er hatte mehrere Versuche gebraucht, um sich dazu zu überwinden, den Lachs nur 30-40 Sekunden pro Seite zu garen, aber genau das war der Knackpunkt an diesem Rezept. Die Brüder Troisgros praktizierten es ja schließlich deshalb so, weil ihnen durchgebratener Lachs zum Hals heraus hing.

Während der kurzen Garzeit holte er die heißen Teller aus dem Rohr, gab Spinat und Sauce darauf und setzte die Lachsfilets obendrauf. Eine Prise Salz, etwas Pfeffer, ein paar Spritzer Zitrone und es konnte gegessen werden.

Den würdigen Abschluss dieses Festmahls bildete der herrlich reife Käse, zu dem das zweite Baguette zur Hälfte dran glauben musste.

»Weltklasse, Wahnsinn, so unglaublich gut, da brauchst du nicht ins Lokal zu gehen«, schwärmte Anette, die sich gar nicht mehr beruhigen konnte und Bernard genoss das Lob in vollen Zügen. Ein Glas Aprikosengeist in der Hand.

Bluff

Jacques Komarov war zwar mit allen Wassern gewaschen, aber gegen die Hundestaffel des Kommissariats hatte er keine Chance. Nach kurzer, intensiver Überwachung hatten sie zugeschlagen. Die Umgebung seiner Wohnung gesichert. Geklingelt. Als niemand aufmachen wollte, die Türe seiner Wohnung aufgehebelt und ihn halbnackt im Wohnzimmer angetroffen. Zwei verdammt junge Mädchen saßen kaum bekleidet auf der Couch und blickten die Polizisten mit großen Augen an. Komarov war – die Schnelligkeit hätte man ihm nicht zugetraut – vom Balkon in den Hinterhof gesprungen und über eine Mauer geklettert. Zwei Innenhöfe weiter – anscheinend hatte er seine Flucht gut vorbereitet – führte eine Holztüre auf eine Seitenstraße, wo ein Rostkübel von Auto stand, das ihm zur Flucht hätte dienen sollen. Hätte, denn noch beim Einsteigen hatten ihn zwei zu allem entschlossene Schäferhunde gestellt, die nur darauf warteten, das Kommando zum Zufassen zu bekommen.

Jetzt saß er, man hatte ihm ein paar Decken gegen die Kälte gegeben, zitternd in einem Verhörraum und starrte auf den Metalltisch vor ihm. Räume wie diesen kannte er nur zu gut.

An der Wand vor ihm und auch hinter ihm standen zwei Polizeibeamte, die ihn nicht aus den Augen ließen, als Ludo den Raum betrat.
»Monsieur Komarov, Sie wissen warum Sie hier sind?«
Schweigen.
»Sie möchten gerne wieder in den Knast, und zwar ziemlich lange?«
Komarov schwieg.
»Wenn Sie nicht mit mir sprechen wollen, macht mir das nichts aus. Dafür sollten Sie jetzt aber gut zuhören.«
Ludo lehnte sich lässig zurück und begann an einem seiner

Fingernägel herum zu kratzen. Als er damit fertig war, zupfte er sich genüßlich am Ohrläppchen. Dann schickte er die Kollegen hinaus. Für das folgende Gespräch wollte er keine Zeugen haben.

»Die beiden Mädchen werden wir so lange in die Mangel nehmen, bis sie aussagen, Sie hätten sie zur Prostitution gezwungen. Ihre Wohnung werden wir durchsuchen und wir werden etwas finden. Ob Cannabis oder Kokain, ob Stich- oder Schusswaffen – wir werden etwas finden. Darauf können Sie Ihren Arsch verwetten. Das bringt Ihnen schon mehrere Jährchen. Aber es kommt noch dicker. Viel dicker. Wir haben eine Zeugin, die Sie an dem Tag gesehen hat, an dem Sie bei Quillan einen Angler erschossen haben. Und wie Sie auf Ihrer Yamaha davongefahren sind. CN-965-TE ist doch Ihr Kennzeichen, oder?«

Das war natürlich nicht ganz richtig, Claudine hatte sich das Kennzeichen merken können, Komarov selbst hatte sie nicht erkannt. Aber so ein kleiner Bluff wirkte oft Wunder.

Als Ludo fortfuhr, sah er, dass Komarov sehr blass geworden war.

»Ich glaube, dass Sie jemand beauftragt hat, den armen Kerl richtig einzuschüchtern. Es kam zu einem Handgemenge, Sie fuchtelten mit der Pistole herum, dabei löste sich versehentlich ein Schuss ...«

Komarov nickte kaum sichtbar.

»Ob ich das auch noch in zehn Minuten glaube, hängt ganz von Ihnen ab. Ich gehe jetzt und hole uns zwei Kaffee. Wenn ich zurück bin, packen Sie aus und sagen mir, wer Sie beauftragt hat. Dann sehe ich, was ich für Sie tun kann.«

Ludo hatte sich Zeit gelassen, hatte mit jedem, den er am Gang getroffen hatte, ein Schwätzchen gehalten und sich dabei ausgemalt, wie Komarov im eigenen Saft schmorte. Als er nach 20 Minuten endlich mit zwei Bechern Kaffee zurückgekommen war und sein Gegenüber fragend ansah, dauerte es nur ein par Augenblicke und Jacques Komarov fing an zu plaudern. Und wie er plauderte.

Es sei völlig richtig, die ganze Sache sei ein tragischer Unfall gewesen, er habe niemals vorgehabt, Jules Jovanovic etwas anzutun. Nur erschrecken habe er ihn wollen. Aber der Blödmann habe ihm die Angelrute ins Gesicht gehauen, was Scheiße weh getan habe. Als sich der Schuss löste, sei er zu Tode erschrocken. Im Endeffekt könne er eigentlich gar nichts dafür, dieser Chakri sei an allem Schuld, er habe ihn erpresst. Was hätte er denn tun sollen.

»Wie hat er Sie erpresst?«
»Ach, das wollen Sie nicht wissen.«

Als ihn Ludo grantig anfunkelte und auf die Tischplatte trommelte, gab Komarov nach und jammerte, der feine Herr Anwalt habe ihm zwei Mädchen vorbei geschickt, die ihm einen … die sich von ihm gleichzeitig … na, er wisse schon … wobei eine der beiden heimlich Fotos geschossen haben musste.

»Nicht etwa die beiden, die wir in Ihrer Wohnung …«.
»Nein, nein. Die nicht, die waren ja beide schon 18. Die, mit denen er mich reingelegt hat, waren erst …«.
Ludo hob die Hand und machte ihm klar, er solle den Mund halten. Genauer wollte er es gar nicht wissen. So ein Drecksack!

Habgier

Giulia, Ludo, Anette und Bernard saßen vergnügt beieinander und prosteten sich zu. Ludo hatte Giulia überredet, die Nachbarn zu einem Glas Blanquette de Limoux einzuladen und ihnen die Neuigkeiten der vergangenen 48 Stunden zu schildern. Anette und Bernard waren gute Zuhörer und fragten selten dazwischen, so dass *Commandant de police* Ludovic Serries ungestört ziemlich weit ausholen konnte.

»Ein verdammt gerissener Anwalt namens Sédami Armando Chakri, interessanterweise einer von der Sorte, die gerne lichtscheues Gesindel vertreten, hat vor einigen Jahren ein neues Geschäftsmodell entdeckt. Er kauft zu überschaubaren Summen Mietwohnungen, die erst kürzlich in Eigentumswohnungen umgewandelt worden sind. Öfters auch ganze Mietshäuser. In unserem Fall waren es sechs Wohnungen, die er zu Preisen zwischen 150.000 und 250.000 Euro erworben hatte.«

Bernard pfiff leise durch die Zähne.

»Er versucht sofort, die Mieter loszuwerden. Dafür hat er eine Reihe nicht ganz legaler Tricks auf Lager. Zuerst macht er ihnen das Leben schwer. Fiese Methoden kennt er genügend. Besonders beliebt ist der Trick, in leer gewordene Wohnungen bezahlte Tagediebe pro forma einziehen zu lassen. Die feiern dann jede Nacht lautstark, rauchen im Haus, stopfen Bergstiefel in die Waschmaschinen im Keller, begrapschen die Mädchen. Wenn die Mieter beginnen, daran zu zweifeln, ob das noch die richtige Umgebung für sie ist, kommt Chakri und bietet ihnen eine lächerlich niedrige Summe für einen Miet-Aufhebungs-Vertrag.

Sind die Wohnungen erst einmal leer, investiert er ein bisschen und vermietet sie anschließend neu. Mindestens zum doppelten, eher zum dreifachen Preis.«

»Außer, einer widersetzt sich, so wie dieser Jules ...« warf Anette ein.

»Genau.«

Ludo fuhr fort.

»Jules Jovanovic hatte regelmäßig in seine Wohnung investiert, sie verfügte über einen Balkon und lag günstig in der Nähe seiner Arbeitsstätte. Er wollte sie keinesfalls aufgeben, was dem Anwalt ein Dorn im Auge war. Wir konnten einen längeren Briefwechsel per E-Mail sicher stellen, der freundlich begann, später aber schon fast drohend wurde. Da das alles nichts nutzte, kam Chakri auf die Idee, ihn einschüchtern zu lassen. Als Vertreter halbseidener Typen hatte er ausreichend Kontakte zu hemmungslosen Schlägern, Zuhältern, Dieben und so weiter. Er engagierte einen gewissen Jacques Komarov, den er diverse Male erfolgreich vertreten hatte und hetzte ihn auf Jules Jovanovic, der jedoch stur blieb. Das brachte Chakri so aus der Contenance, dass er Komarov schickte, um ihn aus dem Weg zu räumen.

Doch Komarov hatte Hemmungen und drückte sich. Da ließ ihn Chakri nach altem Muster in die Falle tappen. Er engagierte zwei minderjährige Mädchen, die ihm vormachten, er sei ein scharfer Typ und sich von ihm in seine Wohnung mitnehmen ließen. Es dauerte nicht lange und ein flotter Dreier begann, bei dem eines der Mädchen kompromittierende Fotos schoss. Mit diesem Druckmittel – der Herr Anwalt hatte natürlich nicht die geringsten Skrupel, Komarov ans Messer zu liefern, sollte er nicht mitspielen – brachte er ihn dazu, Jules Jovanovic niederzuschießen.«

»So eine ähnliche Geschichte habe ich kürzlich gelesen«, schaltete sich Bernard ein. »Der Krimi hieß ...«

»Wart's ab, es geht noch weiter.«

Ludo legte dar, wie sie dank der Beobachtung von Franz begonnen hatten, nach jener unbekannten Nackten zu suchen. Wie es schließlich gelungen sei, einen Kontakt zu ihr herzustellen. Was es bedeute, autistisch zu sein und welche Rolle der kleine Ricco in der Geschichte gespielt hatte. Dass die Unbekannte, die übrigens Claudine heiße, laut ihrer Mutter über mehrere Inselbegabungen verfüge. Sie könne in unglaublicher Geschwindigkeit kopfrechnen und habe ein fotografisches Gedächtnis.

»Und genau das kam uns zugute. Als sie an ihrer Lieblingsstelle baden ging, hörte sie den vom Schalldämpfer abgemilderten Schuss und den aufheulenden Motor der Geländemaschine. Als das Motorrad ein gutes Stück entfernt vorbei fuhr, erhaschte sie einen kurzen Blick auf das Nummernschild. Sie konnte das damals nicht einordnen und machte sich daher keine weiteren Gedanken.«

Jetzt war es mit Anettes Beherrschung vorbei. »Unglaublich! So ein gieriger Dreckskerl!«

Zustimmend nickend schlug Ludo das letzte Kapitel auf.

Giulia, die die Geschichte schon auswendig kannte, hatte begonnen, ein paar kleine Snacks aufzutragen. Sie leerten eine zweite und eine dritte Flasche Blanquette de Limoux und ließen sich immer wieder das eine oder andere Detail erzählen.

»Ich muss zugeben, ohne deinen Fischer-Spezi Franz hätten wir den Fall nicht lösen können. Ein Glück, dass er just im richtigen Moment an der richtigen Stelle war.«

»Och, der Franz ist immer im richtigen Moment an der richtigen Stelle, wenn es um nackte Damen geht«, konnte sich Anette nicht verkneifen. Und auf Ludos fragenden Blick hin, begann sie eine typische "Franz-Geschichte" nach der anderen auszupacken.

Eiskalt

Anwalt Chakri hatte versucht zu leugnen und dachte, er könne alles einfach so abstreiten, aber die Beweise, die sie gegen ihn hatten – vor allem die Aussage von Jacques Komarov – machten ihm schnell klar, dass er in dieser Partie ganz schlechte Karten hatte.

Ausgekocht, wie er war, präsentierte er aus dem Stand eine schöne Geschichte und versuchte, Komarov die Schuld in die Schuhe zu schieben. Aber jetzt saß er in U-Haft und wartete auf den Haftrichter. Für *Commandant de police* Ludovic Serries war der Fall damit vorerst abgeschlossen. Er hatte die ganze Belegschaft in das beste Steakhaus in Narbonne eingeladen, wo gut gelaunt gegessen und getrunken wurde. Philibert hatte Kaugummi-Verbot, JJ saßen wie Brüder nebeneinander, Margaux erzählte unanständige Witze und Nathalie genoss still.

»Ein feines Team habe ich da«, dachte er sich und hob das Glas. »Auf uns, Leute, nein, auf euch!«

»Auf dich, Chef!« kam es fünfstimmig zurück.

Als er an einem der folgenden Tage mal wieder Hunde-Sitter spielen musste, kam ihm eine Idee. Er fuhr mit Ricco zu Claudine und ihrer Mutter. Er fragte Claudine geradeheraus, ob sie Lust habe, ein paar Tage auf Ricco aufzupassen. Giulia und er wollten schon seit Ewigkeiten für ein langes Wochenende nach Paris. Von Narbonne gab es den TGV, der nur knapp vier dreiviertel Stunden brauchte. Er könne den Kleinen abliefern und dann zum Bahnhof fahren.

Claudine nickte begeistert und auch ihre Mutter stimmte zu. Das würde ihr ganz sicher gut gefallen, meinte sie. Und sie sei ja auch noch da. Er verabschiedete sich, versprach rechtzeitig Bescheid zu sagen und machte sich auf den Rückweg. Da schoss ihm eine weitere, verrückte Idee durch den Kopf. Er fuhr so nahe wie möglich an die Stelle, an der Claudine immer badete, parkte seinen Wagen, nahm Ricco an die Leine und marschierte zum Bach.

Als er eine tiefere Stelle mit grobem Kies erreichte, befahl er Ricco sich hinzusetzen. Er gab ihm einen Kauknochen und beschwerte die Leine mit einem großen Stein, zog sich aus und stieg in den Bach. Vor Kälte zitternd setzte er sich ins eiskalte Wasser. Er atmete ruhig und konzentriert. Er blickte nach oben. Auf den Gipfeln funkelte der Schnee.

ENDE

DANKE

Mein Dank gilt meiner Frau Christine, die mit vielen Ideen die Handlung entscheidend mitgeformt hat, meiner Tochter Sydney für die erstklassige Gestaltung von Cover und Rückseite und meinem alten Freund Heinz, der nicht nur das Vorwort verfasst hat, sondern auch ein unverzichtbarer Ratgeber in grammatikalischen Nöten und ein gnadenloser Korrekturleser war.